KB156728

내면
산책자의
시간

내면 산책자의 시간
김명인의 런던 일기

김명인 지음

2012년 12월 10일 초판 1쇄 발행

펴낸이 한철희 | 펴낸곳 주식회사 돌베개 | 등록 1979년 8월 25일 제406-2003-000018호
주소 (413-756) 경기도 파주시 회동길 77-20(문발동)
전화 (031) 955-5020 팩스 (031) 955-5050
홈페이지 www.dolbegae.com 전자우편 book@dolbegae.co.kr
블로그 imdol79.blog.me 트위터 @dolbegae79 페이스북 dolbegae

책임편집 김혜영
편집 권영민 · 이경아 · 소은주 · 이현화 · 김진구 · 김태권 · 최혜리
표지 디자인 송윤형 | 디자인 이은정 · 박정영
마케팅 심찬식 · 고운성 · 조원형
제작 · 관리 윤국중 · 이수민 | 인쇄·제본 상지사 P&B

ISBN 978-89-7199-515-0 03810
책값은 뒤표지에 있습니다.

이 도서의 국립중앙도서관 출판시도서목록(CIP)은 e-CIP홈페이지
(http://www.nl.go.kr/ecip)에서 이용하실 수 있습니다. (CIP제어번호: CIP2012005585)

내면 산책자의 시간

김명인의 런던 일기

돌베개

이 일기는 그러니까
그 6개월 동안 내가 내 마음길을 따라 걸었던
기행문 같은 것이다.

머리말

흐린 거울 한 장

작년 이맘때, 나는 영국 런던의 남서쪽 변두리에 있는 서비튼이라는 동네에서 홀로 집을 얻어 거주하고 있었다. 직장에서 모처럼의 안식년을 얻었지만 건강이 여의치 않아 반년은 집에서 겨우겨우 몸을 추스르며 보냈고, 나머지 반년을 유적(流謫)의 길이라도 떠나는 기분으로 길을 나서 도착한 곳이 그곳이었다. 그해 9월부터 이듬해 2월까지 6개월 동안, 책을 쓴다거나 논문을 몇 편 쓴다거나 아니면 여행을 제대로 다닌다거나 하는 거창한 목표를 세우기에는 몸도 마음도 역불급이었고, 그저 갈수록 힘에 부치는 몸을 홀로 다스려 가며 조금이라도 살 만해지면 다행이다 싶은 마음으로 떠난 것이라 그저 게으르게 쓸쓸하고 마음 한켠이 휑한 그런 날들을 보낼 수밖에 없었다.

나를 초청해 준 런던의 한 대학에도 잘 나가지 않았고, 런던의 그 많은 박물관과 미술관들도 겨우 손꼽을 만큼만 돌아보았으며,

계획만 무성했을 뿐 런던에서 한나절을 넘는 더 먼 곳으로의 여행도 한나절짜리 가까운 곳 외엔 거의 엄두를 못 냈다. 딸이 있는 파리에 두 번 다녀온 것, 딸과 함께 한 짧은 아일랜드 여행, 런던 생활을 정리하고 아들딸과 떠났던 일주일간의 포르투갈 여행이 여행이라 말할 수 있을 만한 것의 전부였다. 홀로 밥 지어 먹고 빨래하고 청소하고 책 읽고 노트북으로 영화 몇 편 보고 음악 듣고 가끔씩 런던 시내에서 열리는 클래식 연주회에 다녀오는 것만으로 대부분의 시간을 보냈다. 그래서 어떤 때는 내가 먼 타국에 와서 지내는 것이 아니라 그저 침실 한 칸, 거실 한 칸, 주방과 화장실로 되어 있는 세트를 하나 지어 놓고 그 안에 스스로를 유폐시켜 놓고 지내고 있는 것이 아닐까 하는 생각이 들 정도였다.

어쩌면 정말로 나는 런던을 다녀온 것이 아닐지도 모른다. 정작 그 6개월 동안 내가 헤매다 온 것은 지난 반백년 동안 나도 모르게 지향도 없이 끝도 없이 벋어 나가 이젠 엉클어질 대로 엉클어져 있는 내 마음길인지도 모른다. 30년 전 2년 8개월 동안 타의에 의해 홀로 유폐되었을 때 곰곰이 더듬어 가다듬을 수 있던 그 길을, 이제 30년이 지나 다시 찾아 나서기 위해 짧은 동안이나마 이런 자발적 유폐가 필요했던 것인지도 모른다. 그 6개월 동안 먹고 자는 나날의 일들 외에 내가 가장 확실하게 지속했던 일이 일기 쓰기였다. 이 일기는 그러니까 그 6개월 동안 내가 내 마음길을 따라 걸었던 기행문 같은 것이다. 그 안에는 먹고 자고 읽고 아프고 견디고 했던 나날의 일상이 들어 있고, 내 삶을 끝없이 옥죄고 가두고 벌주는 오래된 기억들이 언뜻언뜻 드리워져 있으며, 그 일상과 기억들과 나머지 이리저리 얽힌 내 삶의 가닥들에 대한 계통 없는 생각들이 아무렇게나 펼쳐져 있다.

마지막 날, 즉 지난 2월 24일치 일기를 쓸 때까지도 이 지극히 사적인 기록들을 책이라는 형태로 묶어 세상에 내놓게 되리라고는 전혀 생각하지 못했다. 하지만 시간이 흐르면서 이것을 그대로 두는 것에도 알 수 없는 조바심이 났다. 동시대의 다른 사람들에게 이 기록으로 말을 걸고 싶어졌다. 뜨거운 화염 속 같았던 7, 80년대에 20대를 보내고, 막막한 물속 같았던 90년대와 2천 년대에 3, 40대를 보냈던, 그리고 이젠 50줄이 넘어 생을 지탱해 온 팽팽하던 닻줄이 어느새 삭아 헐거워진 한 자칭 지식인의 벌거벗은 내면을 마치 자해 공갈이라도 하는 기분으로 사람들에게 드러내 보이고 싶었다. 30년 동안 누가 굳이 지라고 하지도 않은 괴로운 짐을 지고 허덕이며 살아온 중년 남자의 이 초췌한 얼굴과 메마른 근골을 들여다보라고 하고 싶었다. 거기서 아직은 우리가 지울 수 없는 어떤 것들과 마주해 보라고 하고 싶었다. 그러나 거기서 무엇을 보는가 무엇을 느끼는가는 읽는 이들의 몫일 것이다. 내 생각과는 달리 누구는 50대 남자의 대책 없는 자기 연민을 읽고 갈지도 모르고, 누구는 이제는 낡아 버린 옛 시대의 매너리즘을 읽고 갈지도 모르며, 누구는 배부른 사이비 지식인의 가증스러운 나르시시즘을 읽고 갈지도 모른다. 하지만 그중 다만 몇 사람에게라도 이 벌거벗은 내면의 기록이 이 부박하고 무정한 시대를 사는 자기 얼굴을 들여다보는 흐린 거울이 될 수 있다면 더 바랄 것이 없겠다.

그럼에도 불구하고 마음은 여전히 무겁고 마치 생의 날것 한 도막을 뚝 끊어서 내던지는 느낌이다. 하지만 어쩌겠는가. 결국 모든 글쓰기는 이처럼 자기를 벌거벗겨 사람들 앞에 내던지는 일인 것을.

돌베개 출판사 한철희 대표와 편집부의 김혜영 씨가 처음 이 글을 읽고 조금이라도 주저했더라면 이 기록을 책으로 낼 수도 있겠다는 내 생각은 여지없이 철회되었을 것이다. 나는 그저 이 일기가 들어 있던 개인 블로그를 여는 패스워드를 전해 주었을 뿐, 그것을 원고로 만들고 내용을 읽기 좋게 다듬고 이렇게 아름다운 장정의 책으로 만들어 낸 것은 오로지 돌베개 식구들의 일이었다. 고마운 마음을 어떻게 표현해야 할지 모르겠다.

2012년 12월
김 명 인

머리말 흐린 거울 한 장 _5

집 떠남 _12

9월

서비튼 도착 _17 물적 기초가 마련되다 _24 이것은 생활 _28 독서와 집안일 혹은 생산과 재생산 _30 템스 강변을 달린다 _33 음악, 내 일상의 마지막 단추 _36 기분 좋은 오전의 적요 _38 공간이 완성되다 _42 홀로 아프고, 홀로 길 나서다 _44 희망과 우울 사이 _47 테리 이글턴 읽기 _52 중년의 덕후질 _54 미학과 정치 _57 옛 인연, 춥고 아린 _62 어떤 항우울 처방 _66 한국소설 읽기 _70 중늙은이 역할의 괴로움 _73 옛 제국에서 보내는 짧은 편지 _76 차를 몰고 파리에 가다 _84 집과 숙소 _86

10월

런던 구경 _91 불멸의 인간, 불멸의 음악 _96 런던 표류 _102 아나키즘 읽기 _107 우월한, 혹은 혁명적 삶 _109 런던 산책 _112 | 좋든 싫든 우리는 지금 모두 포스트모던 _114 토니오 크뢰거가 없는 시대 _118 만성질환 _122 가을에 하는 일 _125 만물은 서로 돕는다 _130 99%의 반란 _133 어느 대학 도시에서 _138 나쁜 버릇 _146 제국의 시간, 식민의 시간 _150 영국 민주주의의 풍경 _155 쓴웃음 _164 집안일에 대하여 _167 강박증 _171 서울에서 온 좋은 소식, 나쁜 소식 _177 종이 한 장 차이의 삶 _184 아무 데도 안 나간 하루 _188 이건 내 책이다 _192 밥 한 그릇 멕여 보내서 좋구먼 _197 10월의 마지막 날 _202

11월

렛 잇 비 _207 정격 연주의 맛 _211 재발 _215 타자의 특권화는 위험하다 _217 외국에서 공부한다는 것 _218 늦가을 나들이 _222 살아남은 자의 비가 _227 콜체스터에서 '대박' _230 대한민국이라는 나라 _236 안녕, 차이콥스키 _237 레코드 헌터 _239

12월

불멸의 순간들 _243 입 궁금증의 자연사적 기원 _249 제국의 한 모퉁이에서 _251 부러움과 부끄러움 _257 지식인으로 산다는 것 _264 취향의 문제 _272 대영제국의 유산 _276 학문적 사기 _282 내 속에, 소년 _284 소외 없는 시간 _290 레퀴엠과의 재회 _294 일기를 쓴다는 것 _296 자랑 혹은 병 _298 세상에서 가장 슬픈 일 _303 주홍글씨 _306

1월

되찾아 와야 할 시간들 _311 나의 뮤즈, 오디오 _320 정치적 투쟁, 윤리적 투쟁, 실존적 투쟁 _323 내가 누우면 시간도 누울 것이다 _327 로체스터에서 만난 사내 _329 가면 놀이? _338 기억과의 투쟁 _340 봄이 온다 _343 커다란 덩어리 하나가 길게 누워 있다 _345 런던을 떠나다 _346

떠나온 곳으로 다시 돌아가지 않겠다 _351

집 떠남

2011년 8월 24일(수) 서울 맑고 파리 구름

아침 10시 15분, 아들 영우가 운전하는 차에 몸을 싣고 집을 나와 인천공항으로 향했다. 이제부터 6개월, 런던에서 홀로 지내게 될 것이다.

올해 3월 1일부터 내년 2월 28일까지 1년간 나는 소속 대학에서 연구년을 받았다. 그 전반 6개월은 거의 완전한 무위의 상태로 보냈고 이제 후반 6개월을 한국을 떠나 혼자 있으려고 한다. 건강이 허락한다면 좀 더 공격적인 연구년을 보내도 좋았을 테지만 몸이 도저히 따라 주지 못한다. 지난 6개월 동안 그나마 아무것도 하지 않고 쉬었기 때문에 이렇게 남은 6개월이라도 해외 체류를 할 엄두를 내게 되었다.

아무튼 30년 전 2년 6개월 동안 감옥살이를 한 이후로 가장 오래 집을 떠나 있게 된다. 물론 그때의 집과 지금의 집은 다르다. 그땐 부모님과 형들이 있던 집이고, 지금은 아내가 있는 집이다. 그때의 집 떠남은 일종의 성인식이고 통과의례로서 어쩌면 분연히 감당했던 하나의 필연적 과정이었지만 지금은 그것과는 다르다. 비록 재충전이라는 명분이 있다 할지라도 30년 전과는 달리 '분리감'이 더 강하게 다가온다. 내게도, 아내에게도 쉽지 않을 시간일 것이다. 아침에 먼저 출근하는 아내를 배웅하러 따라 나갔다가 떠나는 차창을 잡고 잠시 스치듯 입맞춤을 나누었다. 더 길었다면 더 힘들었을 것이다.

그럼에도 불구하고, 갑자기 홀로 지내야 할 반년이 주어졌다는 것에 어떤 설렘이 없을 수 없다. 오래 잊었던 아득한 설렘이다. 어쩌면 아내와의 분리감이 클수록 그에 비례해서 더 커지는 설렘인지도 모른다. 오랜만에 혼자다. 오롯이 혼자다. 혼자서 혼자 몸을 가누고 먹이고 재우고 살려 간다. 그리고 혼자 생각하고 혼자 글 쓴다. 감옥살이 독방 시절 추운 겨울날 오전, 접어 놓은 솜이불 위에 책 한 권 올려놓고 입김을 불어 가며 책장을 넘기던 그때가 다시 생각난다. 그렇게 300권이 넘는 책들을 읽어 냈던 2년 반의 시간, 그때의 고독한 충만감이 되살아난다. 그러니 6개월이 새삼 짧게 느껴진다.

정갈하고 단정하게 보낼 것이다. 소박한 밥상 깔끔하게 차려서 먹고 규칙적으로 운동하고 읽고 생각하고 쓸 것이다. 길지 않은 시간, 헛된 욕망과 동경에 지불하지 않고 아껴 쓸 것이다.

런던에 가기 전 파리부터 들르게 된다. 파리에는 학부에서 대학원까지 8년째 미술사 공부를 하고 있는 딸 결이가 살고 있다. 9월 1일 런던에 가기 전 며칠 동안 파리에서 딸과 함께 지내기로 한 것이다. 파리행 대한항공 KE901기는 예정보다 35분 늦게 인천공항을 떠나서 열한 시간을 날아 저녁 7시에 파리에 도착했다. 냉방장치가 가동된 통조림 같은 기내는 차고 건조했다. 안면의 피부가 조여지다 못해 부스스 일어나 두 번이나 화장실에 가서 보습 로션을 발라 주어야 해야 했다. 4월에 가 보았던 런던은 화사하고 청명했다. 거기서 보낼 6개월은 신뢰해도 좋을 것 같았다. 제발 몸이라도 좋아졌으면……. 사실은 다른 모든 것 이전에 그 바람이 가장 크다. 습하고 추운 영국의 동절기라지만 서울에서보다는 훨씬 더 좋을 것 같았다.

파리 시내 15구에 있는 딸의 작은 스튜디오에 8시 반쯤 도착해서 10시 반쯤 잠을 청했다. 서울은 새벽 5시 반, 아내가 잠이 덜 깬 목소리로 전화를 받았다. 거실에서 자다가 새벽에 침대로 돌아왔다고 한다. 새벽 추위에 잠을 깨서 혼자 일어나 안방 침대로 걸어갔을 아내의 뒷모습이 잠깐 떠올랐다.

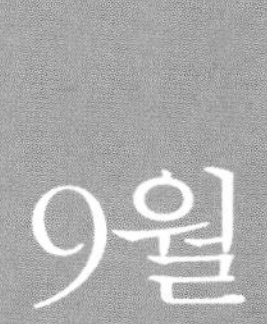

9월

2011
SEPTEMBER

오랜만에 혼자다. 오롯이 혼자다.
혼자서 혼자 몸을 가누고 먹이고 재우고 살려 간다.
그리고 혼자 생각하고 혼자 글 쓴다.
감옥살이 독방 시절 추운 겨울날 오전, 접어 놓은 솜이불 위에 책 한 권 올려놓고
입김을 불어 가며 책장을 넘기던 그때가 다시 생각난다.

서비튼 도착

2011년 9월 4일(일) 런던 흐리고 비

사흘 전 런던에 도착했다. 정확히 말하면 서비튼에 도착했다. 앞으로 내가 6개월 동안 살게 될 곳은 런던 워털루 역에서 남서선 기차를 타고 40분쯤 내려간 곳, 템스 강변에 있는 작은 마을 서비튼이라는 곳이다. 한국으로 치자면 과천이나 산본쯤 될까. 행정구역상으로는 런던이 아니지만 흔히 '그레이터 런던'이라 부르는 수도권에는 속한 지역이다. 인구 3만 명 정도나 될 법한 중산층 거주 지역이다. 내가 6개월 동안의 적거지(謫居地)로 이곳을 선택한 것은 우선 조용하고 공기가 맑아서였다. 지난 4월 잠시 다니러 왔을 때 이 작은 동네는 신선한 공기와 흐드러진 봄꽃들 속에서 너무 밝고 화사했다. 그리고 마음 의지할 좋은 이웃들이 살고 있다는 점도 있었다. 나를 초빙한(사실은 내가 초빙해 달라고 부탁한 것이지만) SOAS(School of Oriental and African Studies) 일본-한국학과의 Y교수가 20년 넘게 이곳에 뿌리내리고 살고 있었고, 그와 대학 동기로 나와 같은 대학에서 동시에 연구년을 받은 K교수가 지난 2월부터 역시 SOAS 초빙교수 자격으로 여기에 살고 있었던 것이다.

런던에 도착하니 서비튼 이웃 두 사람이 나를 반겼다. K교수가 판크라스 역에 마중 나와 주었고, Y교수는 서비튼 역에서 기다리다가 나를 바로 부동산 중개 사무소로 안내했다. 이 두 사람은 내가 어지간히 이곳 생활에 적응할 때까지는 나의 든든한 후견인들이 될 것이었다. 집 계약서를 쓰고 나서 중개업자와 함께 앞으로 6개월 동안 살 집으로 갔다. 서비튼 역에서 5분 정도 거리, '56a Brighton Road, Surbiton, Surrey, UK'가 그 집의 주소고 'KT6 5PL'이 말하자면 우편번호이다. 집은 서비튼 다운타운의 끝자락쯤에 붙은 간선도로에 면한 50년은 족히 되었을 3층짜리 목조 상가 건물의 2층, 여기 식으로 하면 '퍼스트 플로어'였다. 회색의 나무 출입문을 열고 낡은 카펫이 깔린 삐걱거리는 계단을 올라가는 동안 무엇인가가 내 의식의 한켠에 불을 켜듯 다가왔다. "오, 이런 집이면 좋다!" 이 집은 첫 만남에서부터 내 낡은 독서 경험의 저 바닥에 깔려 있던 어떤 이미지를 끌어내 주었다. 런던이든 파리든 아니면 뻬쩨르부르그든, 19세기 유럽 소설 속 우울한 주인공들이 삐걱이는 나무 계단을 밟고 올라가면 나타나는 낡은 월세 하숙집의 그 감미롭고도 쓸쓸한 이미지를.

집은 생각보다 깨끗했다. 붙박이 옷장이 딸린 4평쯤 되는 침실과 장식용 벽난로가 달린 6평쯤 되는 거실, 그리고 독립된 좁고 긴 주방과 역시 좁고 긴 욕실은 전체적으로 밝은 베이지색 벽지와 페인트로 되어 있었고, 바닥은 비록 약간 삐걱이고 부분적으로 약간씩 주저앉은 곳이 있었지만 연갈색 카펫으로 깔끔하게 덮여 있어 전반적으로 밝고 깨끗해 보였다. 거실에도 붙박이 장식장과 수납공간이 있었고, 주방은 작아도 냉장고, 세탁기, 오븐과 혼자 밥 해 먹기 모자라지 않을 정도의 수납장들이 제대로 구비되어 있었다. 그리고 거실과 침실 모두에 있는 남향의 큰 창문과 그 창문 밖에 녹음을 드리우고 있는 커다란 가로수들도 나의 기억의 허영을 자극했다. 월 750파운드로 얻을 수 있는 다른 집들이 어느 정도인지는 모르지만, 나는 이 정도로 만족하기로 했다. 하긴 만족하지 못한들 지금 와서 또 어쩌겠는가.

그리고 지난 사흘간, 이 새롭지만 텅 빈 주거 공간을 나의 것으로 만드는 일에 집중하느라 아무것도 읽지도 쓰지도 못했다. 집을 떠나기 전 이곳 K교수 집으로 보낸 네 개의 박스 중에 먼저 도착한 세 개의 박스를 풀어서 정리하는 일부터 중고 자동차 구입까지 포함해서 크고 작은 살림살이들을 장만하는 일까지 한편 재미있으면서도 한편 피곤한 일들을 닥치는 대로 해치웠다. 다행히 그동안에 몸이 말썽을 안 부린 것이 다행이라면 다행이었다.

남에게 신세를 진다는 것은 어려운 일이다. 사람이란 늘 누군가 다른 사람들에게 무언의 신세를 지며 살게 되어 있고 또 그런 면에서는 늘 자기도 누군가에게 신세를 지우며 사는 것이긴 하지만 그것이 '의식된 신세'가 되면 이야기는 달라진다. 내가 나 자신의 일로 인해 다른 누군가에게 수고나 피해를 끼치고 있다는 것을 인지하는 일은 적지 않게 불편하고 부담스러운 일이 된다. 그것은 갚아야 할 부채가 되기 때문이다.

그런데 이번 영국 체류와 관련해서 나는 본의 아니게 특정한 몇몇 사람들에게 많은 신세를 졌고 또 지고 있다. 무엇보다 먼저 SOAS의 Y교수의 경우가 그렇다. 초청 수속이나 집 수소문은 불가피한 측면이 있다고 해도 집 구하는 과정에서 먼저 계약금을 대납해 준다든지, 원칙적으로 6개월 체류자에게는 쉽지 않은 인터넷 설치를 자기 구좌를 담보로 해 준다든지, 마치 짐꾼이나 운전사처럼 이것저것 차로 실어 날라 준다든지, 내 차를 위해 자기 주차장을 내준다든지 하는 일들은 입장을 바꿔 생각하면 참 쉬운 일이 아니다. K교수도 마찬가지다. 미리 보내는 짐을 받아 주고, 역에 마중을 나오고, 휴대폰 심카드 구입 시에도 자기 구좌를 담보로 해 주고, 내키지 않는 런던 시내 운전을 나를 위해 기꺼이 해 주고……. 모든 것들이 최소 1년 단위를 요구하는 이곳 실정에서 이런저런 제약이 있을 수밖에 없는 6개월 체류자인 나를 위해 이 두 사람은 단지 내가 몇 년 선배란 이유로 사실은 많은 불편과 부담을 기꺼이 감내하고 있는 것이다.

하지만 나로서는 이 두 사람의 도움을 받지 않으면 런던에서 정상적인 체류자로서 반년의 방문교수 생활을 해 나가기 힘들게 된다. 거주자가 아닌 장기 여행자로서 이런저런 불편들을 감내해야 하는 것이다. 하지만 나는 또 그런 불편들을 묵묵히 감내하면서까지 다른 사람들에게 아무런 도움도 청하지 않는 그런 내성적이고 소극적인 성격의 위인은 못 된다. 그러니까 '신세'가 발생할 수밖에 없는 것이다.

이번 주 중에라도 이런저런 초기의 잡무들이 마무리되고 내 런던 생활이 정상 궤도에 오르게 되면 나는 그 신세를 어떻게든 갚아야 한다. 가까이는 식사 초대를 한다든가, 어디 괜찮은 레스토랑에서 한턱을 낸다든가 해야 하고, 또 멀리는 앞으로 그들이 어떤 어려움을 겪게 되면 내가 앞장서서 그들에게 도움을 줘야 한다. 당연한 일이다.

하지만 나에게는, 말로는 사람과 사람 사이의 유대와 상호부조를 말하면서도 실제로는 그런 관계의 얽힘을 기피하는 이중성이 있다. 그러면서도 내가 불편하고 힘들면 손쉽게 다른 사람들에게 도움을 청하게 된다. 어쩌면 나는 이런 식의 '신세짐' 자체가 부담스러운 것보다는 나의 이러한 얄팍한 이중성 앞에 직면하는 일이 더 힘든 것인지도 모른다. 사람과 사람 사이의 '유대'라는 '선한' 이념과, '신세'라는 말에서 풍기는 어딘가 '편법적인' 분위기 사이의 분열. 또 기꺼이 신세를 지는 뻔뻔함과, 얽히는 것을 기피하는 개인주의 사이의 분열. 이런 것들이 어정쩡하게 해결되지 않는 상태에서 결국 서로 좋은 게 좋은 것 아니겠는가 하는 뭔가 몰의식적인 상태로 빠지는 것이 무엇보다 힘겨운 것이다. 자립도 연대도 아닌, 고독도 의존도 아닌, 그 둘을 애매하게 섞어서 결국은 일차원적인 자기 이해의 추구로 귀결 짓고 마는 것이 아닌가. 그 순간에 이성은 눈을 감는 게 아닌가.

하지만 나의 보다 더 큰 병폐는 이런 문제들을 그냥 편안하게 받아들이지 못하는 데 있는지도 모른다. 사람과 사람이 서로 그저 서로 거리낄 것 없이 떳떳하게 도움 주고 도움 받는 일을 심상하게 생각하지 못하고 이런 식으로 자꾸 비틀어 되씹는 데에 있는지도 모른다. 쉽게 갈 일은 쉽게 가고 어렵게 갈 일은 어렵게 가야 하는데 혹시 늘 그 반대는 아닌지, 그리하여 정말 중요한 결단이 필요한 일에는 대세와 편의를 따르고, 이래도 좋고 저래도 좋은 작은 일들에만 과민하게 윤리적인 척을 하는 것은 아닌지.

물적 기초가 마련되다

2011년 9월 6일(화) 종일 비 내림

하루 종일 비가 내린다. 아니 비바람이 분다고 하는 편이 낫겠다. 창밖으로 보이는 거리도 하루 종일 젖어 있고, 창 바로 앞에선 비에 젖은 검녹색 나뭇잎들이 하염없이 흩날린다. 런던의 비, 그 유명한 런던의 가을비가 이것인가. 그러고 보니 아직 기온은 13도에서 18도 정도 사이인데도 집 안에 가만히 앉아 있다 보면 발등에서 시작해서 무릎 쪽으로 찬 기운이 타고 올라온다. 비와 안개로 습하고 기온과 상관없이 뼛속으로 추위가 스며들어 온다는 런던 날씨에 관한 한결같은 전언들이 아무래도 과장만은 아닌 것 같다. 하지만 나는 런던의 한 모퉁이에 잠시나마 집을 얻어 비 오는 창밖을 내다보며 앉아 있게 된 것만으로도 아직은 황감해 하고 있는 중이다. 5일 만의 여유다. 오후에는 이렇게 앉아 있게 된 것이 기특해서 아무것도 하지 않고 창밖만 한 시간가량 내다보았다.

오늘에야 서울에서 보낸 마지막 짐이 도착했다. 전기밥솥과 변압기를 구입한 박스에 그대로 넣어 왔더니 이 친구들이 거기다가 관세를 매긴 통에 늦어진 것이다. 그 외엔 두 벌의 코트와 겨울 파카들, 그리고 운동복과 수건들이 들어 있었다. 짐이 K교수 집으로 도착해서 그것을 받으러 간 김에 킹스턴에 나가 어제 채러티 숍에서 30파운드에 예약해 둔 카우치 하나를 실어 왔다.

오후엔 바로 그 카우치에 앉아 있었던 것이다. 따뜻하고 가볍고 푹신한 카우치. 공부하다가 쉬거나 졸 때, 아니면 음악을 들을 때 아주 유용하게 쓰게 될 것 같다. 아마도 나중엔 틀림없이 그리워질 물건이다. "기억하는가, 그 가을. 서비튼의 브라이튼 로드 56번지 A플랫, 비 오는 창밖의 검녹색 버드나무와 오렌지 빛 카우치……." 어쩌고 하며 말이다.

청소기도 있어야 하고 침대 시트와 이불 홑청도 여벌로 있어야 하며 접시도 몇 개 더 마련해야 하고 기타 또 자질구레한 것들이 자꾸 손을 벌리지만, 일단 정말 없으면 안 되는 것들은 더 이상 없다. 이제 필요한 물건들은 동네에서 구하거나 가끔씩 킹스턴에 나갈 때마다 한두 가지씩 생각나면 들고 들어오면 되고, 먹거리 역시 런던 남쪽에 있는 한인 타운 뉴 몰든에 정기적으로 가서 사오거나 여기 코앞에 있는 세인즈베리(웨이트로즈와 함께 영국의 대표적인 슈퍼마켓 체인이다)에서 해결하면 된다. 이제 '물적 기초'가 마련되었으므로 '상부구조'를 구축하기만 하면 된다. 읽고 생각하고 쓰는 일, 그것이다.

이번 목요일, 낼모레엔 SOAS에 첫걸음을 하게 된다. 방학 중이지만 한국학과 세미나가 있는 모양이다. K교수에게서 그 말을 듣고 나자 '아 참, 내가 SOAS 방문교수였지!' 하는 생각이 새삼 들었다. 가능하다면 2주에 한 번쯤 정기 세미나 하나를 주재해 보고 싶기는 한데, 학교나 학생들 사정이 어떤지 모르겠다. 욕심은 내지 않도록 하자. 생각보다 시간이 별로 없을 가능성이 높다. 혼자 있으면 시간이 더 빨리 간다. 밥 해 먹고 설거지하고 장보고 청소하고 빨래하고 정리하고 하다 보면 온전히 공부할 시간은 서너 시간 내기도 쉽지 않다. 게다가 이제 서서히 미술관과 박물관 순례도 나서야 하고, 또 차를 가지고 여기저기 가 보아야 할 곳도 많다. 시간 관리를 잘해야 할 것 같다.

사실은 이 동네 구경도 아직 시작도 못 했다. 영국의 지역 공동체가 어떻게 굴러가고 주민들의 삶과 문화가 어떻게 영위되는지도 내겐 하나의 관심사이다. 적어도 은퇴를 하고 나서부터는 어디가 되었든 '마을 공동체'의 일원으로 살아 나가야 할 것 아닌가 생각 중이기 때문이다.

동네에 채러티 숍이 하나 있어서 맘먹고 들어가 봤다가 내 발에 맞는 캐주얼화 한 켤레를 8파운드에 구했고, 두껍거나 얇은 책 여덟 권을 고작 27파운드 정도에 들고 나왔다. 그중에선 조지 오웰의 『파리와 런던의 따라지 인생』이나 요즘 잘나가는 빌 브라이슨이라는 친구의 『빌 브라이슨 발칙한 영어 산책』이 있는가 하면, 펭귄 문고본 『영국문학사』라든가 『현대 사상 사전』, 팸 모리스의 『문학과 페미니즘』 같은 이론서도 있었다. 약간 횡재한 기분이 들었다.

아내가 아이패드를 사겠다고 한다. 지난번 아이폰을 샀을 때도 곧잘 활용을 해서 놀래키더니 이번엔 약국 관리용으로 적극 활용할 요량이 생긴 모양이다. 두말할 것 없이 사라고 했다. 웬만한 것에는 쉽게 물욕을 안 내는 사람이라 필요하다고 하면 정말 긴요하게 쓸 것이다. 나도 없는데 재미 붙일 물건이나 일이 있을수록 좋다.

내가 없는 집에서 아내가 아들과 둘이 어떻게 지낼까 잘 그림이 그려지지 않는 부분이 있다. 아직 집 떠난 지 12일밖에 되지 않았지만 이번엔 벌써 아주 오래된 느낌이다. 내가 여행 중이 아니라 아주 다른 나라에 얼마간 체류할 생각을 하고 있으니 더욱 그렇다. 아마 아내도 그런 점에서 각별한 느낌이 있을 것이다. 89년인가 아내가 2개월인가 일본에 연수를 갔던 일이 생각이 난다. 맞다, 그때 꽤 오래 떨어져 지낸 적이 있었구나! 그걸 생각해 내니 아내에게 미안한 마음이 조금 덜어지는가 싶기도 하다.

이것은 생활

2011년 9월 8일(목) 흐림

오늘 오후에는 SOAS 한국학 센터에서 세미나가 있었다. 세미나 자체보다도 도착 신고도 하고 벤치 피도 내고 ID 카드도 만들고 할 생각으로 나가 보았다. 마침 K, Y 두 교수도 나가 보겠다고 해서 함께 갔다.

영국 입국 8일 만에 처음 시내에 나가 보는 것이다. 관광객으로 온 것이 아니라 연구 방문을 온 것이고, 무엇보다 안정된 거주 공간과 생활이 있는 상황이라 어쩐지 '관광'이라는 말이 낯설어지고 워털루 역에서 버스를 타고 템스 강을 건너면서 보는 런던 시내 풍경도 구경의 대상이 아니라 그저 생활의 대상으로 무심하게 보인다. 서비튼 브라이튼 거리 56번지에서 사는 일 자체가 아직 무슨 충족감을 크게 주는 것이라고는 할 수 없지만, 어쨌든 그것이 가지는 무게감과 밀도가 커서 영국에서 내가 겪거나 해야 할 다른 일들이 상대적으로 멀어 보이는 것이리라.

이런 느낌은 학교에 나가서도 비슷했다. 어쨌든 나는 방문교수이고 원칙적으로는 학교에 자주 나가 연구·교류 등을 해야 하고 오늘 도서관 등을 돌아보면서 '공부'에 대한 새삼스런 결의(?)가 없었던 것은 아니지만 그래도 학교에 자주 나가고 싶다는 생각은 들지 않았다. 그래서 차라리 개강을 하면 학생 서너 명 정도와 세미나를 하나 만들어서 학교에 강제로 나갈 일을 만들어 두는 것이 좋겠다는 생각이 들었다. 안 그러면 이 조용하고 아늑한 2층 방의 중력에 이끌려 가뭇없이 혼자의 세계로 빠져들 것 같다. 좋은 의미로든 나쁜 의미로든 그것은 바람직하지만은 않다는 생각이 든다. 자동차도 있으니 비록 조금 쓸쓸해도 혼자 여기저기 다니기도 하고, 시내에 나가 뮤지컬도 보고, 아무튼 일부러라도 좀 움직여야 할 것이다.

세미나 뒤풀이가 9시쯤 끝났고 나와 K교수, Y교수 이렇게 서비튼 사람 셋은 다시 버스로 워털루 역에 와서 남서선 직행 기차로 서비튼으로 돌아왔다. 그리고 내 집에 들러 어제 남긴 와인 한 병을 나누어 마시고 일찍 헤어졌다. 사실 술 마시기가 고된 건 나지만, 그래도 분위기를 깰까 싶어 한 잔 더 해도 좋다고 했는데 둘 다 부지런히 집에 들어가는 분위기였다. 그러고 보니 나는 혼자고 그들은 집에서 아내와 자식들이 기다리고 있었다. 기분이 이상했다. 잘못하면 내가 남의 가정을 파괴(?)하는 나쁜 이웃 역할을 하는 듯이 보일지도 모르겠다. 아무튼 그들이 부지런히 집을 찾아 돌아가니 사실은 나도 한결 편했다.

독서와 집안일 혹은 생산과 재생산

2011년 9월 9일(금) 흐림

하루가 참 바쁘다. 이런 혼자 생활이 너무 오랜만이라 서툴러서 그런지 아니면 아직도 여기 생활이 안정이 되지 않아서 그런 건지 모르겠지만 이렇게 시간이 편편히 부서지고 옹근 시간을 못 만들면 참 큰일이다 싶다.

7시 반쯤 일어났다. 오늘은 운동도 나가지 않고 아침에 별달리 새로운 것을 만들어 먹지도 않았기 때문에 9시쯤에는 설거지까지 끝낼 수 있었다. 그다음에 컴퓨터를 켜고 메일 확인하고 어제 못 쓴 일기를 썼다. 11시가 되었다. 책을 손에 잡고 1시간쯤 책을 읽었다. 그러자 다시 점심시간이 왔다. 고등어나 하나 구워서 간단히 먹자고 오븐 구이를 하려는데 처음 사용하는 오븐이 서툴러 어영부영 1시 반에야 점심을 끝냈다. 게다가 그 와중에 오븐 손잡이를 부러뜨리는 통에 또 시간을 많이 허비했다. 다시 3시부터 4시까지 한 시간 정도 책을 붙들었다. 그리고 4시에는 잠시 외출을 했다. 집 앞의 세인즈베리 말고 역전의 웨이트로즈에 가서 홍차와 우유, 그리고 블루베리를 조금 샀다. 채러티 숍에 들러서 혹시 접시 세트 적당한 게 없을까 찾아봤고, 철물점에 들러서 오븐 손잡이를 고치려고 강력 본드를 하나 샀다.

집에 들어오니 5시. 우편물이 하나 와 있었다. 주민세를 내라는 것이다. 9월 1일부터 내년 3월 31일까지 750파운드 정도를 분할 납부하라는 것이다. 그 내용을 숙지하고 혼자 살고 있으며 6개월만 살 것이라는 의견을 붙여서 세금 경감원을 만드는 데 근한 시간. 또 강력 본드를 사용해도 결국 오븐 손잡이를 고칠 수 없어서 인터넷을 뒤져 해당 가전 회사의 손잡이 재고를 주문하는 데 또 한 시간여. 그러다 보니 7시가 훌쩍 넘었고 또 저녁을 먹어야 했다. 아주 간단하게 순두부찌개를 만들어 밥을 먹고 설거지를 하고 나니 또 거의 9시. 잠시 쉬고 나니 이제 또 이렇게 오늘 일기를 쓸 시간이 돌아왔다.

책 읽은 시간 고작 두 시간.

주민세와 부러진 오븐 손잡이라는 돌발 변수가 있었고 낮 동안 상당 시간을 또 아내와 딸과 더불어 실시간으로 인터넷 채팅을 꽤 오래 지속하기도 했다. 그런데 왜 기억 속에는 그런 일들은 사라지고 밥 먹고 설거지하고 다시 밥 준비하고 먹고 치우고 한 일만 남아 있을까. 그건 어쩌면 내가 책 읽는 일과 밥 해 먹고 치우고 하는 집안일을 은근히 대립시키고 있는 탓인지도 모른다. 원래 하루 종일 책만 읽어야 하는데 자취 생활을 하느라고 부득

불 가사노동에 시간을 많이 뺏기느라 책을 못 읽는다는 생각. 사실 정말로 집안일에 드는 시간은 아침 점심 저녁 다 합해야 기껏 세 시간이면 된다. 오히려 나머지 시간들을 제대로 관리하지 못해서 생기는 낭비가 더 큰데, 그것은 의당 필요한 시간이라 생각하고 애꿎은 집안일에만 눈을 흘기고 있는 것이다.

혼자 밥을 해 먹고 청소하고 빨래하면서 공부하려면, 정말 그 나머지 시간들을 잘 보내야 한다. 거기서 시간이 새 나가면 보충할 길이 없다. 생산(공부)과 재생산(가사)에 드는 시간 외의 온갖 비생산적인 것들에 들어가는 시간을 줄이지 않으면 안 된다는 생각이 새삼 크게 드는 하루였다.

템스 강변을 달린다

2011년 9월 10일(토) 흐림

사흘 전부터 아침마다 템스 강변을 달린다. '템스 강변을 달린다'고 하니 마치 꽤나 오래, 멀리 달리는 것 같이 들리지만 사실은 편도 약 700미터 정도? 왕복하면 얼추 1.5킬로미터 정도를 5분 남짓, 그것도 걷는 것을 겨우 면한 속도로 이동하는 것에 불과하다. 그래도 분명 템스 강변은 맞고, 두 발이 동시에 공중에 떠서 몸을 앞으로 밀고 가는 것도 맞으니 템스 강변을 달린다는 사실은 맞다.

런던에 오기 전 집에서 근 7, 8개월 이상 뒷산의 작은 공원에서 운동을 계속했는데 8월 24일에 집을 떠난 뒤로 2주 이상 운동다운 운동을 못 했다. 뒷산에서 운동할 때는 이런저런 소소한 운동기구가 많아서 주로 기구 운동을 했는데 여기는 그런 게 없다. 아마 독일이나 북구 지역이었으면 그런 게 있었을지도 모른다. 하지만 프랑스도 영국도 사람들이 그렇게 내놓고 모여서 운동하는 걸 좀 기피하는 것처럼 보인다.

아무튼 서비튼에서 킹스턴으로 이어지는, 맞은편에 햄프턴 코트를 바라보며 걷는 강변길(이 길에는 '여왕의 산책길'이라는 이름이 붙어 있다)은 참 맑고 아름답지만, 할 수 있는 운동이란 걷는 것과 뛰는 것밖에 없는데 걷는 것은 시간 대비 효과가 상대적으로 적기 때문에 부득이 뛰게 되었다.

그러고 보니 제대로 뛰어 본 지가 참 오래되었다. 서울 집 뒷산에도 한 바퀴 돌면 한 100미터쯤 되는 작은 트랙이 있어서 두 바퀴, 혹 기분 좋으면 세 바퀴쯤 뛰곤 하지만 딱 그만큼만 뛰면 호흡이 거칠어져 민망해서 그만두게 되었다. 여기서도 첫날은 꾀가 나서 조금 뛰다가 걷다가 했다. 둘째 날에는 눈 딱 감고 한 700미터 정도를 무조건 뛰어 보았다. 중간에 쉬고 싶은 마음이 굴뚝같았지만 끝까지 뛰었다. 되돌아서 올 때는 다시 또 꾀가 나서 한 50미터 정도 전에 그만 포기를 했지만 그래도 얼추 왕복은 했다. 그런데 오늘은 그렇게 힘들지 않았다. 그리고 걸음도 너무 종종거리지 않고 보폭을 넓혀서 본격적으로 뛰기 시작했다. 무라카미 하루키가 어디 외국엘 나가면 늘 그렇게 뛴다고 하는데(그 사람은 보스턴 마라톤까지 출전해서 3시간 30분대를 뛰는 전문가 수준이지만) 나도 잠시나마 그 흉내를 내는 성싶었다.

중력을 거스르고, 바람을 거스르고, 늙어서 마디마디 굳어 가는 몸을 거슬러서, 두 발만으로 몸을 앞으로 밀고 나가는 일은 확실히 사람을 어떤 궁지로, 극한으로 몰아가는 면이 있다. 걷다가 멈추는 것은 창피하지 않지만 뛰다가 멈추면 좀 창피하다. 나 자신에게도 그렇고 주변의 남들에게도 그렇다. 나 의지박약이요,

저질 체력이요 하고 광고하는 것과 마찬가지다. 그래서 차라리 안 뛰면 몰라도 뛰기 시작하면 그것은 매순간 싸움이 되기 마련이다. 뛰는 자에게는 자기 몸과 마음조차 자기에게 우호적이지 않다. 모든 게 적대적이다. 그래서 뛰는 일은 시작하기가 쉽지 않고 일단 시작하면 끝내기도 쉽지 않다. 뛴다는 것은 그렇게 지속되는 딜레마를 견디는 일이다.

지금은 12시 3분 전, 바로 옆에 있는 펍, 블랙 라이언에선 난장이 벌어졌다. 토요일 밤이다. 밴드가 쿵쾅거리고 사람들이 고성방가 중이다. 월요일부터 금요일까지 조용하던 마을이다. 세상은 다 똑같다. 특히 자본의 억압이 송곳처럼 사람들을 찌르고 들어오는 곳이면 어디든 이렇게 사람들이 일주일에 하루쯤 망가지지 않고는 견디지 못한다. 그런데 사실은 그 망가짐조차 자본의 시간표에 다 들어 있다는 사실을 사람들은 잘 모른다. 자본이 노동을 순치하는 여러 방법 중의 하나일 뿐이다. 하긴 안다고 무슨 대수가 날 것도 아니다.

음악, 내 일상의 마지막 단추

2011년 9월 11일(일) 맑음

차를 몰고 '내비게이터'(한국에서는 '내비게이션'이라 부르고 여기선 흔히 'GPS'라 부른다. 내비게이션은 항법 혹은 운항을 뜻하는 명사이므로 이 장치의 이름으로는 틀린 말이다. 그리고 GPS도 이 작은 장치가 지닌 놀라운 성능의 일부분밖에 감당하지 못하므로 적당한 말이 아니다. 그래서 나 혼자 내비게이터라 불러 본다)를 수령하러 미첨이라는 곳을 다녀왔다. 10마일, 약 16킬로미터 정도 떨어진 곳, 거리상으로 런던에 더 가까운 곳임에도 불구하고 내가 사는 서비튼보다는 가난한 동네로 보였다. 그리고 인도, 파키스탄 등 남아시아계와 아프리카, 서인도계 인구가 더 많이 눈에 띄었다. 내게 톰톰이라 불리는 내비게이터를 판 친구도 파키스탄인이었다. 운전은 이제 갈수록 익숙해진다. 차의 우측에 앉아서 길의 좌측으로 주행을 해야 하는 이곳의 상황이 통념과 습관을 시험에 들게 하는 것 같기도 하지만 모든 게 그렇듯 익숙해지면 아무것도 아니다.

이제 오디오를 구해야 한다. 음악이 있어야 비로소 이곳에서의 내 일상에 마지막 단추가 끼워지기 때문이다. 서울에서 듣던 클래식 CD를 100장 가까이 가져왔는데 아직 들을 기계가 없다.

오늘은 마음먹고 찾으리라 생각해서 저녁 내내 인터넷을 뒤졌지만 쉽지가 않다. 음질을 생각하면 돈이 아깝고, 돈을 생각하면 형편없는 소리를 감수해야 한다. 내가 6개월을 들다가 파리에 있는 결이에게 넘겨줄 생각을 해도 선택이 쉽지 않다. 한국에 비하면 월등히 싼 편이지만, 여기 생활비를 생각하면 마음이 먼저 오그라든다.

벌써 새벽 1시가 다 되어 간다. 조금 전 아내에게서 전화가 왔다. 안양 큰집에서 다들 모여 추석 차례를 지내고 있는 것이다. 이렇게 혼자 떨어져 차례를 못 지내보기는 정말 징역 살 때 외엔 처음이다. 낼 아침엔 왠지 떡국이라도 끓여야 할 것 같다. 아까 잠깐 통화를 했더니 파리의 결이도 떡라면을 끓여 먹겠다고 한다. 트위터에서 어떤 이가 영국 사정을 좀 아는지 나더러 뉴 몰든 가서 송편이라도 사 먹으란다. 그렇지, 추석엔 떡국이 아니라 송편이지!

기분 좋은 오전의 적요

2011년 9월 11일(일) 맑음

바람이 많이 불었다. 창밖의 버드나무 큰 가지들이 바람에 제멋대로 휘청거릴 정도였다. 대신 날씨는 오랜만에 맑았다. 푸른 하늘에선 햇빛이 마음껏 쏟아져 내렸고 하늘엔 흰 구름들이 빠르게 흘러갔다. 남향의 창으로도 햇빛이 쏟아져 카펫 바닥에 창밖 버드나무 이파리들의 그림자가 춤을 출 정도였다. 지난주 거의 내내 흐린 날씨였는데 오늘은 모처럼 쾌청, 쾌적! 무어라 불러도 좋은 날이다.

어제 생각한 대로 아침엔 인스턴트 곰탕에 떡을 넣어 끓여 먹었다. 나름의 추석상인 셈이다. 책상 앞에 앉아 모처럼 기분 좋은 오전의 적요를 즐기고 있는데 K교수가 불쑥 찾아왔다. 자기 집에 가서 점심을 먹어야 한다는 것이다. 그래도 추석인데 혼자 밥 해 먹는 모습이 못내 안쓰러웠던 모양이다.

새벽까지 고민과 검색을 거듭한 끝에 런던에서의 오디오 생활은 보스 웨이브로 갈음하기로 했다. 대형 라디오만 한 크기에 CD 플레이어와 라디오가 같이 장착된 모델인데 배송비까지 280파운드면 소리와 지출 사이의 균형을 가까스로 맞출 수 있을 것 같았다. 나중에 결이에게 넘겨주기에도 디자인, 기능, 가격 모든 면에서 적당하다. 이른바 보스 사운드와의 첫 만남이 이런 콤팩트 뮤직 센터로 이루어질 줄은 몰랐다. 만일 외부 스피커와의 연결이 가능하다면 여기에 보스 스피커 301을 물려 본다면 어떨까 생각해 본다. 정말 귀가 간사해서 결코 전에 듣던 소리보다 못한 소리는 못 듣는다는 말이 실감이 난다. 아마도 내일모레면 드디어 이 방 안에 음악 소리가 울릴 것이다. 첫 소리는 골드베르크 변주곡으로 정했다. 왠지 그래야 할 것 같다.

이 방은 참 햇빛도 햇볕도 잘 든다.
살아오면서 이렇게 양지바른 남향 방에서
지낸 적이 얼마나 있는지 기억도 나지 않는다.
학교 연구실도 남향이라 볕이 쏟아지지만
양지바르다는 느낌보다는
빛이 쏟아져 들어온다는 느낌으로
황급히 블라인드를 내릴 뿐이다.
이렇게 볕이 좋은 날엔
책을 읽든지 졸든지 상관없이
카우치에 비스듬히 누워
바람에 하늘거리는 창밖 나뭇잎 그림자들의 희롱에
눈도 마음도 맡겨 둔다.

평화와 안식이 따로 없다.

공간이 완성되다

2011년 9월 14일(수) 맑음

음악이 왔다. 보스 웨이브는 기대 이상도 아니고 기대 이하도 아니었다. 라디오와 CD 플레이어, 스피커 일체형의 기기로는 최상의 소리를 내 준다고 할 수 있고, 한편으론 일체형 이상의 경이로움을 전해 주지는 못하는 것 같았다. 하지만 작은 거실을 울리기에는 모자람이 없다. 흔히 말하듯 현은 찰지고 피아노는 영롱하다. 볼륨을 조금 더 올리자 방 안을 휘감는 소리의 맛이 꽤 다이내믹하다. 어제 미리 밝힌 대로 첫 레퍼토리는 골드베르크 변주곡이었다. 하지만 일테면 글렌 굴드의 그것이 아니라 슈투트가르트 체임버 오케스트라와 칼만 올라흐라는 피아니스트가 협연하여 각 악장을 전부 다른 방식으로 연주한 일종의 퓨전 앨범이다. 관현악부터 독주까지 다 있어 오디오의 성능을 가늠하는 데는 아주 적당한 앨범이라고 할 수 있다. 그다음에는 라디오, 아마도 영국이 자랑하는 BBC 클래식일 것이다. 가느다란 안테나선만 연결했을 뿐인데 음을 잘 잡아낸다. 여러 말이 필요 없다. 이 공간에 음악이 흐르기 시작한 것이다. 이제 이 공간은 완성되었다.

날이 춥다. 낮에 밖에 나가면 아직도 초가을인데 방에 들어와 있으면 스멀스멀 춥다. 동네 채러티 숍에 들러서 폴라플리스 소재의 등산용 점퍼와 오버트라우저를 10파운드 주고 샀다. 지금도 그 점퍼를 입고 있다. 8시 넘어 해가 지면서 다시 추워져 창문 커튼을 닫고 있다가 결국 가스보일러를 켜서 난방을 가동했다. 거실에 한 넉 자짜리, 침실에 한 석 자짜리, 그리고 화장실에 한 두 자짜리 라디에이터가 있어 공기는 금방 따뜻해지긴 했다. 하지만 12월이나 1, 2월에도 여전히 따뜻함을 전해 줄 수 있을까는 약간 의문이다. 워낙 창문이 크고 기본적으로 단열 시공은 되어 있지 않은 얇은 목조 건물이다. 하지만 익숙해지면 괜찮을 것이다. 어쩌면 10월에는 내복을 꺼내 입어야 할지도 모른다. 좋은 경험이 될 듯하다.

춥고 책이 있고 음악이 있다. 가을이 온 것이다. 나는 바야흐로 이 가을을 다 가지려 한다.

홀로 아프고, 홀로 길 나서다

2011년 9월 15일(목) 맑음

날씨가 계속 맑아서 어쩐지 런던 같지가 않다. 어젯밤, 날씨가 그 정도로 춥지는 않았는데 책상 앞에 앉아 있으니 너무 추웠다. 잠을 자러 침실로 갈 때는 아예 아래윗니가 맞부딪치며 덜덜 떨렸다. 다른 라디에이터는 다 끄고 침실 것만 켜고 밤새 보일러를 가동시켰다. 이불을 둘러쓰고 한참 있으니까 오한이 멈추었다. 잠은 잘 잤지만 5시가 조금 못 되어 잠이 깼다. 머리가 아팠다. 진통제를 찾아서 먹고 다시 잠을 청했으나 3, 40분 간격으로 깼다. 6시 30분쯤 일어날까 더 잘까 하다가 결국 다시 잠을 잤다.

잠을 깨니 8시 10분이었다. 땀이 흥건했다. 마치 심한 몸살에 쌍화탕이라도 마시고 작정하고 땀을 낸 것처럼 그랬다. 일어나서 샤워를 하고 난 다음에도 계속 땀이 흘러내렸다. 이렇게 땀을 흘리고 잠을 잔 것이 얼마 만인가. 한편으론 반갑고 한편으론 걱정이 돼서 아내에게 전화를 했다. 아내는 좋은 일이라 했다. 사실 근래 몇 년 동안 나는 땀을 거의 흘리지 않았다. 그래서 피부가 늘 윤기가 없고 건조하고 트고 했던 것이다. 헌데 이렇게 알아서 땀이 흐르는 것은 내 몸이 스스로 해표(解表)를 한다, 즉 표면을 열게 되었다는 것이다. 그러고 보니 며칠 바짝 말랐던 얼굴과 목이 상당히 부드러워졌다. 그렇다면 다행이다. 여기 있는 동안, 좋은 공기와 여유로운 생활을 통해 몸이 스스로 자기 치유를 할 수 있으면 했는데 오늘 아침의 이례적인 땀 흘림이 그 좋은 전조였으면 좋겠다.

이베이에서 낙찰받은 진공청소기를 가지러 우스터에 다녀왔다. 우스터는 잉글랜드 중부의 버밍엄 조금 서쪽 아래에 있는 도시이고 셰익스피어 생가가 있는 스트랫퍼드와도 멀지 않은 곳이다. 진공청소기는 마음에 드는 훌륭한 물건이고 가격도 저렴했지만, 약간 무리한 행보였다. 혼자, 초행길을 내비게이터에만 의존해서 왕복 다섯 시간을 달려갔다 오자니 힘이 들었다. 돌아와 따져 보니 140마일이면 킬로미터로 220킬로미터쯤 되고, 그 정도면 서울에서 익산을 조금 지나 거의 김제까지 가는 거리였다. 한국에서 청소기 하나 사러 김제에 다녀온다면 나부터도 정신 나갔다고 했을 것이다. 원래는 돌아오는 길에 옥스퍼드에 들러 잠깐이라도 구경을 하고 올 생각이었다. 하지만 돌아오는 길 첫 휴게소에서 햄버거로 점심을 때우고 다시 운전을 하고 오는데 식곤증과 피로감이 몰려와서 그다음 휴게소에 다시 들어가 한 시간이 넘도록 혼곤히 잠을 잤다. 이미 4시가 다 되어 가는데 옥스퍼드 들러서 런던에 돌아오면 한밤중이 될 것이었다. 그래서 옥스퍼드는 포기하고 그냥 집으로 돌아왔다.

하지만 이제 앞으로 여러 차례 이렇게 홀로 운전을 해서 영국의 이곳저곳을 다녀야 할 팔자이므로 오늘은 그 첫 경험으로 나쁘지 않았다. 우선 새로 산 내 차의 성능이 괜찮다는 것을 확인했고 무엇보다 영국의 길 맛을 본 셈 아니겠는가. 영화 〈아이다호〉에서 리버 피닉스가 "나는 길의 감식가"라고 했지만, 모든 길은 같으면서도 다르다. 여기서는 고속도로에, 모터웨이라는 뜻에서 앞에 M 자를 붙이고 뒤에 숫자를 써서 이름을 붙인다. 내가 오늘 달렸던 주도로는 M40, 런던에서 버밍엄으로 가는 길이다. 길은 포장 상태가 거의 완벽했고 어디 하나 허술한 구석이 없었다. 숲과 구릉과 평원 위에 지은 길이라 우리처럼 절개지, 다리, 터널, 고가로 이런 것이 없어서 한편으론 편안했고 다른 한편으론 심심했다. 그리고 휴게소 외에 비상시 차가 대피할 수 있는 공간이 전혀 없다는 점이 불편하달까 특이하달까 했다.

고속도로에서는 이 사람들도 사정없이 달린다. 런던을 벗어나서 얼마간은 60마일 제한 속도가 붙어서 그 속도를 넘으면 톰톰이 경고음을 내보내는데 어느 정도 지나고 나니 어떤 속도 제한 표시도 찾아볼 수가 없었다. 그러나 어쨌든 이 사람들은 규칙을 지킨다는 의식이 강해서 추월선, 주행선이 제 기능을 하고 있었다. 고속도로에서도 역시 이곳은 예측 가능성이 확실한 것으로 보였다.

희망과 우울 사이

2011년 9월 16일(일) 흐림

오늘도 조금 늦잠을 잤다. 새벽에 일찍 깼다가 다시 잠드는 버릇이 생길 것 같다. 8시를 넘겨 일어나 겨우 빵집에 다녀왔을 뿐, 이틀째 운동을 못 했다. 아직도 옅게 남아 있는 몸살 기운 핑계도 좀 있었다. 5분 거리, 세 블록쯤 건너에 있는 '프렌치 타르트'라는 이름의 프랑스 빵집. 매일 아침 바게트와 크루아상을 굽는 그 집 때문에 아침 식탁이 좀 더 다양해졌다. 커피와 주스 혹은 우유를 준비해 두고 바게트를 뚝 잘라 다시 배를 갈라서 버터를 넣고 블루베리 잼을 발라 먹는다.

유럽에서 이렇게 먹는, 아침에 구운 빵은 미국산 수입 밀가루로 만든 한국 빵은 절대 좇아올 수 없는 맛을 가지고 있다. 밀가루 자체가 자기 나라에서 생산한 건강한 밀로 만든 것이기 때문이다. 내 경우 한국에서 만든 빵은 먹고 나면 꼭 속 쓰림이 따라온다. 하지만 파리에서 먹는 빵은 절대 안 그렇다. 런던에서도 이렇게 제대로 매일 구워서 파는 빵은 마찬가지다. 한국에서 빵으로 아침 식사를 해결하는 모든 가정은 불행하다. 우리 밀로 만든 빵 외엔 거의 모든 한국 빵은 농약 범벅의 미국산 밀가루로 만든 것이기 때문이다.

TFT the french tarte
THE FRENCH TABLE

한국에서 아침에 빵식을 하는 가정들이 소수이며 대다수의 한국 사람들이 어떻게든 쌀밥을 먹고 하루를 시작하려고 하는 것이 그나마 불행 중 다행이기는 하다. 아침에 빵을 챙겨 먹는 집들은 대개 중산층 이상이다. 그리고 그들은 환경 문제에 대개 민감한 사람들이다. 그런 그들이 농약 범벅의 미국산 밀가루로 만든 빵을 아침마다 먹는다는 것은 아이러니이다. 그들이 먹는 빵은 아무리 잘 구어도 내가 아침에 사 먹는 1파운드짜리 바게트를 못 따라온다. 여기서 이처럼 제대로 된 빵을 먹어 본 사람은 한국에 돌아가면 절대 빵을 먹을 수 없다.

이상하게 요 며칠 사이 손가락에 쥐가 잘 난다. 저녁 준비를 하면서 재료들을 씻고 다듬고 도마에 놓고 칼질을 하는 동안, 몇 차례나 손가락에 쥐가 나서 한참을 손을 풀고 나서야 다시 일을 시작할 수 있을 정도였다. 칼만 좀 세게 쥐어도, 작은 감자를 단단히 붙잡기만 해도 그랬다. 하도 이상해서 아내와 통화할 때 그 얘기를 했다. 아내는 한 달 이상 복용한 스테로이드 후유증일 수도 있다고 보는 것 같았다(아내는 약사다). 얼마 전 여기서 사서 먹고 있는 칼슘·마그네슘 복합제제의 복용량을 늘리라고 한다. 아마 마그네슘 부족 증상일지도 모른다. 내가 여기 가져온 약이라곤 혈액순환제와 유산균제제, 그리고 아주 약간의 소화제, 두통약 정도였다. 아내에게 잔뜩 투정을 부렸다. 왜 이렇게 안 챙겨서 보

냈냐고. 하긴 이것저것 다 챙겨 주었으면 또 왜 이렇게 많이 챙겨 주느냐, 가서 약만 먹다 오라는 거냐 하고 한참 지청구를 해 댔을 것이다. 아내는 이러나저러나 내 투정받이 신세를 못 면한다.

어제부터 하루 한 알씩만 먹던 스테로이드제제를 완전히 끊었다. 몸이 좋아질 건지 다시 나빠질 건지 아직 판단이 안 선다. 좋은 쪽으로 걸고 싶다. 하지만 이 몸이 하루에도 몇 번씩 나를 시험에 들게 한다. 희망과 우울 사이를 하릴없이 왕복하게 하는 것이다. 그것도, 아니 그것이야말로 내 병의 원인인 스트레스의 가장 큰 원인 중 하나일 것이다.

테리 이글턴 읽기

2011년 9월 17일(토) 비오고 다시 추워짐

뉴 몰든 H마트에 장 보러 갈 무렵부터 비가 와서 꽤 여러 시간 지속되었다. 거리 곳곳에 물이 고였고, 좀처럼 우산을 쓰지 않는 이곳 사람들도 견디다 못해 우산들을 꺼내 들고 다녔다.

오후 4시부터 집에 들어앉아 계속 음악을 들으며 책을 읽었다. 무슨 책을 읽을까 하다가 영국에 온다고 영국 비평가들인 레이먼드 윌리엄스와 테리 이글턴의 책을 꽤 여러 권 들고 왔는데 일단 그중에 한 권, 얇고 가벼운 것을 시작했다. 이글턴의 84쪽짜리 책 『맑스주의와 문학비평』이다. 내용이야 너무 익숙한 것이지만 익숙한 것이라야 원서 읽기 운을 떼는 데 도움이 될 것 같았다.

책은 1976년에 초판을 찍었지만 내 것은 2002년에 이글턴의 신판 서문을 달아서 새로 찍은 것이다. 그 신판 서문은 한편으론 낡았지만 한편으론 신선했다. 이글턴은 1970년대 중반 자본주의의 위기가 1980년대 이후 신자유주의라 불리는 자본의 (노동 계급에 대한) 역습을 낳았고, 지금(2002년)은 그 반동의 효과가 극에 달한 때라고 보고 있다. 그리고 그것이야말로 새로울 것 없는, 바로 맑스와 엥겔스가 예견한 바로 그 상황이라는 것이다. 그러니까 그에 의하면 세계는 의연히 지금도 계급투쟁 중인 것이다(이 점이 낡았다). 하지만 그는 여전히 해방 투쟁은 계속되어야 하고 문학을 포함한 문화 투쟁은 정치 투쟁의 중요한 한 부분이라고 확실히 못을 박고 있다(이 점은 신선하다, 아니 새삼스럽다).

이데올로기 투쟁의 무기로서의 문학/문화, 그것은 내게도 처음부터 지금까지 그래 왔다. 그것을 새삼스럽게, 또는 신선하게 느끼는 내 사고 체계 혹은 감성 체계에 약간의 문제가 생겼을 뿐이다. 적절한 비판과 교정이 필요한 시점이다. 이 공부, 이 싸움을 왜 시작했는가를 늘 잊지 말아야 한다. 내 공부는 처음부터 취미일 수도 교양일 수도 직업일 수도 없었다는 것을.

약간 허기가 진다. 사과 한 알이라도 먹고 잠을 청해야겠다. 어제는 뭔지 모를 기분 나쁜 꿈을 꿨는데 오늘은 그냥 눈 감았다 뜨면 아침이면 좋겠다.

중년의 덕후질

2011년 9월 19일(월) 흐림

어제 노트북을 새로 장만했다. 6개월만 쓰면 된다는 생각으로 새 노트북을 사는 대신 결이가 6년 전부터 쓰다가 작년에 결국 손을 놓아 버린 메모리 256MB, 하드 40GB짜리 구형 10.4인치 IBM 노트북을 재포맷하고 하드 파티션을 분리해서 가져왔지만, 얼마 사용하지도 않았는데 너무 느려져 며칠 전 상태를 확인하니까 C 드라이브 1.5기가, 믿었던 D 드라이브도 2.5기가밖에는 남지 않았다. 이 친구도 결국 컴퓨터 환경의 고속화, 공룡화라는 현실 속에서 수많은 중고 전자기기들이 가고 있는 '산송장'의 길을 갈 수밖에 없게 되었다.

결국 다시 벼룩시장 신세를 지게 되었다. 180파운드면 벼룩시장 노트북 값으로는 거금에 속한다. 그 거금을 주고 윔블던까지 차를 가지고 가서 델 랩톱을 하나 들여왔다. 15.4인치 모니터, 인텔 듀얼 코어 2 프로세서, 2MB 램, 200GB 하드. 이런 정도면 데스크톱 대신 주력기로 쓸 만하다. 어제는 거의 하루 종일, 새 노트북에 프린터 드라이브라든가 드롭박스라든가 하는 프로그램을 깔고 나만의 인터넷 즐겨찾기의 세계를 재구축하느라 시간을 다 보냈다.

이럴 때 보면 내게는 확실히 요즘 젊은 친구들이 말하는 '덕후' 기질이 농후하다. 영어로 하면 마니악(maniac)하다는 뜻일 거다. 무엇을 하든 어디를 가든 무엇을 먹든 무엇을 사든 나는 그냥 대충하는 법이 별로 없다. 특히 그것이 어느 정도 이상의 비용이 드는 일일 때는 더 그렇다. 어느 정도 이상의 돈과 시간을 들여 무엇인가를 나의 것으로 귀속시킬 때는 나는 늘 거기에 '올인'하다시피 한다. 검색을 하고, 리뷰와 매뉴얼을 미리 보고, 스펙을 따져 보고, 가격을 비교해 봐야 직성이 풀린다. 그 노력은 대개는 정말 객관적 확신을 가지기 위해서이기도 하지만, 경우에 따라서는 주관적으로 무조건 가지고 싶은 어떤 대상에 대한 내 욕망을 합리화하기 위해서도 그렇다.

사실 합리적 소비라는 것은 없다. 자본주의 사회에서 모든 소비는 불합리하다. 아니, 모든 상품 구매 행위는 거의 대부분 맹목적이다. 이 근원적 맹목성에 합리성이라는 의장을 덧붙이기 위한 모든 노력은, 사실은 더 고도화된 물신성의 표현이다. 덕후라는 존재들, 소위 마니아들, 얼리 어답터들은 겉보기에는 합리적이고 냉정한 것 같아도 사실은 더 불합리하고 더 자기통제를 못하는 사람들이다. 사실은 나도 그렇다. 나도, 아니 나는 아주 오래전부터 물신에 깊이 빙의되어 있다.

15일이 아내와의 결혼기념일, 18일이 첫 만남 기념일인데 정말 까맣게 잊고 넘어갔다. 오늘 저녁 결이와 통화하다가 그 두 날을 모두 잊고 넘어갔다는 사실을 처음 알았다. 최소한 지난 20년 남짓 동안은 이날들을 잊은 적도, 아내와 함께 있지 못한 적도 없었는데 참 이상한 일이다. 하지만 달리 생각하면 한 해도 거르지 않고 또박또박 챙기는 것이 어떻게 보면 더 이상한 일일 수도 있다. 아내도 까맣게 몰랐다고 했다. 그래, 이런 날이 있어도 괜찮다.

미학과 정치

2011년 9월 20일(화) 흐림

종일 책만 읽었다. 테리 이글턴의 『맑스주의와 문학비평』은 모처럼 읽는 영서라 아무래도 날렵한 맛은 없지만 한국에서 가끔씩 의무적으로라도 읽지 않으면 안 되겠다 싶어 읽을 때와는 비교도 할 수 없이 빠른 속도로 읽혀진다. 게다가 단어 암기에서의 집중도도 덩달아 높아져서 좋다. 다른 할 일이 없어서 자연스럽게 집중도가 높기도 하겠지만 현지 효과라는 것도 확실히 작용하는 듯하다. 주변이 꼼짝없이 영어 환경이라 덩달아 영어 관련 수행 능력이 높아지는 느낌이다.

하지만 하루 종일 한 가지 책만 읽는 것은 내 스타일이 아니다. 사전 펼쳐 놓고 읽는 책이 아닌, 조금 편한 의자에서 발 벋고 앉아 읽을 책도 필요하다. 장 프레포지에의 『아나키즘의 역사』를 꺼내 들었다. 표트르 알렉세예비치 크로포트킨의 『만물은 서로 돕는다』를 읽기 전에 아나키즘 개괄을 위해 가져온 책인데 번역도 괜찮고 책의 흐름도 좋다.

말하자면 미학과 정치를 같이 읽어 나가는 셈이다. 갈데없는 내 영역이다. 궁극의 영역에서 예술은 가장 아름다울 때 가장 정치적이고, 가장 정치적일 때 가장 아름답다. 동시대 최고의 아름다음은 동시대의 관습과 이데올로기와 충돌하게 마련인 것이고, 그것이 예술인 한 최고의 정치성은 미적 충격을 통과하지 않고서는 구현되지 않는 법이다. 나는 이런 점에서 미학을 정치화하고 정치를 미학화할 수 있기를 갈망해 왔다.

·

이글턴의 책은 아직 다 읽은 건 아니지만, 문학은 이데올로기의 한 형식이지만 이데올로기와는 다르며 나아가 이데올로기 투쟁의 주요한 무기라는 것을 논증하기 위한 책이다. 해묵은 이야기다. 하지만 여전히 중요한 이야기다. 나 역시 강의 때마다 수도 없이 되풀이하는 주제이기도 하다. 하지만 이글턴의 논증은 일종의 순환 논리에서 크게 벗어나지 못하고 있다는 느낌이 든다. 특히 내용과 형식에 대해 논할 때 그러하다. 문학 형식의 고유성을 보증하는 것은 당연히 그 내용에 있지만, 그 내용의 힘을 보증하는 것은 문학적 인식, 이른바 형상적 인식의 인식론적 특징에 있다는 것을 밝혀야만 한다. 조금 더 읽으면 그 나름의 논리가 뚜렷하게 나타나겠지만 『문학이론입문』에서 보인 문학의 고유한 특질에 대한 태도가 여기서는 어떤 식으로 나타날까 궁금하다.

프레포지에는 아나키즘의 본질을 '절대자유주의 정신'으로 보고 있다. 그리고 그러한 한 아나키즘은 정치적 교의가 아니라 하나의 삶의 방식이라는 것이다. 그럼에도 불구하고 그것을 은둔자적 방식이나 도피적 방식이 아니라 현실에서 정치적으로 실현하려고 할 때, 권력과의 갈등은 필연적이고 권력의 최고 육체인 국가와의 비극적 충돌이 일어나게 되는 것이다. 이 책은 이런 관점에서 아나키즘의 역사와 여러 아나키스트들의 입장을 개관하고 있다.

아나키즘은 본질적으로 극단적 개인주의이고 자유주의이다. 그러면서도 동시에 사회적 연대를 중시한다. 여기서도 갈등이 있다. 전자에 기울면 귀족적 낭만주의가 엿보이고, 후자에 기울면 민중주의가 나타난다. 이런 문제를 안고 있으면서도 근대적 국가(주의) 시스템에 대한 환멸은 많은 사람들을 아나키즘에 기울게 만들고 있다. 특히 생태주의와 결합된 아나키즘은 정치경제적으로만이 아니라 생태적으로도 한계에 이른 근대 세계에 대한 하나의 대안 체계를 구축하고 있는 것으로 보인다.

이 책을 읽으면서 비로소 알게 된 사실. 18세기 영국의 선구적 아나키즘 사상가로 윌리엄 고드윈이라는 인물이 있다. 그는 1797년에 역시 선구적 여성운동가 메리 울스턴크래프트와 결혼한다. 그리고 메리 울스턴크래프트는 첫아이를 낳고 산욕열로 죽는데, 그 첫아이가 바로 『프랑켄슈타인』을 쓴 메리 울스턴크래프트 셸리이고 그녀의 성 셸리는 그녀가 『서풍부』로 유명한 낭만주의 시인 퍼시 셸리의 아내였기 때문이다. 이렇게 멋진 인간들이 한 가계의 두 세대에 조밀하게 부부, 딸, 사위로 몰려 있는 경우도 드물 것이다. 18, 19세기라는 시대 자체가 천재들을 주조해 낸 용광로 같은 시대였기 때문에 가능한 일이었을 것이다. 어떻게 보면 인류는 이 괴물 같은 근대를 낳기 위해 그 시기에 이미 인간의 모든 가능성을 다 탕진해 버린 것인지도 모른다. 18, 19세기의 창조적인 인간들에 비교하면 20세기의 인간들은 자신들이 만든 덫에 걸려 온갖 참화에 허덕이다 갔고, 21세기의 인간들은 이제 그 설거지나 하다가 사멸해 갈 운명으로 보인다.

오후엔 일부러 산책을 나갔다. 생각할수록 걷기에 좋은 곳이다. 어디를 가든 차분하고 조용하며 사람 중심성이 확실히 정립되어 있다. 이들 나름대로 피와 땀을 흘리며(물론 거기엔 인민에 대한 잔혹한 착취와 식민 지배도 포함된다) 만들어 낸 것들이 오래도록 켜켜이 쌓여 견고하게 버티고 있다는 생각이 든다. 이 사람들은 대지에 뿌리를 내린 사람들이고, 우리는 아직도 뿌리를 못 내리고 허공에 떠 있는 사람들이다. 이들은 오래도록 한자리에 사는 정주민들이고 우리들은 아직도 천막을 치고 사는 피난민들이다. 피난민들이 산책하기 좋은 길을 만들 생각을 하겠는가.

옛 인연, 춥고 아린

2011년 9월 21일(수) 흐리고 맑음

모처럼 런던 시내 외출을 했다. 학교에 가서 '벤치 피'를 내고 도서관, 식당, 휴게실 등을 안내받기로 했고 모처럼 약속도 잡혀 있다. 그리고 마지막으로 런던 심포니 공연도 관람해야 한다.

벤치 피라는 것, 말 그대로 번역하면 자릿값 혹은 자릿세다. 해외 연구년 신청이 영미 쪽으로 편중되다 보니까 영미 쪽 유수한 대학에서는 방문교수 신청자들에게 돈을 받는다. 나는 6개월짜리라 1천 파운드, 1년 오는 사람들은 2천 파운드를 낸다. 대신 임시 교직원 자격의 ID 카드를 받는다. 1천 파운드면 한국 돈으로 거의 180만 원, 한 달에 30만 원쯤 된다. 적지 않은 돈이다. 그리고 그리 흔쾌하게 내게 되는 돈도 아니다. 영국과 한국 사이에 존재하는 학문 외적 비대칭성의 표지 같은 것으로 보이기 때문이다.

물론 생각하기 나름이다. 어쨌거나 조그마한 데다가 다른 방문교수들도 같이 쓰는 공간이지만 연구실도 있고, 도서관에서 최다 50권까지 책도 빌릴 수 있으며, 주변 일대의 도서관, 식당, 휴게실, 세미나룸 등 편의 시설을 이용할 수 있는데, 그에 대한 서비스 비용이라고 생각하면 여기 물가나 등록금 수준에 비추어 최소 비용이라고 볼 수도 있다. 그리고 그런 개인적인 공부를 위한 편의를 구하는 것을 넘어서 적극적으로 SOAS의 한국학, 나아가 유럽 한국학의 현장에 깊이 관여하고 작용하며 학생들과도 적극적인 관계를 맺어 나가면 그것은 벤치 피를 얼마 내는가 하는 수준을 넘어서는 성과로 이어질 수도 있기 때문이다. 어쨌든 나로서도 한국 근대문학 연구가 거의 제대로 이루어지지 못하고 있는 해외 한국학의 실정에 대해 기회가 마련되면 내가 할 수 있는 적절한 개입을 피할 생각은 없기 때문이다. 다음 주 개강을 하고 정상적인 흐름 속에 놓이게 되면 차분히 생각해 볼 일이다.

S형은 몸이 안 좋아 오늘 보기가 힘들 것 같다고 전화가 왔다. 월요일엔 내가 그랬는데 오늘은 형이 그렇다. 그 양반도 사상 의학 처방에 따라서 음식조차 하나하나 가려서 먹어야 하고 아무튼 몸 때문에 고생이 많은 듯싶었다. 다음 주엔 내가 파리에 가 있으니 과연 런던에 같이 있을 때 만날 수나 있을지 모르겠다. 그래도 어쨌든 한 번은 만나야 할 것이다. 우리에게 옛 인연처럼 소중한 것이 더 있을까. 비록 세월이 흘러 다들 크든 작든 생각도 삶도 바뀌게 되었지만, 그토록 춥고 우울하고 강팍했던 30년 저편의 시간들 속에서 조악한 등사기로 인쇄한 유인물들을 옷깃에 감추고 신림동 봉천동 골목길들을 함께 떠돌던 때를 생각하면 지금

도 마음이 춥고 아리다.

저녁엔 발레리 게르기예프의 런던 심포니 오케스트라 공연을 접했다. 런던에서의 첫 문화 체험이었다. 런던 심포니의 아성인 바비칸 센터 콘서트홀에 첫발을 디딘 것이다. 지난여름 14회 차이콥스키 콩쿠르 우승자들을 초청한 일종의 갈라 공연이지만 갖출 것은 제대로 갖추고 하는 공연이었다. 1부에서는 소프라노 우승자인 한국의 서선영과 오페라 〈예브게니 오네긴〉 중의 일부를, 첼로 우승자인 아르메니아의 나렉 하크나자리안과 로코코 주제에 의한 변주곡을 연주하고, 2부에서는 피아노 우승자인 러시아의 다닐 트리포노프와 피아노 협주곡 1번을 완주했다. 바리톤 우승자인 한국의 박종민은 개인 사정으로 이 공연엔 참여를 못 하고, 바이올린은 우승자가 없고 2등 이후만 있어서 우승자 초청이라는 격식에 맞지 않아 역시 포함시키질 않은 것 같다.

오늘의 백미는 역시 피아노 협주곡 1번. 이 곡은 워낙 곡 자체가 압도적이라 누가 연주해도 감흥이 큰 곡이지만, 또 그렇기 때문에 조금만 잘못 연주하면 금방 비교가 되고 표가 나게 된다. 다닐 트리포노프라는 스무 살짜리 친구는 한국의 손열음을 2위로 밀어내고 우승했기 때문에 아무래도 러시아 프리미엄이 있었을 거라는 선입견을 지울 수 없었지만, 적어도 테크닉 면에서는 나무랄 데가 없어 보였다. 특히 앙코르곡인 리스트의 〈라 캄파넬라〉

연주가 거의 초절기교적 완성도를 선보였다는 점에서 내겐 더 인상적이었다. 하지만 피아노 협주곡 1번은 기교로 치는 곡이 아니라 열정과 압도적 카리스마로 치는 곡 아닌가. 특히 오케스트라와의 조화보다는 대결 구도가 더 볼 만한 곡인데 아직 어린 나이라 그런지 그 점에서는 아무래도 모자랄 수밖에 없을 것이다.

아무튼 좋다. 지금도 귓가에는 차이콥스키 피아노 협주곡의 여운이 생생하게 남아 맴돌고 있다.

어떤 항우울 처방

2011년 9월 22일(목) 많이 흐림

날이 하루 종일 흐렸다. 그냥 흐린 것이 아니라 마치 곧 폭우라도 쏟아질 것처럼 무겁게 가라앉았다. 다른 날 같으면 가끔 한 번쯤은 고개를 내밀어 주기도 하던 햇살도 오늘은 볼 수가 없었다. 만일 이런 날이 계속된다면 좀 힘겨울 것이다. 이번 영국행에서 내가 가장 금기로 삼기로 한 것이 우울이다. 우울은 늘 자학을 부르고 자학은 마음의 학대에서 몸의 학대로 이어진다. 이렇게 혼자일 때 이 심연의 덫에 걸려들면 절대 안 된다. 매일 쓰는 이 글도 우울을 부르지 않기 위해 매우 조심한다. 우울한 척도 말아야 한다. 그럴 때는 더 불행한 것들, 더 고통스러운 사람들을 생각하면 된다. 나는 팔자가 늘어진 사람이지 않은가. 그래도 우울의 그림자가 드리워지면 잠시 음악을 듣기로 한다. 음악 위에 그 무게를 올려놓고 날려 보내기로 한다.

챙겨 가지고 왔는지 몰랐는데 해금 연주자 강은일의 첫 앨범 『정』이 있었다. 날이 흐려 더 일찍 내려온 땅거미의 등 위에 해금의 처연하고도 울울한 가락들을 올려놓았다. 그랬더니 그 거대하고 검은 타란툴라는 음악을 등에 지고 내게 오던 발길을 되짚어 돌아갔다. 성공이다.

오후엔 역시 테리 이글턴의 책을 읽었다. 게오르크 루카치, 루시앙 골드만, 피에르 마슈레……. 오랜만에 다시 접하는 이름들이다. 리얼리즘 미학 외엔 길이 없다는 생각에 마치 경전을 읽듯이 그쪽 책들을 읽어 대던 시절, 이들을 독파하던 기억이 새롭다. 그중에서도 루카치나 골드만은 얼마나 열심히 읽었던지 이글턴이 쓴 글을 읽는데 마치 내가 지금 그들에 대해 쓰고 있다는 느낌이 들었다. 이글턴이 루카치를 어떻게 보고 있나 궁금했지만 아직까지는 해설에 그치고 있다. 초기 루카치의 페시미즘을 말하면서도, 그리고 그 페시미즘이 맑시즘을 만나서 어떻게 리얼리즘론으로 재탄생하는가를 설명하면서도 일언반구 있음 직한 독설이 없다. (물론 이 책 전체를 통해 서문을 빼놓고는 이글턴은 특유의 독설을 자제하고 있긴 하지만) 골드만에게서는 당연하게도 속류적 기계론적 경향을 짚어 내고, 마슈레에게서는 내용 편향을 짚어 내면서도.

하긴 잃어버린 유토피아, 잃어버린 전체성, 잃어버린 유아기(상상계?)에 대한 동경이나 향수에 대해 누가 돌을 던질 수 있겠는가. 그리하여 새로운 역사를 주도할 새로운 인간 집단의 새로운 예술에 몸을 맡겨 그 시절을 회복하려는 꿈을 꾸는 것을 누가 깎아내릴 수 있겠는가. 비록 루카치가 모더니즘을, 때론 형식이 내용을 끌고 갈 수도 있음을 너무나 완강하게 거부한 것에 대해서야 누구든 몇 마디 싫은 소리를 하지 않을 수 없겠지만 말이다.

종일 집에만 있어서 저녁을 먹고 잠깐 산책을 나갔다. 내가 사는 집은 브라이튼 로드에 있지만 이 길은 서비튼에서는 드물게 서북쪽에서 동남쪽으로 향하는 도로이고, 서비튼은 강변의 포츠머스 로드, 서비튼 역이 있는 다운타운 거리인 빅토리아 로드, 그리고 그 가운데 주거지를 가로지르는 메이플 로드 등 남서쪽에서 북동쪽으로 비스듬히 향한 세 개의 길을 끼고 형성된 마을이다. 내 산책로는 주로 메이플 로드인데 이 길을 따라서 은근히 서비튼 사람들의 밤 생활이 이루어지고 있다.

내 집 바로 아래의 블랙 라이언 펍은 아주 홍청거리는 큰 가게다. 메이플 로드를 따라 동쪽으로 향하면 거기에도 약 200미터 내에 펍이 세 개(안텔로페, 그로브 하우스, 그리고 하나 이름은 생각이 안 난다)나 있고, 더 프렌치 테이블이라는 유명한 프랑스 식당, 루치오(?)라는 이탈리아 리스또란떼, 그리고 루비콘이라는 칵테일 바가 어깨를 겨루듯 늘어서 있다. 목요일인데도 다들 그럭저럭 손님들이 많이 들어차 있었다.

낮에 집배원이 다녀간 모양이다. 아마존에 주문했던 레이먼드 윌리엄스의 책 두 권, 『모더니즘의 정치』와 『문화와 유물론』이 도착했고 런던 심포니에 예약한 입장권들이 벌써 도착했다. 책과 음악, 열어 보기 직전에 늘 가슴이 설레는 것들.

Clarks
Clarks

한국소설 읽기

2011년 9월 23일(금) 맑음

이제 막 저녁 8시가 되었다. 하지만 이른 일기를 쓴다. 몸이 또 으슬으슬한 까닭이다. 이상하다. 여기 와서 벌써 두 번째다. 6시 전후해서 갑자기 실내 온도가 뚝 떨어지는 것 같은 기분이 들고 온몸이 춥다. 조금 천천히 먹으려던 저녁을 서둘러 차려 먹는다. 따끈한 국물과 칼로리가 필요하다. 미역국을 끓이고 내일이면 아마 상하지 싶은 삼겹살 약간 남은 것을 바짝 굽는다. 고기와 더불어 미역국에 밥을 말아 속을 덥힌다. 설거지도 부지런히 한다. 이럴 때 설거지가 밀리면 곤란하다. 그리고 난방 보일러를 켠다. 거실 라디에이터 곁에 의자를 두고 잠깐 존다. 지금 자면 안 된다. 몸이 아픈 새벽 서너 시에 깨서 우두커니 어쩔 줄 모르고 있기는 싫다.

옷을 껴입고 적어도 10시까지는 버티기로 한다. 반팔 티셔츠 위에 긴팔 면 티셔츠, 그 위에 결이가 준 후드 재킷, 그리고 다시 그 위에 폴라플리스 재킷을 입고 무릎에는 커다란 면 수건을 덮는다. 영락없는 시베리아의 지바고 형상이다. 커튼을 젖히면 창문에 성에라도 잔뜩 끼어 있을 것 같다. 오호! 올 이도 갈 이도 없어 성에를 녹여 봐도 하릴없다. 캐모마일 사 두기를 잘했다.

캐모마일 한 잔을 뜨겁게 타서 컴퓨터 앞에 앉는다. 두껍게 껴입고 뜨거운 차를 마시니 좀 살 것 같다. 이따가 자기 전에는 캐모마일 한 잔 더 끓여 거기 코냑을 조금 넣어 마시리라. 생각하니 요 며칠 잠을 설친 탓도 없지 않을 것이다.

하지만 오늘은 그렇게 몸을 혹사시킨 바가 없는데……. 아침 10시에 레인즈 파크에 있는 정비업소에 차를 갖다 맡기고, 부근의 스타벅스에 가서 커피 한 잔을 놓고 두 시간가량 책을 읽고, 그 건너편의 펍에서 닭고기 베이컨 샐러드 한 접시를 시켜 먹고, 차 가지고 2시 반쯤 집에 돌아왔고, 다시 책을 좀 읽다가 세인즈베리에 가서 약간의 쇼핑을 한 것이 전부다. 아무튼 몸 어딘가에서 무언가 조금 꽉 조여지지 않은 것이 있는 모양이다. 아니 거꾸로 아직도 다 풀어 놓지 못한 것이 있는 모양인지도 모른다.

혹시 오늘 스타벅스에서 읽은 요즘 한국소설들 때문에 마음이 언짢아서인가. 이게 정신적 피로에서 온 것이라면 아마도 그쪽에서 왔을 가능성이 크다. 요즘 문학동네에서 '젊은작가상'이라는 걸 주는 모양인데 그 수상작품집 2010년과 2011년분 두 권을 이번에 사 가지고 왔다. 한동안 들여다보지 않았던 요즘 젊은 작가들 작품을 모처럼 읽어 볼 요량이었다. 오늘 읽은 것은 2010년 작품집. 수상작인 김중혁의 「1F/B1」과 편혜영의 「저녁의 구애」, 이장욱의 「변희봉」, 그리고 배명훈의 「안녕, 인공존재!」 이렇게

네 편이다. 센티멘탈 아이러니인 「변희봉」이 잠깐 시선을 끌었지만 나머지 작품들은 재미도 없고 감동도 없다. 무슨 말을 하려는지는 안다. 하지만 이런 방식으로는 안 된다. 어설픈 우의와 상징, 서투른 모더니즘의 포즈들이 번거롭기만 하다. 아직도 모든 주인공들이 그레고르 잠자고 K고 에스트라곤이고 블라디미르다. 벌써 100년이나 지나지 않았는가. 그들이 한국소설에 돌아왔다면 좀 더 폼 나게 돌아와야 하는 것 아닌가. 최소한 지난 100년의 인류가 지나온 시간의 무게가 실려 있거나, 혹은 이끼나 녹이라도 잔뜩 끼어 있어야 하지 않는가. 2005년 교수 자리를 얻은 뒤부터 지금까지 6년 동안 한국소설 읽기를 놓아두었다면 지금쯤은 읽지 않으면 창피한 물건들이 적어도 대여섯 권은 있어야 할 것 아닌가.

이제 9시가 겨우 넘었다. 캐모마일 티백에 다시 뜨거운 물을 붓고 코냑을 조금 따른다. 한 모금 마시니 몸이 조금 더 뜨거워진다. 이 기운이 떨어지기 전에 자러 가야 한다. 샤워는 생략이다. 11시쯤 아내에게서 전화가 올 텐데. 코냑 섞은 캐모마일 한 잔을 다 마셨다. 다시 몸이 추워지기 전에 침대로 들어가야 한다. 좀 잘 잤으면 좋겠다.

중늙은이 역할의 괴로움

2011년 9월 24일(토) 맑음

새벽 1시에 잠이 깼다. 이후로 거의 한 시간 간격으로 깼다 잠들었다 하면서도 어쨌든 잠을 잤다. 그래도 아침은 개운하게 맞았다. 중간에 깼건 어쨌건 침대에서 열한 시간이나 보냈으니 몸이 좀 풀리는 것 같다.

아침을 대강 먹고 책을 읽고 있는데 K교수가 전화를 했다. 오늘 서비튼 지역 축제날인 것 같다고, 빅토리아 로드를 다 통제하고 각종 천막들이 들어섰다고 한다. 점심을 대강 챙겨 먹고 나들이를 나섰다. 어디나 축제는 똑같은 것 같다. 천막 난장이 열리고 먹을 것, 기념품, 액세서리, 타로 점집, 이런저런 체험 공간, 초청 가수 공연……. 조금 특이한 것이라면 한 열 대 정도의 클래식 카가 전시되고 있다는 것과 이 지역, 즉 서비튼과 킹스턴의 지역 특색에 기초한 부스가 꽤 여러 개 마련되어 있다는 점이었다. 지역의 국가 보건 서비스(NHS), 도서관, 지역사, 지역 발전 기금 모금 등을 위한 부스들인데 이 점은 특이하면서도 바람직해 보였다. 먹거나 살 것은 별로 없었다. 채러티 숍 한 군데를 새로 발견해서 들어가 봤더니 CD가 꽤 있었다. 클래식은 거의 없고 엘라 피츠제럴드, 루이 암스트롱 등 재즈 앨범과 〈러브 액추얼리〉, 〈브리짓 존스의 일기〉 등 사운드 트랙, 그리고 존 레전드의 음반 등 CD 일곱 장과 양장본 『두 도시 이야기』 등 책 두 권을 12파운드 주고 살 수 있어서 즐거웠다.

오늘은 Y교수 집에서 SOAS 한국학 방문교수들을 초청한 와인 파티가 있었다. K교수 부부와 아이들 둘, 한국학중앙연구원의 S교수 부부와 아이들 둘, 서울시립대 B교수, 서울대의 또 다른 K교수 두 부부와 역시 각각 아이들 둘, 그리고 Y교수 부부와 아이들 둘에 나까지 열일곱 명이 한데 복닥인 셈인데 대학생부터 중학생까지 아이들은 자기들대로 모여 놀고 어른들은 어른들대로 모여 와인을 마시며 담소를 즐겼다. 각자 음식들을 해 오기로 해서 그럴듯한 뷔페식당이 만들어졌다. 나는 와인만 네 병을 사 가지고 갔다. 집주인 Y교수가 기염을 토하는 통에 12시 넘어서까지 와인을 거의 열 병은 마신 것 같았다. 나는 작은 잔에 반 잔씩 넉 잔 정도 마셨을까. 극도로 술을 억제했다. 몸 상태가 조금 안정이 되었을 때마다 그에 비례해서 술을 자꾸 마신 것이 아무래도 요요 현상을 부추긴 것 같아서 이젠 정말 술을 멀리해야만 할 것 같다.

여기서도 내가 최연장자였다. 다른 사람들은 모두 60년대생인데 나 혼자만 외똑 50년대생이었다. 마음은 절대 아닌데 이제 어딜 가든 꼰대 나이다. 오늘로 이제 52년 9개월 26일을 살았을 뿐인데 어딜 가든 사회적 현역들이 모인 곳에서는 거의 언제나 최연장자의 자리에 서게 된다. 때론 나는 전혀 준비가 되어 있지 않은데도 꼰대 역할을 요구받을 때도 없지 않다. 그리고 무엇보다 당혹스러운 것은 내가 빨리 자리를 비켜 주기를 바라는 분위기를 감지할 때이다. 그들은 나를 연장자로 깍듯이 대우해 주지만 자기들과 무람없이 어울리는 것은 원하지 않는다. 이를테면 적당히 공식 행사나 참여하고, 뒤풀이도 그저 밥이나 먹고 일어나라는 투다. 그다음, 2차, 3차를 같이하려고 하는 것은 일종의 노추(老醜)로 간주된다. 젊은 여성들이 아무 부담 없이 팔짱을 끼어 오는 것도 50이 넘은 다음부터다. 자기 또래들, 혹은 어쩌면 연애 감정이 생기거나 오해를 받을 수도 있는 이성들과는 스스럼없이 팔짱을 낄 수는 없는 노릇이다. 하지만 이미 퇴역이거나 퇴역을 준비하는 선배들은 어떤지 몰라도 나는 아직 이 중늙은이 역할, 상시 연장자 역할이 어색하고 힘들다. 아니 어떻게 해야 할 줄을 모르겠다. 목소리를 깔고 점잔을 떨고 공자님 말씀이나 하고 적당히 일찍 자리를 뜨고 하는, 바로 나이에 맞는 그 역할이 도저히 받아들여지지가 않는다. 설사 그렇게 보이더라도 중늙은이로서가 아니라, 그저 조금 내성적이고 비사교적인 사람으로서 그런 것처럼 보이고 싶을 뿐이다. 이게 과욕인가?

옛 제국에서 보내는 짧은 편지

2011년 9월 25일(일) 맑음

저는 지금 런던 서남부의 서비튼이라는 동네의 다운타운 끄트머리에 있는 작은 카페 건물의 2층, 한국식으로 말하면 방 하나, 거실 하나, 주방·화장실 하나씩 있는 15평 정도 되는 주상복합 살림집의 거실이자 서재에서 이 글을 쓰고 있습니다. 서비튼이라는 곳은 '그레이터 런던'에는 소속되어 있지만 사실은 런던 외곽에 있는, 우리로 말하면 평촌·산본쯤 되는 동네입니다. 올해 3월부터 학교에서 연구년을 받았는데 건강을 핑계로 집에서 편편 놀다가 기왕 노는 김에 이번 9월부터 내년 2월까지 후반부 반년은 좀 멀리 가서 놀아 보자는 생각으로 런던대 SOAS에 방문교수라는 명칭으로 신분 세탁(?)을 해서 여기 와 있게 된 겁니다.

한국을 떠난 지 이제 한 달이 되었는데 공간적 거리가 시간적 지각에 영향을 미치는지 뭔가 아득합니다. 어쩌면 지독한 여름비와 끝물 더위에 쫓겨 도망치듯 떠난 길이라 그런지 떠나온 쪽 일들을 일부러 의식 속의 더 먼 곳에 배치하고 싶은 마음도 없지 않아 그렇겠지요. 물리적으로도 이쪽 IT 환경이 썩 활발하지가 않아 한동안 소식 접하기도 여의치 않았던 것도 있고요. 하지만 흉흉한 소문은 애써 접하려 하지 않아도 시공간을 접어 가며 빨리 도착합니다. 오늘 도착한 금융위기 소식부터(이거 없는 내 돈 팔아 남의 돈 사서 쓰는 입장에선 좀 초조합니다) MB 정권 실세들의 비리 릴레이 소식, 난데없는 정전 사태 소식 등은 들으려 하지 않아도 이곳 교민 사회에서조차도 단연 화제가 되고 있지요. 곁들여서 흉흉한 소식이라고는 할 수 없지만 안모, 박모 등 비제도권 인사들의 정치 입문 관련 이야기들도 심심찮게 들려옵니다.

하지만 저에겐 모두 강 건너 불입니다. 한국에 있었어도 일개 서생이 비분강개 외엔 할 일도 없었겠지만(아닌 게 아니라 작년 말부터 올 초 사이 제가 비분강개하느라 몸이 좀 많이 상하기도 했습니다만) 여기서 비분강개는 좀 뜬금없는 일이 되겠지요. 그리고 더구나 제가 와 있는 이 나라의 분위기가 흥분이나 감개 등과는 거리가 멀어서 더 그렇습니다. 사실 한국에서 열심히 나날의 싸움에 임하고 있는 동도(同道)들께서 들으면 무슨 도끼 자루 썩는 얘긴가 하시겠지만, 제가 인사 삼아 변명 삼아 드리고 싶은 말씀도 이곳의 요지부동에 가까운 정적인 분위기와 도무지 서두르지 않는 느린 속도에 대한 것입니다.

이 사람들은 절대 흥분하지 않고 서두르지 않습니다. 그것이 제 영국 생활 한 달 동안 가장 먼저 제 뇌리에 와 박힌 이 나라 사람들의 특징이었습니다. 어디를 가든 묵묵히 줄을 서서 기다립니다. 새치기하는 사람도 바쁘다고 항의하는 사람도 아무도 없습니다. 길을 가다 서로 부딪칠 가능성만 보여도 먼저 '쏘리'라고, 자기 잘못이라고 비켜섭니다. 주말의 술집 외에는 이 사람들 목소리가 높아지는 것을 본 적이 없습니다. 차도에서도 자동차들이 심하다 싶을 정도로 양보하고 기다립니다. 모든 게 조용합니다. 세상이 하도 조용해서 변덕스러운 날씨가 오히려 무색할 지경입니다.

이곳에 비교적 장기간 체류하게 되는 우리나라 사람들이 가장 힘겨워하는 것이 바로 느려 터진 공사 간 서비스입니다. 인터넷 개통은 3주가 기본이고 자녀들 학교를 보내려고 해도 가타부타 설명도 없이 무조건 기다려야 합니다. 그래서 빨리 처리되면 2주 정도, 늦으면 한 달 정도 기다리다가 겨우 학교 배정을 받는다고 합니다. 한국에서는 중고차를 사고 구청에 가면 그 즉시로 자기 명의의 등록증이 나오지요? 여기서는 20일 만에 등록증이 우송되어 오더군요. 이런 나라입니다. 저는 게다가 6개월 체류자가 되어서 이곳 은행 계좌도 만들기 쉽지 않고, 계좌가 없으니 인터넷이나 케이블 TV도 신청하기 힘들고, 여러 가지 애로 사항이 많아 이들의 느리고 어수룩한 일 처리에 대해 더 예민하게 되는지도 모릅니다만 아무튼 이곳의 모든 시간은 느리게 흘러갑니다. 그리고 모두들 그것을 잘 견디고 삽니다.

한국에서는 소비자가 왕이라는 말이 모든 서비스산업이나 공공서비스의 금과옥조처럼 되어 있습니다만, 이곳은 그런 말이 안 통합니다. 소비자도 인간이고, 공급자 특히 서비스업종에 종사하는 노동자나 자영업자들도 인간일 뿐입니다. 이 사람들은 결코 수요자, 소비자의 시계에 시간을 맞추지 않습니다. 다 자기들의 시계를 따릅니다. 내가 지금은 슈퍼마켓에서 물건을 사고 있지만 자기도 다른 곳에서 누군가에게 무언가를 서비스하게 될 것이고 내가 지금 여기서 재촉을 하면 자기도 다른 곳에서 재촉을 당하게 된다는 것을 잘 알기 때문입니다. 사회적으로 일종의 반속도·반과잉 노동 연대가 이루어지고 있다고나 할까요.

영국병이라고요? 그래서 이 나라가 침체되고 이 나라 사람들이 살기 힘들어졌다고요? 그건 신자유주의자들이 만든 병적인 신화입니다. 이 사람들 잘 삽니다. 얄미울 정도로 잘 살지요. 오히려 과거 제국 시절에 비하면 남의 나라 착취하지 않고 이만큼이나마 사는 게 얼마나 마음 편하겠습니까. 어찌 보면 잘 사니까, 살 만하니까 흥분하지 않고 서두르지 않고 기다릴 줄 아는 것입니다. 그리고 역지사지하고 나눌 줄 아는 것이지요. 이 지점이 사실은 아프고도 부러운 지점입니다. 지금은 그 영광이 다 사그라졌다고 해도 이 사람들은 한 세기 이상 제국의 주인들이었습니다. 그 좋은 세월 동안 세상에서 좋은 것, 즐거운 것 다 누려 본 사람들이지요. 그러다가 그게 영원하지 않다는 것, 한순간 다 스러져 버릴 수 있다는 것을 경험한 것입니다.

여기서 다시 서두르고 흥분하고 집착하면 그나마 남아 있는 것들도 다 사라져 버릴지도 모른다고 생각할 때, 이들은 기본적으로 넓은 의미의 보수주의자가 될 수밖에 없는 것 같습니다. 지금 당장은 좋고 화려해 보여도 저것이 나중에 어떤 화나 부작용을 가져올지 모른다, 혹은 가져올 확률이 높다는 것을 경험적으로 아는 사람들이라면 아무리 좋은 것에라도 불나비처럼 쏠려 다니지 않을 겁니다. 그것이 시간의 단련을 받아서 정말 안심해도 좋을 때 취해도 상관이 없다는 거지요. 이것이 한때 세계 제국을 경영한 적이 있는 이 나라 사람들의 현명한 냉정이고 느림의 본질인 것 같습니다.

여기서 다시, 보고 싶지 않아도 우리나라, 한국을 보게 됩니다. 제국이 아니라 식민지였던 내 나라를 봅니다. 그리고 그 악다구니 같은 삶들을 봅니다. 남보다 하나만 덜 가져도, 남보다 1초만 느려도 큰일 날 것 같은 나날의 전쟁을 치르고 있는 내 나라 사람들을 봅니다. 어떻게든 단 열 평짜리라도 정원이 있는 단독 주택에서 살아야 한다고 생각하는 이 나라 사람들을 두고 어떻게든 시세가 좋은 아파트에 살아야 한다고 생각하는 우리나라 사람들을 생각하지 않을 수 없습니다. 이 사람들은 땅 위에 살고, 우리는 허공 위에 사는 것이겠지요. 이 사람들은 태어난 곳에서 살다 죽고, 우리는 언제나 임시 막사 같은 곳에서 살다가 다시는 태어난 고향에는 돌아가지 못하고 죽게 되는 것이겠지요.

한 달이 못 되어서 저도 영국병이 드나 봅니다. 하지만 떠나온 곳이 아득할수록, 이곳이 부럽고 시새울수록 계절처럼 깊어지는 것은 사실은 한국병입니다. 이제 5개월 뒤면 돌아가 뵙겠습니다. 모두들 건강 건필하십시오.

영국인들에게 집은 그들의 성이라는 말은
수사학이 아니라 현실이다.
그들의 집은 성채처럼 견고하게
대지에 뿌리내리고 있다.
그들의 느림과 답답함에 대하여
화를 내 보지만
그것이 이런 삶의 견고함에서 온다는 것을 알기에
곧 손을 들어 버린다.

나는 진보주의자가 아니다.
견고한 것이 좋은 나는 보수주의자다.
나는 다만 모든 가짜와 날림과
허술함과 곧 무너질 것들과
그것을 용인하는 후안무치에 대해
투쟁해 왔을 뿐이다.
제발 모두 허물어 버리고
새로 시작하자고 외쳐 왔을 뿐이다.

차를 몰고 파리에 가다

2011년 9월 26일(월) 맑고 약간 더움

정확히 7시 30분에 운전을 시작했다. 도버까지 약 90마일, 150킬로미터가 약간 넘는 거리, 다시 칼레에서 파리까지 약 300킬로미터, 합해서 450킬로미터를 달려야 한다. 서울-부산 정도 거리다. 하지만 초행길이라 피로도는 더할 것이다. 다행히 몸이 그다지 나쁘지 않다. 영국 날씨는 잔뜩 찌푸렸고 중간중간 안개비도 심심찮게 뿌렸다. 한참을 달리자 동남쪽 저편 하늘이 마치 우윳빛 띠처럼 빛나는 게 보였다. 바다였다.

도시에 처음 들어섰을 때 거리 곳곳에 적혀 있던 '하얀 절벽의 고장'이라는 글귀처럼, 도버의 해안은 온통 하얗게 빛나는 절벽으로 되어 있었다. 한 달 전엔 프랑스의 디에프에서 보았던 하얀 석회암 절벽이 이곳에서도 장관을 이루고 있었다. 로마인들이 처음 이 섬나라를 점령하려 배를 타고 이곳에 도착했을 때 이 절벽을 보고 '앨비언!'이라 외쳤다고 했다. 흰 절벽의 나라라는 뜻이라고 한다. 그리고 이후 앨비언이라는 말은 이 섬나라의 별명이 되었고 지금도 그 흔적이 남아 있다. 영국 프로축구 프리미어 리그(EPL)의 한 팀인 웨스트 브로미치의 풀 네임이 곧 웨스트 브로미치 앨비언이다.

10시 20분이 되자 차들을 페리에 태우기 시작했다. 떠나는 배 위에서 멀어져 가는 백색 해안을 카메라에 담고 카페테리아 테이블에 앉아 커피 한 잔을 마시면서 책을 읽다가 빵 한 조각으로 요기를 하고 나니 배가 칼레에 도착했다. 로댕의 유명한 칼레의 시민상이 어디 있을 텐데 시간에 쫓겨서 보지도 못하고 내처 파리로 가는 길을 달렸다. 영국은 흐렸으나 프랑스는 맑았다. 지나치게 맑았다. 하늘과 땅의 모든 자연과 사물들이 비현실적으로 제 모습 그대로를 빛내고 있었다. 날씨는 꽤 더웠고 에어컨이 고장 난 차도 덩달아 달아올랐지만 창을 열고 달려도 어떤 불쾌한 냄새도 들어오지 않았다. 바다의 선물일 것이다.

5시에 파리 결이네 집에 도착했다. 파리는 워낙 여러 번째라 익숙하지만, 이번에는 런던에서 차를 가지고 파리 딸네 집에 찾아왔다는 것이 좀 별스럽다. 살다 보니 참 별일도 다 겪는다는 생각이 들었다.

집과 숙소

2011년 9월 29일(목) 맑음

런던 집에 돌아왔다. 이번 파리행은 특별한 목적이 없었다. 자동차를 타고 런던에서 파리를 다녀오는 연습을 했다고 할까. 그리고 새로 온 강아지 보리가 잘 지내고 있는지 보고 싶었던 것도 있다. 지난 8월 26일 파리 북쪽으로 두 시간 거리에 있는 얼렁송이라는 시골에 가서 입양해 온 보더테리어 종 7개월짜리 암놈 강아지 보리. 이제 새 주인에게 적응이 끝나서 제법 새침데기 파리 아가씨 태가 나는 중이다. 가는 날 오는 날 하루 종일 운전을 해야 했지만 그럭저럭할 만했다. 파리에 있는 이틀 동안, 하루는 결이 집 안 정리를 도와주고 하루는 파리 근교의 숲으로 보리와 함께 소풍을 다녀왔다. 관광도 여행도 아닌 일상의 시간이었다. 하지만 그 일상도 내 일상은 아니고 딸의 일상에 잠시 끼어들었다 돌아온 것이다.

파리에서 칼레로, 칼레에서 도버로, 다시 도버에서 런던으로 근 아홉 시간 동안을 되짚어 허위허위 돌아왔다. 이렇게 기를 쓰고 돌아오고 싶은 것을 보니 여기도 집은 집인 모양이다. 그래 집이다. 여기가 당분간 내 집이다. 파리에 갔다 온 짐, 파리에서 새로 온 짐들을 부지런히 올려다 놓고 차를 주차장에 제대로 주차시키고 돌아와 의자에 털썩 앉으니 편하다. 먼 길 돌아와 편하면 집 아니겠는가. 먼 데서 돌아와 짐 정리하고 부엌에서 달그락거려 밥 짓고 반찬 만들어 저녁 한 끼 먹고 씻고 앉아 책 읽고 일기 쓰고 그러다가 몸 뉘어 잠 청할 곳 있으면 그곳이 집 아니겠는가.

하지만 이 집에는 나를 기다리는 사람, 혹은 내가 기다리는 사람이 없다. 오직 텅 빈 공간과 고독만 있다. 그래도 집인가. 이것은 집이 아니다. 이런 것은 집이라 부르지 않고 그저 숙소라고 부른다. 여관처럼 감옥처럼 막사처럼 이곳은 집이 아니다. 그저 숙소다. 집은 집이다. 거기서 아무것도 하지 않아도 그냥 있어도 된다. 하지만 숙소에는 목적이 있다. 해야 할 일이 먼저고 쉬는 것은 그다음이다. 그 목적 때문에 가족과 분리되어 혼자 있어야 한다. 이곳은 쉬는 곳이 아니라 일하는 곳이다. 이곳은 집이 아니라 숙소다. 그래서 사랑하는 가족이 없다. 가족 대신 고독과 함께 일해야 하는 곳이다.

나는 오늘이 9월 29일인 줄은 알았지만, 그것이 9월을 단 하루 남겨 둔 날인 줄은 몰랐다. 그러니까 내일이 지나면 내가 런던 한 귀퉁이에 자리를 잡은 지도 벌써 한 달이 된다. 다시 또 한 달치 집세를 내야 하고, 주민세도 내야 한다. 집세며 자동차와 보험, 학교에 낸 돈, 살림 등에 들어간 비용들이 마치 몇 달치 월급 가불이라도 한 것처럼 무겁다. 시간이며 돈이며 허술하게 쓸 일이 아니다. 남은 다섯 달, 나는 가족과 살러 온 것이 아니라 혼자서 일하러 온 것이라는 사실을 명심하자. 건강을 제대로 챙기고, 읽을 책, 생각할 것, 가 볼 곳 등을 계통 있게 정리해서 딸깍딸깍 하나씩 해 나가자. 그게 내가 이곳에서 해야 할 일이다.

S형은 결국 못 만나게 되었다. 나는 오늘 파리에서 돌아오고 형은 런던 생활을 다 정리하고 내일 파리로 떠난다고 메일을 보내왔다. 참 이렇게 어긋나기도 쉽지 않다. 하지만 그게 또 사람 사는 일이기도 하다. 어쩌면 둘 다 무의식 중에 서로 만나는 일이 힘들었을 수도 있다. 한때 같은 생각을 하던 사람들일수록, 살아가면서 인생의 오차 범위가 점점 커지면 만나서 말 나누기가 쉽지 않은 법이다. 한편으로는 변화를 인정할 수밖에 없으면서도 또 한편으로는 서로의 변화에 당황하면서 서로가 일종의 거울처럼 자기 모습을, 그것도 아픈 부분만을 비춰 주게 되기가 쉽기 때문이다. 그리고 향수처럼 남아 있는 정서적 친화감 때문에 더욱 그 어색함이랄까 낯섦이 증폭되게 된다. 쓸쓸한 일이다.

10월

2011
OCTOBER

세상 사람들 모두가 남의 시간이 아니라
자기의 시간을 최고의 시간으로 받들고 그 속에서 최선의 행복한 삶을 구가하는 것.
지구상의 모든 시간의 위계구조를 파괴하는 것.

런던 구경

2011년 10월 1일(토) 맑음

어제는 저녁 바람에 K교수와 Y교수가 동네 펍에서 한잔하자고 하는 통에 결국 일기를 못 쓰고 자 버렸다. 나는 맥주 대신 라임 소다만 세 파인트나 마셨지만 10시쯤 집에 돌아와서 씻고 책을 조금 더 읽고 하다 보니 나중엔 피로가 몰려와서 도저히 일기를 쓸 형편이 아니었다. 11시 반에 자리에 들어 중간에 한 번 깨기는 했지만 7시 반까지 푹 자 버렸다. 잠은 적게 자면 피곤하고 많이 자면 아까운 것이 되어서 균형을 잡기가 힘든데 내 경우는 일곱 시간을 잘 잤다 싶으면 그 균형이 맞는 것 같다.

테리 이글턴의 『맑스주의와 문학비평』은 게오르크 루카치와 발터 벤야민 · 베르톨트 브레히트 사이의 난제 한가운데 위치하는 책이다. 루카치(혹은 그 이전의 맑스, 엥겔스까지)가 사회주의 리얼리즘이라 불리는 '프롤레타리아의 서사시'에서 잃어버린 인류적 전체성의 회복을 기대하는 역사철학적 테제에 몰두했다면, 벤야민과 브레히트는 과연 어떻게 새로운 프롤레타리아의 예술이 부르주아의 예술을 대체할 수 있을 것이냐를 실천 속에서 방법적으로 모색했다고 할 수 있다. 그 과정에서 루카치는 여전히 비판적 리얼리즘이라는 낡은 방법·형식에 집착하면서 혁명적 예술(문학)의 혁명적 방법에 등한했다면, 벤야민과 브레히트는 새로운 예술 형식으로 낡은 예술 형식·방법을 전복시키는 데에 집중하는 대신 그 새로운 예술의 역사철학적 의미에 대해서는 괄호를 쳤다고 할 수 있다.

이것은 다시 변증법을 둘러싼 루카치 미학과 아도르노 미학의 충돌을 연상시킨다. 부정을 통한 긍정으로 가는가 아니면 끝없는 부정의 연속을 견지하는가 하는 문제, 그리하여 다시 '전체'를 구축해 내는 것에 예술의 목적을 두는가 아니면 그 '전체'의 위험을 끝없이 견제하며 부정 그 자체를 예술의 존재론적 정체성으로 삼는가 하는 문제가 그것이다. 낭만주의를 비판하고 경계하며 부단한 혁명적 실천을 통한 자본주의의 지양에 집중했던 맑스와, 자본주의 이후의 사회주의 그리고 공산주의적 유토피아의 비전 속에서, 잃어버린 인류적 전체성의 회복을 꿈꿨던 맑스가 충돌하는 지점도 바로 여기다.

이 책을 읽으면서 그동안 나의 벤야민 독법에 문제가 있었다는 것을 깨닫게 된 것이 또한 망외의 소득이다. 프랑크푸르트학파를 수정주의로 낙인찍는 풍습이 워낙 강할 때 벤야민을 처음 접했던 터라 그의 예술론이 지닌 혁명적 성격을 읽는 대신 그의 (넓은 의미의) 모더니즘적 경사를 경계하는 데 집중하느라고 「생산자로서의 작가」 같은 글이 지닌 의미를 충분히 음미하지 못했던 것이 그것이다. 벤야민을 다시 정독해야 할 것 같다.

오늘은 런던 생활 중 처음으로 '구경'을 나간 날이다. 한 번도 가 보지 못했던 내셔널 갤러리에 가서 최소한 서너 시간은 집중적으로 관람을 하겠다고 마음을 먹은 것이다. SOAS가 있는 러셀 스퀘어에서 대영 박물관을 거쳐 차링 크로스 로드를 따라 조금 내려가니까 트래펄가 광장이 나오고 내셔널 갤러리는 바로 그 트래펄가 광장을 내려다보고 있었다. 13세기부터 20세기 초까지의 유럽 회화만을 수집·전시하고 있는 이 초거대 미술관의 5호실에서 66호실까지의 62개의 방을 오후 한나절에 다 보는 것은 불가능에 가까웠다. 그래도 그동안 파리의 루브르 박물관이나 오르세 미술관에서 축적된 경험도 있고 해서 집중과 선택의 방법으로 2시부터 5시 50분까지 근 네 시간 동안 세인즈베리 윙에 따로 있는 51호실부터 66호실의 열여섯 개 방을 제외한 본관 2층의 그림들은 거의 다 섭렵할 수 있었다.

이미 너무나 많이 접해서 익숙하다 못해 심상해졌다 해도 고흐, 고갱, 세잔, 마네, 모네, 드가, 르누아르, 쇠라의 그림들은 여전히 눈을 즐겁게 해 주었고, 라파엘로, 티치아노, 틴토레토, 카라바조, 베로네세 등 이탈리아 화가들의 풍부한 색감, 렘브란트와 그 제자들의 광선 놀이도 이젠 조금씩 눈에 들어오고, 무엇보다 레이놀즈, 컨스터블, 터너 등 영국 화가들의 컬렉션이 두드러지는 것이, 그래도 여기가 영국이고 내셔널 갤러리이구나 하는 생각을 하게 했다.

유난히 인상에 남는 그림들이 몇 개 있는데 우선 르누아르가 그렇다. 볼이 불그레한 소녀들의 그림과 꽃 그림이 르누아르의 장기일 텐데 오늘 들여다보니까 르누아르에게는 꽃과 여성의 얼굴이 같은 존재가 아니었을까 그리고 그 두 가지를 관통하는 주제는 에로티시즘이 아닐까 하는 생각이 문득 들었다. 꽃도 그렇고 여성의 붉게 물든 얼굴도 그렇고 윤곽선이 모호하게 지워진 두 오브제는 바로 그 모호함 때문에 강력한 관능성을 발산하고 있는 것처럼 보였다.

또 하나는 터너의 그림. 나는 터너 하면 구름을 포함한 하늘을 잘 그리는 화가, 대기의 상태를 잘 포착하는 화가 정도로 알고 있었는데, 오늘 발견한 〈비, 증기, 속도〉라는 그림을 보면서, 이 사람이 뭔가 모더니티의 한 측면을 포착하고 있구나 하는 생각이 들었다. 기차라는 비정상적인 속도를 가진 기계가 이전에는 불가능한 방식으로 평온한 대기를 휘몰아쳐 흐트러뜨리는 모습을 저렇게 거의 현대적 반추상화처럼 형상화해 낸 것은 그가 그냥 전통적 풍경 화가가 아니라 이른바 문명적인 것, 모던한 것에 대한 통찰을 하고 있었던 예술가임을 잘 보여 주고 있었다. 그러고 보니 그의 또 다른 그림으로 〈눈보라 속의 증기선〉이 있다. 눈보라에 갇힌 증기선의 몸부림을 그린 그림인데 이건 말하자면 문명의 힘과 자연의 힘이 충돌하는 형상인 셈이다. 아무튼 들여다볼 만한 화가인 것 같다.

그리고 역시 렘브란트. 초기 그림이라고 하는데 〈이 사람을 보라〉가 마음에 남는다. 빌라도가 예수를 심판하면서 한 말, "이 사람을 보라, 이 사람이 너희에게 무슨 죄를 졌는지 나는 알지 못하노라." 하는 데서 나온 유명한 경구인데, 그림은 바로 그 장면을 포착하고 있는 약간 크로키에 가까운 작품이다. 그리고 예의 '렘브란트 라이트'가 심판받고 있는 예수를 비스듬히 비추고 있다. 그리고 군중 신이면서도 수평적이지 않고 수직적인 구도를 가지고 있어 뭔가 불안정하고 일촉즉발인 것 같은 분위기를 내뿜는다.

하지만 그림은 잘 모르겠다. 음악만으로도 허덕거리는데 그림까지 공부할 여력이 없다. 그저 이렇게 그야말로 인상비평적인 감상문이나 혼자서 써 볼 뿐이다. 하지만 가끔 『나의 서양미술 순례』를 쓴 서경식 선생이 부러울 때가 있다. 그 책의 감동은 지식이나 교양에서 나오는 것이 아니라 생의 절실함에서 나오는 것이지만, 지식이나 교양의 축적이 없어도 그런 책이 나올 수 있는 것은 아니기 때문이다.

불멸의 인간, 불멸의 음악

2011년 10월 3일(월) 흐림

한국은 10월 3일이고 개천절 휴일인데 여기는 그저 월요일이다. 내가 이국에 나와 있음을 확실히 느끼는 순간이다. 지난 한 달 동안의 지출 내역을 정리해 보았다. 집세 선납금, 자동차 보험과 자동차 값, 기본 살림살이 구입 비용 등이 워낙 컸지만 단순 생활비도 만만치 않게 들었다. 1파운드가 지금은 거의 1,900원 수준인데도 살다 보면 저도 모르게 1파운드가 마치 1,000원 정도인 것처럼 느껴지고 또 그런 만큼 과감해지게 된다. 먹는 것에 들어간 비용만도 하루 평균 3만 원에 육박한다. 외식은 거의 안 하고 마트에서 장 봐다가 혼자서 삼시 세끼 집에서 해 먹는데, 그 정도라면 이곳 물가가 그만큼 비싼 것이기도 하려니와 여기서도 한국 재료를 써서 한국식으로 먹느라고 더욱 식재료비가 많이 든다는 뜻일 거다. 이번 달이 지나고 다시 한 번 정리해 봐야 정답이 나오겠지만 아무튼 첫 한 달 쓴 돈은 마치 황제의 씀씀이 같았다. 소박하고 작게 살겠다던 다짐은 다 어디 가고 그 흉내만 남은 형국이다. 혼자서 저지르고 있는 이 뜻밖의 낭비에 모골이 다 송연해진다.

오랜만에 영어 단어 암기 공부를 했다. 책을 읽는 동안 나온 모르거나 새로운 뜻을 지닌 단어들을 그때그때 아이패드 사전에 체크해 두었다가 책을 다 읽고 몰아서 일부러 메모장에 써 가면서 암기를 했다. 오랜만이다. 아마도 고등학교 시절 이후 처음일 것이다. 하지만 감회에 젖을 틈도 없이 금방 의기소침해진다. 한심한 어휘력에 기억력도 이젠 형편없다. 그래도 이렇게 암기하겠다고 나선 게 용하다. 한국에서였다면 하도 부딪치는 일들이 많아 엄두도 못 냈을 것을 이렇게 시도라도 해 보니 다행이라는 생각이 든다. 어떤 대학 교수가 정년을 하고 나서 스페인어 공부에 도전해 일흔이 넘어서는 통역을 할 수 있을 정도가 되었다고 하는 이야기를 자꾸 되새기며 이런 단순 반복의 '학습'을 더 이상 경시하지 않기로 마음먹는다.

저녁을 먹고 난 뒤에는 〈맨 프럼 어스〉라는 영화를 보았다. 크로마뇽인으로 태어나서 어쩌다 죽지 않는 몸을 가져 빙하기 다 겪고 구석기, 신석기, 청동기 다 살고 현재까지도 살아 있는, 무려 1만 4천 살이나 된 한 사람의 이야기다. 주인공 올드맨은 그동안 귀족에서 노예까지 수많은 정체성을 가지고 살아왔으며 기원 초기에는 놀랍게도 '예수'이기까지 했다(이 부분 때문에 이 영화는 한국에서 보수 기독교도들의 반대로 상영을 못 할 뻔했다고 한다). 영화 속 대사에서처럼 그는 그만큼 경이로운 인간이기도 하지만 동시에 그만큼 피로한 인간이다. 그 오랜 시간 습득한 지혜와 지식으로 지금 미국 한 지방의 대학교수직을 가지고 있지만 한 군데서 너무 오래 살면 늙지 않는 것을 의심받기 때문에 10년마다 거주지를 옮기면서 이름과 신분을 바꿔 가며 살아간다.

영화의 구조와 배경은 말할 수 없이 간단하고, 무슨 거창한 인류적 메시지를 전하려는 의도도 보이지 않는다. 오히려 이 영화는 폐쇄된 공간에서 일종의 진실 게임에 빠져드는, 지성을 갖춘 인간들의 심리 드라마에 가깝다. 그 점에서는 마치 오래전에 본 배심원들의 심리 드라마 〈12인의 성난 사람들〉과 많이 닮아 있다. 하지만 그런 데도 어쩔 수 없이 보통 인간들은 이 1만 4천 살짜리 '올드 맨' 앞에 왜소하고 불안한 존재로 비쳐지지 않을 수 없다는 점에서 이 영화는 불가피하게 문명 비판극일 수밖에 없다. 게다가 이 사람은 바로 예수라 불리던 사람 아닌가.

음악이 하나도 나오지 않는 영화인데, 딱 한 곡, 베토벤 교향곡 7번 2악장이 나온다. 그것도 이 영화의 등장인물들이 이 현생 크로마뇽인의 말에 완전히 사로잡혀 가고 있는, 그리하여 이 경이로운 존재 앞에서 자신들의 생의 유한함과 비루함을 깨닫지 않을 수 없게 되는 바로 그 장면에 나온다. 그 순간, 이 베토벤 7번 2악장의 크레센도로 반복되는 주제 선율은 한편으로는 끝없이 다른 인간의 형상으로 불멸의 삶을 살아 내야 하는 이 주인공 올드

맨의 운명을 담은 선율이기도 하고, 개체로서는 쳇바퀴처럼 주어진 생을 살고 사라져 가지만 종으로서는 세대를 이어 가며 점점 거대한 존재가 되어 가는 인간 종의 역사적 본질을 노래하는 선율이기도 하다. 나는 언제부턴가 베토벤의 음악을 들으면 자꾸 눈물이 난다. 그의 음악이 영원하고 위대한 것에 대한 유한하고 비루한 인간의 시지프스적 도전을 일깨우기 때문일 것이다.

집 뒤뜰 커다란 느티나무과 교목에
단풍이 제대로 내렸다.
잎들은 언제 물들고 언제 이우는지,
꽃들은 언제 피고 언제 지는지,
서리는 언제 내리고 눈은 또 언제부터 흩날리는지,
머물던 것들은 언제 떠나고 떠난 것들은 언제 돌아오는지
낯선 이역에 잠시 머리 누인 자는 잘 알 수가 없다.

어느 날 문득 창을 열면 낙엽이 지고,
길 밖에 나서면 바람이 소매를 파고들고,
빛을 잃은 태양이 굴뚝 저편으로 몸을 누이는 것을 보고
마침내 그것이 다가왔음을 짐작할 뿐이다.

가을이,
그림자를 길게 끌며 다가오고 있는 것이다.

런던 표류

2011년 10월 4일(화) 흐림

테이트 모던 갤러리를 관람하고 바비칸 센터에서 열린 런던 심포니 오케스트라 공연을 다녀왔다. 오전에 누수 문제로 아래층 남자와 오르락내리락 결국 우리 집 싱크대에서 누수 지점을 찾아내 수리하느라 시간을 다 보내고 2시 넘어서야 집을 나섰다. 워털루 역에 내려서 10분 남짓 걸어 테이트 모던에 도착했고 3시부터 5시까지 두 시간 동안 현대미술의 향연을 즐길 수 있었다. 화력 발전소를 개조했다고 해서 나는 훨씬 더 복잡하고 전위적인 모습을 상상했는데 높은 굴뚝 외에는 화력 발전소의 흔적은 거의 느낄 수 없었다. 아마도 우리 당인리 화력 발전소를 이런 공간으로 개조하면 훨씬 더 명물이 될 수 있을 것 같다. 물론 문제는 콘텐츠고 그런 면에서 테이트 모던은 과연 대단한 곳이었다.

내가 이름을 들어 본 작가들만 열거해도 모네부터 시작해서 피카소, 마티스, 자코메티, 칸딘스키, 루오, 레제, 베이컨, 뒤뷔페, 폴록, 키리코, 미로, 클레, 달리, 에른스트, 루소, 리베라, 보이스 등 현기증이 날 정도였고, 로스코, 쿠넬리스, 내쉬, 드레인, 탕구이, 아르프, 하트필드, 프록터, 놀란 등 처음 접하지만 만만치 않은 메시지를 던지고 있는 작가들도 무수히 많았다. 특히 '쉬르리

76
STRAND

얼리즘'과 '쉬르 이후', '다시 리얼리즘' 등으로 정리한 20세기 미술사는 확실히 내셔널 갤러리에서 느낀 고전적 거리감과 달리 훨씬 더 동시대적 현실감으로 다가왔다. 여기도 한 번 보고 지나갈 곳은 아닌 것 같았다.

테이트 모던을 나와 밀레니엄 다리를 건너 세인트 폴 성당으로 향했다. 4시까지 오픈하는 곳이라 밖에서만 그 위용을 보고 사진만 찍었고, 시장기를 느껴 부근 펍에서 유난히 잘 만든다고 바깥 입간판에까지 써 놓은 바로 그 '피쉬 앤 칩스'와 라임 소다 한 잔을 시켜 허기를 메웠다. 피쉬 앤 칩스가 맛있어야 얼마나 맛있겠냐만 생선은 신선했고 튀김옷은 바삭했으며 감자튀김 역시 아주 잘 구워져서 과연 자랑할 만하다 싶었다.

펍에서 나온 시간이 6시, 바비칸 센터 공연은 7시 30분. 최소한 한 시간 15분은 여유가 있었다. 그래서 아직 한 번도 보지 못한 런던 타워와 타워 브리지를 보기로 했다. 런던 타워는 천일의 앤이라 불리는 앤 볼린과 토머스 모어 등이 갇혀서 죽어 갔던 곳으로 유명한 감옥답게 과연 철옹성처럼 보였다. 입장료를 내면 내부도 구경할 수 있다고 하는데 시간도 없었지만 갑자기 관광객 모드로 가기는 싫었다.

타워 브리지까지 잘 보고 사진도 실컷 찍고 나니 6시 30분. 지도를 살펴보니 30분이면 바비칸 센터에 충분히 갈 것 같았다. 헌데 어둠이 내리고 질러간다고 서둘러 행로를 잡은 것이 동티가 났다. 길을 잘못 들었고 무엇보다 어두워지니까 도로명을 찾는 것도 손에 든 지도를 보는 것도 만만치 않았다. 바비칸 센터를 10분 거리에 두고 리버풀 스트리트 부근에서 일종의 링반데룽을 겪느라고 결국 바비칸 센터에는 8시에나 도착했다. 5년 전만 해도 이런 일은 있을 수 없었을 텐데 이젠 눈도 어둡고 판단력도 많이 흐려진 탓인지 이런 실수를 한다.

오늘은 노장 콜린 데이비스가 런던 심포니 오케스트라를 이끌고 하이든 교향곡 〈옥스퍼드〉와 닐센 교향곡 1번, 그리고 미츠코 우치다와의 협연으로 베토벤 피아노 협주곡 3번을 연주하는 날이다. 그런데 30분이나 늦었다. 공연장 출입구 앞에 갔더니 하이든이 끝나기 직전이라 조금만 기다리면 입장이 가능하다고 한다. 다행이다. 닐센은 많이 연주되는 작곡가는 아니지만 그렇다고 부당하게 저평가된 작곡가라고까지 하기는 힘들다. 게다가 베토벤 피아노 협주곡 직전에 들으니까 그저 '웰메이드 피스' 정도로 들릴 수밖에 없다.

역시 오늘의 핵심은 베토벤, 그리고 미츠코 우치다였다. 베토벤 피아노 협주곡 3번은 압도적인 5번에 비하면 훨씬 얌전하고 절제된 곡이지만 자세히 들어보면 4번을 거쳐 5번에 이르는 길이 다 만들어져 있는 곡이다. 그렇게 본다면 미츠코 우치다에겐

4, 5번보다 훨씬 더 어울리는 곡이라고도 할 수 있다. 미츠코 우치다는 아무래도 모차르트 스페셜리스트로서 5번(12월에 역시 콜린 데이비스와 협연이 예정되어 있다)보다는 이 3번이 더 어울리리라는 생각이다. 과연 연주는 완벽했다. 마르타 아르헤리치처럼 몰아치는 스타일이 아니고 찰지게 끊어 먹는 스타일이랄까. 일종의 편견이겠지만 일본인답게 디테일이 능숙한 연주자였다.

공연이 끝난 게 9시 45분, 올드 스트리트에서 워털루행 버스를 탄 게 10시 5분, 워털루 역에서 서비튼행 기차를 탄 게 10시 23분, 그리고 서비튼 역에 도착한 게 10시 45분, 집에 도착한 게 10시 50분. 한 시간 남짓 만에 집에 도착했다. 길에서 한 시간을 헤맨 것을 생각하면 귀가라도 깔끔해서 다행이다.

아나키즘 읽기

2011년 10월 5일(수) 흐림

읽다가 둔 『아나키즘의 역사』를 계속 읽었다. 슈티르너, 프루동, 바쿠닌, 톨스토이, 크로포트킨, 그리고 말라테스타 등 18세기에서 19세기 아나키즘 사상사의 거장들을 섭렵하는 이 책의 가장 핵심 부분인 3부를 거의 다 읽었다. 내 마음에 개운치 않게 남아 있던 아나키즘에 내재된 (귀족적, 프티적) 개인주의와 (민중적) 집단주의 사이의 모순에 대해 바쿠닌이 답한다. 자유와 연대는 분리할 수 없는 인간성의 본질이라고, 자유는 연대를 부정하지 않으며 오히려 자유는 연대가 발전한 것이고 연대를 인간화한 것이라고. 이번엔 이 사람들이 가장 궁극적이자 극단적으로 거부하는 국가를 어떻게 할 것인가를 그들에게 물었다. 또 바쿠닌이 대답한다. 국가가 없어서 만인의 만인에 대한 야만적 투쟁이 일어나는 것이 아니라 국가가 특권적 소수의 이익을 위해 다수의 이익을 희생시키기 때문에 갈등과 투쟁이 일어나는 것이라고. 그렇다면 국가 없이 어떻게 할 것인가. 다시 바쿠닌이 답한다. 국가 이전부터 존재했던 '사회'를, 사회계약 이전의 본래적이고 필연적인 공동체를 복원하면 된다고.

저녁을 먹고 나서도 계속 책을 읽었다. 근대 자본주의가 세계를 폐허로 만들고 현실 사회주의가 희망을 절망으로 채색시키는 것을 보고 난 사람들이 아나키즘에 끌리는 것은 자연스러운 일이다. 하지만 아나키즘은 이 이윤과 권력의 이중주로 지속되어 온 근대 세계의 논리구조 속에서는 안티테제로만 존재할 운명이다. 그것은 거의 순수한 부정의 사상이기 때문이다. 헤겔적으로 말하면 무매개적인 것이다. 맑시즘이 현존 세계의 논리구조에 한 발을 걸치고 자본주의적 생산관계(임노동제)와 상부구조(국가)를 일정 기간 매개로 해서 사회주의를 건설하고 이후에 공산주의로 나아가는 단계적 논리를 구사한다면, 아나키즘은 임노동제와 국가기구의 즉각적 철폐를 주장함으로써 현존 사회를 무매개적으로 부정하고 역사적 이행을 거부하는 논리이기 때문이다. 오늘날의 수많은 포스트모던적 사유들이 근원적으로 아나키즘적인 것은 이해가 되면서도 그 안에 이런 매개 고리가 없기 때문에 또한 근원적으로 허무주의적으로 보이는 것도 피할 수가 없다. 그런데 내 고민도 이 딜레마에서 멀지 않아서 문제다.

런던은 이제 점점 가을 특유의 쓸쓸하고 추운 날씨로 접어들고 있다. 창밖의 버드나무 가지와 잎들이 오늘따라 심하게 바람에 흩날린다. 낮도 점점 짧아져 6시면 속절없이 땅거미가 내린다. 나쁘지 않다. 내 공부도 생각도 이렇게 가을처럼, 다가올 겨울처럼 깊이깊이 내려앉으면 좋겠다.

우월한, 혹은 혁명적 삶

2011년 10월 6일(목) 맑다가 흐림

아침에 BBC를 켜니까 스티브 잡스가 췌장암으로 죽었다는 소식을 톱뉴스로 전하고 있었다. 올해 들어서 아이폰과 아이패드를 연달아 장만하면서 '잡스교'에 입문한 나로서는 감회가 남달랐다. 게다가 젊은 시절 애플 컴퓨터를 만들 때의 모습보다는, 빠진 머리와 초췌한 얼굴로 아이폰과 아이패드라는 희대의 명품들을 연신 만들어 소개하던 만년의 모습들이 더 강하게 뇌리에 남아 있던 터라 그 감회는 더했다. 보통 천재는 한번 번쩍하고 나타났다가 사라지는 법이다. 헌데 그는 천재 소리를 듣다가 쓰라린 실패를 맛보고 다시 돌아와 천재의 자리를 되찾았다.

그것은 천재 그 이상의 모습이다. 겁 없는 20대 때가 아니라 50줄에 다시 생의 액셀러레이터를 밟아 천재라는 이름을 되찾은 것, 그게 그가 지닌 특별함이다. 물론 그 대가로 암을 얻었을 것이다. 그는 흔한 개발자가 아니라 창조자다. 그도 자본가이지만 돈을 벌기 위해 무엇을 만들어 낸 것이 아니라 무엇을 만들어 내고 그다음에 돈을 번 사람이다. 그는 자본주의의 폐쇄 회로 안에서가 아니라 그 위에서 놀다 간 사람으로 보인다. 그런 사람은 어느 시대, 어느 사회에서나 그럴 것이다. 중세의 레오나르도 다빈

치도 아마 그런 사람이었을 것이다. 멋있는 인간, 우월한 인간이 하나 또 광대한 우주 속으로 사라져 갔다.

『아나키즘의 역사』를 다 읽었다. 아나키스트들은 누구랄 것이 없이 불우한 생을 살았다. 그럴 수밖에! 아나키즘은 아나키스트 외엔 받아들일 수 없는 사상이니까. 처형당하거나, 피살되거나, 전쟁터에서 죽거나, 감옥에서 죽거나, 소외되고 잊혀져 죽거나, 자살하거나 그렇게 죽어 갔다. 국장, 사회장은커녕 그야말로 꽃도 십자가도 없는 무덤들의 주인들이 그들이다. 하지만 그들은 자유인들이었다. 절대자유주의의 고독을 실천한 사람들이었다. 그들처럼 살 수 있는 시대도 아니고 그들처럼 살 수 있는 위인도 못 되지만, 그들의 고독하고 자유로운 삶과 죽음에 경의를 표한다. 그렇게 살지도 그렇게 죽지도 못하는 시대에 그들처럼 깨어 있고 싶어 한다는 것은 무엇을 뜻하는 것일까.

긴 역사 속에서 누가 옳았는가를 논하는 것은 쉽지 않은 일이다. 그러니 지금 당대에 누가 옳은가를 판단하는 것은 더더군다나 어려운 일이다. 그럴 때 이들이 지닌 절대자유의 신념은 어쩌면 유효한 기준이 될 수 있다. 너의 생각과 행동은 어떤 억압으로부터도 자유로운가, 너의 자유로움은 타인의 자유를 억압하는가. 그리고 너는 너의 자유를 지금 당장 이행(실천)할 수 있는가. 이것을 기준으로 살 수 있다면 아마 그것은 역사를 초월한 혁명적 삶이 될 것이다. 하지만 혁명이 불가능한 시대에 혁명적 삶을 산다는 것은 사실은 무서운 일이다. 나에게나 남에게나.

런던 산책

2011년 10월 8일(토) 흐림

어제는 런던 시내에 나갔다. 12시 30분에 세인트 루크 교회에서 런던 심포니 멤버들이 주관하는 일종의 '해설이 있는 음악회'가 있었다. 벤자민 브리튼의 첼로 소나타를 악장별로 해설하고 연주하는 방식으로 진행되었다. 곡 하나를 악장별로 나누어 해설과 함께 듣는 것도 좋았고 첼리스트의 운궁법을 가까이서 자세히 살필 수 있었던 것도 좋았다.

그다음에는 다시 온 길을 되짚어 워털루 브리지 부근의 서머셋 하우스에 있는 코톨드 갤러리로 갔다. 규모는 작지만 소장품이 알차기로 소문난 곳이다. 아닌 게 아니라 고흐의 〈귀 없는 자화상〉, 고갱의 〈네버모어〉, 세잔의 〈트럼프를 하는 사람들〉, 〈생트 빅투아르 산〉, 마네의 〈풀밭 위의 점심 식사〉와 〈폴리 베르제르의 술집〉, 모딜리아니의 그 유명한 〈누워 있는 누드〉 등 근대 회화사의 획을 그은 명작들이 모여 있었고, 루벤스 등 르네상스기 화가들의 컬렉션도 대단해 보였다. 물론 고흐의 〈자화상〉이나 세잔의 〈생트 빅투아르 산〉, 마네의 〈풀밭 위의 점심 식사〉 등은 화가 자신이 여러 번 그린 작품들이라 여기 외에도 오르세 미술관 등에 가면 또 볼 수가 있다. 하지만 이 작품들 역시 진품임에는 틀림이 없다.

무엇보다 고갱의 〈네버모어〉라는 작품을 알게 된 것이 수확이었다. 앵그르 이래 오리엔탈리즘의 상징처럼 되어 버린 오달리스크의 전통을 비틀어서 타히티 역시 결코 지상낙원이 아니라 타락한 인간세계의 한 부분에 불과하다는 화가의 씁쓸한 인식을 투영하고 있는, 여지껏 고갱의 타히티행을 서구인의 배부른 이그조틱 취향쯤으로 치부했던 내 짧고도 왜곡된 식견을 비웃어 주는 작품이었다.

오늘은 최저기온이 14도이고 최고기온이 15도이다. 해가 뜨는 게 전혀 기온 상승에 도움이 안 되는 날이라는 뜻이다. 이런 날이 바로 영국의 가을날인 모양이다. 춥다기보다는 따뜻한 구석이 없는 날이라고 하는 게 더 적당할 것 같다. 마음이 먼저 추워져서 오후에는 킹스턴까지 강변을 걸어가서 레인코트 하나와 다운 파카를 하나 샀다. 서울에서 올 때 런던 날씨의 을씨년스러움에 대해서 잘 안다고 생각했으면서도 한겨울에도 영하로 잘 내려가지 않는 날씨가 뭐 대단하랴 싶었는데 그게 오산이었다.

좋든 싫든 우리는 지금 모두 포스트모던

2011년 10월 11일(화) 흐림

오늘은 빅토리아&앨버트 박물관에 다녀왔다. 대영 박물관에 못 들어간 소장품들이 들어가 있겠거니 생각하고 마치 출석부에 도장이라도 찍는 마음으로 가볍게 나선 걸음이었다. 하지만 그곳에서 생각보다 오래 있었다. 바로 '포스트모더니즘 1970~1990'이라는 특별전 때문이었다. 2시 반쯤 도착해서 17, 18세기 영국 조각전을 보고 아시아관, 르네상스관 등을 하나씩 보려고 하다가 이 특별전에 끌려서 11파운드를 내고 들어가 결국 이 특별전만 두 시간 반 동안 보게 된 것이다.

이 전시는 1970년대에 건축과 의상 디자인 등에서 모더니즘적 이상주의, 혹은 유토피아주의를 부정하고 일종의 의도적 아나크로니즘을 시도한 것이 포스트모더니즘의 시작이라고 본다. 이것이 모던과 프리모던의 해체와 왜곡, 의도된 절합 등을 통해 건축, 의상은 물론 음악, 미술, 문학, 영화 등 예술 전반으로 파급되다가 급기야 1980년대 초반 앤디 워홀 등의 팝아트에 이르러서 상품 물신과 영합하고 결국 한계에 봉착한 자본주의 상품 컨셉과 디자인에 활로를 열어 주어 자본이 새로운 수요를 창출하는 데 기여하는 것으로 귀결되면서 종언을 고하는 것으로 해석하고 있다. 전시를 기획한 큐레이터의 발상은 신선했고 정치적 · 미학적으로도 올바른 것이었다.

특히 1981년 앤디 워홀의 유명한 그림 〈달러 사인〉을 바로 포스트모더니즘의 파탄을 보여 주는 상징으로 본 것, 그 이후 1985년 제니 홀저가 뉴욕 시내의 커다란 빌보드를 빌려 거기에 〈내가 원하는 것으로부터 나를 지켜 주소서〉(이 범람하는 물신적 욕망으로부터 스스로를 지켜야 하며 그동안의 포스트모더니즘이 결국 물신적 욕망을 폭증시킨 데 불과하다는 성찰적 매니페스토로 해석되어야 할 것이다)라는 레터 사인을 설치한 것을 포스트모더니즘에 대한 일종의 사형선고로 본 것, 그리고 마지막으로(운동으로서의 포스트모더니즘은 끝났지만) "좋든 싫든 우리는 지금 모두 포스트모던"이라고 결론 낸 것 등은 대단히 인상적이며 공감 가는 대목이 아닐 수 없다. 한국에 돌아가면 바로 1990년대와 2000년대를 성찰하는 책을 준비해야 하는 나로서는 적지 않은 시사를 얻은 셈이다.

정말 이제 제대로 된 책을 쓸 때가 오고 있는 것 같다. 생각의 산을 쌓았다 부쉈다 혹은 이리 옮기고 저리 옮기고 하는 일도 이제 힘겹다. 비록 서 말이 아니라 단 석 되박에 없다고 하더라도 더 이상 흩어져 사라져 버리기 전에 어서 내가 가진 이 생각의 구슬들을 닦고 한 줄로 꿰어야 할 것 같다. 여기 있는 동안 체계를 구상하고 할 수 있다면 여기서 구할 수 있는 책들과 자료들까지도 구해 가지고 갈 생각을 하자. 어쨌든 시작을 하자.

WHY CAN'T WE BE OURSELVES LIKE WE WERE YESTERDAY?

In the 1980s, the thrills and complexity of postmodernism were enormously influent But do we still live in a postmodern era?

Certainly the movement left behind a of unresolved intellectual provocations. F example, New Order's music video, which acts as the finale to this exhibition, pose a melancholy question that is still worth pondering: 'Why can't we be ourselves like were yesterday?' Postmodernism was mar by a sense of loss, even destructiveness, but also a radical expansion of possibiliti

In the permissive, fluid and hyper-commodified situation of design today, we are still feeling its effects. In that sens like it or not, we are all postmodern now.

"왜 우리는 예전 같은 우리 자신이 될 수 없는가? 포스트모더니즘은 상실감, 나아가 어떤 해체의 감각뿐만 아니라 가능성의 급진적 확장이라는 감각으로부터 성립한 것이다. 우리는 모든 것이 허용되며 유동적이며 과잉 상품화되어 있는 오늘날 디자인계의 상황을 통해 여전히 그 영향력을 감지하고 있다. 그런 의미에서 좋든 싫든 우리는 지금 모두 포스트모던이다."

모던도 다를 바 없다.
모던도 미증유의 상실과 해체이자 무한정한 가능성이었다.
포스트모던은 모던에 지친 자들의 말놀음일 뿐,
우리는 여전히 모던이다.

토니오 크뢰거가 없는 시대

2011년 10월 12일(수) 흐림

로열 페스티발 홀을 다녀왔다. 런던 필하모닉 오케스트라가 모차르트 피아노 협주곡 20번을 알도 치콜리니와 협연했다. 이 곡은 내게 절대 표준이 있는 곡이다. 클라라 하스킬이 이고르 마르케비치가 지휘하는 콩세르 라무뢰 오케스트라와 협연한 곡이 그것이다. 수많은 피아니스트와 오케스트라가 이 곡을 연주했지만 나는 이 하스킬의 연주를 넘는 것을 듣지 못했다.

나는 치콜리니의 에릭 사티 연주를 좋아하고 라벨 연주도 좋아하지만 그의 모차르트 연주는 처음 듣는다. 그는 올해 여든여섯, 살아 있는 거장이지만 요즘엔 가끔 공연을 펑크 낼 정도로 건강이 좋지 않다고 한다. 그가 오늘 비록 걸음걸이조차 불편한 몸이지만 나와 바로 5미터도 안 떨어진 곳에서 이 곡을 연주했다. 그의 연주는 나이를 의식하지 못할 정도로 명징했다. 사티의 〈짐노페디〉를 연주하던 그 시절과 다를 바가 없었다. 혹 나이 탓으로 어디 실수라도 하지 않을까 걱정하면서 들었지만 적어도 내 귀로는 실수를 찾아내지 못했다. 오케스트라도 무난했다. A열 첼로 파트 바로 앞에 앉았는데 첫 소절 바로 첼로 파트가 끌고 가는 그 부분에서 내 바로 앞의 첼로 주자가 스타트가 0.5초가량 늦었지만 어쨌든 전체적으로 깔끔하게 진행되고 마무리되었다.

하지만, 이 연주 역시 내 마음 속의 그 절대 표준에는 미치지 못했다. 이 곡은 교향곡 25번과 더불어 모차르트 곡으로는 드물게 단조의 곡이다. 특히 1악장이 중요하다. 단조 곡답게 서주부부터 첼로 파트의 리드로 어둡고 불길한 기운을 내뿜고 또 고조시켜 가다가 갑자기 너무나 맑고 청명한 피아노 소리가 이 불길한 기운 한가운데서 솟아난다. 일종의 부조화로 보일 정도로 서주부 오케스트라 연주의 어두운 불길함과 피아노의 청명함은 상반된 이미지로 나타난다. 대개의 연주는 여기서 그냥 불쑥 피아노가 끼어든다. 그래서 그 상반됨, 혹은 부조화가 노골적으로 확 드러난다.

하지만 하스킬의 연주가 다른 점은 여기서 미묘한 주저함이 표현된다는 데에 있다. 실제로는 0.5초도 안 되는 시간이지만 마치 이 불길함 속으로 내가 들어서도 괜찮을까 고민하는 것 같은, 그러면서도 마치 운명의 이끌림을 피할 수 없어 주춤거리며 들어서는 듯한 그런 미묘한 템포와 타건의 힘 조절이 느껴진다는 것이다. 마치 건반을 두드린다기보다 어루만지는 듯한 하스킬의 타건법이 빛나는 대목이다. 그러다가 피아노 소리는 이윽고 오케스트라와 하나가 되어 이 불길한 운명의 힘 속으로 거침없이 짓쳐 나가게 되는 것이다. 물론 이러한 독보적인 차이는 마르케비치와 라무뢰 오케스트라의 접신이라도 된 듯한 무겁고 어두운 연주가 그만큼 뒷받침이 되고 있기에 가능한 것이다.

2부에는 슈베르트 교향곡 9번 〈그레이트〉가 연주되었다. 몬트리올 출신의 야닉 네제 세겡이라는 서른여섯의 젊은 지휘자는 전체적으로 경쾌하고 잘 조화된 오케스트레이션을 보여 주었다. 키는 작지만 온몸을 날렵하게 움직이면서 오케스트라를 움직여 가는 모습은 재주 있어 보였다. 하지만 그렇게 함으로써 엔터테인먼트로서는 성공할 수 있지만, 모차르트 피아노 협주곡 20번과 슈베르트 교향곡 9번이 가지는 그 묵직한 힘을 그 자체로 전달하는 예술적 표현력이라는 점에서는 뭔가 부족한 것으로 보인다. 악기들은 전부 제소리를 냈고 어디 하나 실수도 없었지만, 단원들 사이에서 우리가 지금 뭔가 예술적 성취를 이루었다는 만족감이나 열정 이런 것은 찾아볼 수 없었던 것이다.

하긴 위대한 과거도 이루어져야 할 미래도 없는 이 황폐한 시대에 그런 예술적 정열을 기대한다는 것 자체가 무리인지도 모른다. 그저 아직도 클래식 음악을 연주하고 기량을 연마하는 사람들이 있다는 사실만으로도 감사하는 게 옳을 것이다. 그래서 나는 자꾸 앞 시대로 돌아가고 싶어 한다. 예술을 하는 사람들이 토니오 크뢰거적 열정을 가지고 있던 시절, 세속적 성취와는 담을 쌓고 '나는 이 세상에 속한 사람이 아니다'라는 자의식으로 자기의 예술을 온몸으로 들어 올리던 사람들의 시절로.

ROSE THEATRE
LEVEL G

만성질환

2011년 10월 13일(목) 계속 흐림

스테로이드제제를 완전히 끊은 지 나흘째다. 9월 하순에 한 번 끊었다가 너무나 급작스런 반작용이 와서 이틀 만에 다시 시작했다가 보름 만에 또 끊은 것이다. 이번엔 좀 더 각오를 단단히 하고 끊었고, 지난번과 같은 급격한 반작용이 오지 않아 일단 다행이지만 그래도 아주 순조롭지는 않다. 얼굴과 목이 문제다. 약을 먹는 동안에도 늘 조금씩 가렵거나 건조했는데 약을 끊으니까 특히 밤에 많이 마르고 가렵다. 건조한 탓일 거다. 어제 오전 K교수네 부부와 Y교수 부인과 함께 점심 식사 약속이 있었는데 가기 전 얼굴과 목의 조금 튼 자리에 바셀린을 바른 게 문제였다.

바셀린 바른 자리가 갑자기 너무 가려워져 거의 발작 수준으로 얼굴과 목을 긁었더니 하룻밤을 지나자 그 자리가 전부 마치 아주 미세한 찰과상을 입은 것처럼 아프고 화끈거려 오는 것이다. 그래서 오늘은 로션을 자주 바르고 상처가 진 곳은 바셀린 대신 항생제 연고를 엷게 발랐더니 통증은 그쳐 가는 것 같다. 다만 건조한 게 문제라 거의 두 시간 간격으로 보습을 해 주어야 하는 상황이다. 일단 그래도 스테로이드는 찾지 않을 생각이다. 내일 아침엔 좀 더 나아지리란 기대를 하면서.

누구에게든 만성질환이 있는 사람은 자신의 질환이 절대적이다. 나도 마찬가지다. 이 병만 낫는다면 악마에게 영혼이라도 팔고 싶은 생각이 들 지경이다. 그러니 스테로이드에 대한 유혹이 크지 않을 수 없다. 재작년 여름부터 갑자기 악화되기 전에는 스테로이드 없이, 아무런 약에도 의존하지 않고 그럭저럭 잘 버텨왔던 것이 이제는 내 몸 자체의 자기 치유 능력이 거의 고갈된 것 같다. 이걸 어떻게든 회복해 내야 하는데 마치 바늘구멍으로 몸을 밀어 넣는 것처럼 쉽지가 않다. 그래도 이번에는 얼굴과 목 외에 다른 부분은 이렇다 할 반작용, 혹은 금단 현상은 나타나지 않아서 조금 기대를 갖게도 된다. 보습으로 버티는 동안 몸 안에서 이겨 낼 수 있는 저항력이 만들어져서 점차 나아지면 좋으련만.

하지만 생각해 보면 이 정도는 아무것도 아니다. 나보다 훨씬 더 많이 아프고 괴로운 사람들이 도대체 얼마나 많은가. 내게 이런 정도의 결함과 고통이 없었다면 또 얼마나 기고만장하며 스스로를 탕진하고 있을까 생각하면 이 괴로움에도 어쩌면 고마워해야 한다는 생각이 든다. 겸손하라고, 생을 탕진하지 말고 조심조심 쉬엄쉬엄 가라고 누군가 내 몸에 자꾸 신호를 보내는 것인지도 모른다. 그래도 이 괴로움이 조금만 덜했으면…….

가을에 하는 일

2011년 10월 14일(금) 맑음

날이 제법 쌀쌀해졌다. 아침에 자리에서 일어날 때보다 일어나서 창문을 열고 환기를 시키고 아침을 먹고 하는 동안 조금씩 더 쌀쌀해지는 느낌이었다. 대신 날은 쨍하게 맑았다. 어제보다는 몸이 한결 나아진 데다가 이렇게 날까지 맑으니 오늘은 어디든 나가 봐야 할 것 같았다. 이렇게 맑은 날 12시가 넘어 해가 조금이라도 기울기 시작하면 내 서재(로 사용하는 거실)에는 햇빛이 들어온다. 나는 그때가 가장 좋다. 그럴 때면 낡은 카우치에 앉아 음악을 들으면서 책을 읽는다.

그러면 창밖의 나뭇잎을 스친 햇빛이 책 위에까지 다가와 놀자고 보챈다. 음악은 어둡고 무겁지 않은 것으로 한다. 쇼팽의 연습곡이나 바흐의 평균율 같은 피아노곡도 좋고 정경화나 무터의 바이올린 소품도 좋다. 〈페르귄트〉 조곡이나 〈세헤라자데〉, 혹은 라벨의 관현악곡이면 더 좋다. 햇빛만 좋으면 어떤 때는 오후 1시경부터 거의 4시경까지 이 행복한 시간이 이어진다. 건조대에 널어놓은 빨래들도 결 깊은 곳까지 신선하게 말라 톡톡 소리가 나는 것 같다. 오늘이 그런 날이다. 나가야지, 나가야지 하면서 햇빛과 음악과 책에 취해서 거의 3시가 다 되어서야 몸을 일

으킬 수 있었다.

오늘은 차를 가지고 리치먼드 파크로 가기로 했다. 지난번 어느 오후에 대충 어림잡아서 가 보려다가 결국 입구를 못 찾고 돌아온 기억이 있어서 오늘은 정확히 포스트 코드를 찍고 톰톰에 의지해서 가기로 했다. 아니나 다를까 지난번에는 너무 위쪽으로 가서 헤맸던 것 같다.

리치먼드 파크는 런던 일원에서 가장 광대한 공원이다. 정확한 면적은 알 수 없지만 공원 안에 자동차 도로만도 아주아주 길고 복잡하다. 그리고 온통 초원과 구릉이고 군데군데 아름드리나무들이 때론 군락을 이루고 때론 홀로 서 있다. 사람은 아무리 많이 들어가도 별로 흔적도 보이지 않는다. 어디든 상관없다. 아무 데나 주차할 곳이 있으면 차를 두고 그 주위를 한 시간 정도만 걸을 수 있으면 된다.

그냥 다른 차들 뒤꽁무니를 좇아 처음 만난 공터에 차를 세우고 주변을 걷기로 한다. 초원에 난 길을 따라 걷는다. 햇볕이 강하다. 홀로 선 나무들을 역광으로 잡아 사진을 몇 컷 찍는다. 작은 연못이 나오고 엄마를 따라 나온 아이들 웃음소리와 물을 차고 날아오르는 청둥오리 날개 소리가 동시에 까르르거린다. 얼마쯤 가니 작은 개울이 나온다. 폭이라야 겨우 2미터 정도 될 개울가에 웬 아름드리나무들이 그렇게 많은지. 방향을 바꿔 자전거

도로를 따라 해를 바라보고 걷는다. 눈이 아플 정도다.

다시 방향을 틀어 숲으로 간다. 이젠 또 어둡고 춥다. 숲을 빠져나가자 다시 자동차 도로가 나오고 그 건너편 풀밭 위에 바로 리치먼드의 명물 사슴 떼 약 십여 마리가 세상에서 가장 편한 자세로 앉아들 있다. 뿔이 거창하게 난 수컷 한 마리 주위로 암컷과 새끼들이 모여서 무슨 가족회의라도 하는 정경이다. 거기 못 낀 젊은 수컷들 두 마리는 한 20미터 옆에서 뿔싸움을 하고, 또 다른 수컷 세 마리는 공연히 자동차 길을 어슬렁거리고 넘어 건너편 영역으로 간다. 저들도 다 사연이 있고 의지가 있어 그럴 텐데 내가 보기엔 그저 어슬렁거리는 것으로만 보인다.

한 시간을 걷겠다던 게 한 시간 반을 걸었다. 오늘 운동은 이걸로 적당하다. 차를 몰고 공원을 나와 뉴 몰든으로 가서 고기며 반찬거리며 생수며 이것저것 사니 거의 60파운드, 10만 원이 넘는다. 근 2주일 동안은 큰 장은 안 봐도 된다. 아니 그게 아니라 오늘 산 것들 상하지 않게 해 먹으려면 손도 머리도 늘 바쁘게 생겼다. 내 손으로 모든 걸 해 먹으니 사람 사는 데 먹는 게 참 큰 사업이라는 생각이 여러 번 든다.

삼겹살이라 해서 가져온 고기를 프라이팬에 구워 먹는데 아무래도 삼겹살이 아니라 비슷하다는 다른 부위를 준 것 같다. 아무튼 정말 오랜만에 상추쌈에 파 절임까지 해서 돼지고기 구이로

배를 채웠다. 누런 것, 비린 것을 점점 좋아하지 않게 되었지만 어떤 때는 그걸 안 먹어서 걱정일 때가 있는 법이다. 오늘이 그런 날이다. 그렇지만 혼자 유사 삼겹살을 잔뜩 구워 배를 채우고 있자니 고독이 별건가 하는 생각이 들기도 한다. 혼자 소박하고 간소하게 먹는 건 별로 쓸쓸해 보이지 않는데 혼자 잘 차려 먹고 있는 건 오히려 더 쓸쓸해 보인다. 오죽하면 하는 생각 때문일 거다.

가을이 깊어 가긴 하는 모양이다. 햇빛의 희롱에 마음 뺏기는 것도, 무한정 넓은 공원에 나가 허적허적 걷는 것도, 집에 돌아와 난데없는 식욕으로 돼지고기 구이를 잔뜩 우겨 넣는 것도 가을 아닌 다른 계절엔 잘 하기 힘든 일들인 듯싶다.

만물은 서로 돕는다

2011년 10월 15일(토) 맑음

웨이트로즈에 통밀빵 사러 나간 것 외엔 또 종일 집에만 있었다. 세탁기 한 번 돌린 것, 어제 사 온 재료로 생태 매운탕 끓인 것, 이게 오늘 가장 큰 행사였다. 하지만 책을 읽는 사람에겐 책 속에서 늘 사건이 기다리고 있게 마련이다. 비록 추리닝 바람에 담요 한 장 무릎에 얹고 궁색하게 지낸 하루라 할지라도 책을 통해 세상을 꿰뚫는 철리를 얻을 때도 있는 법이다.

오늘 표트르 알렉세예비치 크로포트킨의 『만물은 서로 돕는다』를 다 읽었다. 처음엔 책의 목차가 너무 단조로워서 좀 지루하지 않을까 생각했던 책이다. '동물의 상호부조 1, 2', '야만인의 상호부조', '미개인의 상호부조', '중세 도시의 상호부조 1, 2', '근대인의 상호부조 1, 2' 이게 목차의 전부였기 때문이다. 게다가 4장, '미개인의 상호부조'에서 '촌락공동체' 개념이 등장하기까지는 동물과 원시인들의 상호부조 사례를 지루하게 열거하는 통에 마치 예전에 인류의 다양한 결혼 형태를 끝없이 열거하던 모건의 『고대사회』를 읽던 때처럼, 혹은 처참하기는 해도 백인들의 인디언 학살 사례를 끝없이 열거하던 『나를 운디드니에 묻어주

오』를 읽던 때처럼 조바심이 나기까지 했다.

하지만 4장에서 유럽세계 전체의 보편 현상이었던 촌락공동체의 규범이나 행태를 소개한 데 이어서 중세 자유도시의 길드제도가 어떻게 자유로운 개인들의 평등한 연대의 힘을 보여 주었는가를, 그리고 그 도시공동체와 기존의 촌락공동체가 어떻게 국가의 발생에 의해 붕괴되었는가를 밝힌 5, 6장에 들어서면서는 흥미진진함을 넘어서 저자 크로포트킨의 탁견에 밑줄을 치고 포스트잇을 붙이기가 바빴다.

이제까지 막연히 암흑시대라고 불리던 중세사회가 실은 상당히 역동적인 사회였다는 사실은 이제 상식처럼 되어 버렸지만 크로포트킨은 이 책에서 주류 역사학과는 전혀 다른 방식으로 중세사회의 역동성과 그 성쇠를 설명하고 있다. 그에 의하면 11세기부터 15세기 사이에 유럽 전역에서 발생하고 성장한 자유도시와 그 자유도시를 이끈 길드로 대표되는 자유시민들 사이의 다양한 수평적 연대와 상호지원 시스템은 인류의 기술적·문화적·윤리적 진보의 중심축이었고, 이는 바로 상호부조 정신의 승리였다. 하지만 이 자유도시들이 16세기 이래 주로 전쟁 전문가들이었던 영주와 기사 등에 의해 차차 지배·유린당하게 되는 과정이 바로 국가의 탄생 과정이며 위대한 상호부조 전통의 붕괴 과정이라는 것이다.

또한 그는 국가가 탄생하고 시민들이 국가에게 자신들의 자치

권과 재판권을 양도하고 나서부터 이른바 근대적 개인주의가 싹튼 것이며 이로써 인간 사이의 상호연대와 상호부조의 전통 역시 심각하게 훼손되었다고 말한다. 이처럼 아나키스트 크로포트킨은 개인의 존중과 상호연대의 실천이라는 두 덕목을 동시에 구현하던 중세적 코뮌주의를 해체하고 시민들을 무력한 개인주의자로 전락시킨 국가야말로 인류에게는 하나의 역사적 반동이라는 점을 치밀한 역사적 추적을 통해 입증하고 있는 것이다.

중세사회에 대한 독특한 해석도 흥미로울 뿐만 아니라 그것을 통해 오늘날 마치 인류 최고의 제도처럼, 혹은 전혀 불가역적인 선험적 시스템처럼 자리 잡고 있는 국가라고 하는 괴물의 약탈적 태생을 입증하고 있다는 점에서 이 책은 지금도 상당히 중요한 레퍼런스가 될 자격이 충분하다. 원제는 '상호부조: 진화의 한 요인'인데 한국어판 제목은 재치 있게 잘 붙인 것 같다. 경쟁만능 시대를 질타하는 매니페스토를 담은 고전적 저작의 제목으로 썩 잘 어울린다.

99%의 반란

2011년 10월 16일(일) 안개 그리고 맑음

오랜만에 재미있는 영화 한 편을 봤다. 얼마 전 국내에서도 개봉하여 호평을 받았던 인도 영화 〈세 얼간이〉였다. 러닝타임이 두 시간 45분으로 상당히 긴 영화라 국내 개봉될 때 30분인가를 편집했다고 해서 영화 팬들의 원성을 사기도 했던 기억이 난다. 인도 최고의 명문 공대라는 임페리얼 공과대학에 함께 입학한 세 친구가 경쟁만능 서열주의에 사로잡힌 학교 체제 속에서 좌충우돌 천신만고 끝에 졸업을 하고 판에 박은 경쟁적 삶이 아닌 자신들이 정말 원하는 삶을 찾아간다는 이야기인데 한마디로 '엄청' 재미있다 .

영화의 메시지는 '성공을 따라가지 마라. 네가 원하는 일을 하면 성공이 따라온다'는, 나도 늘 학생들에게 해 주는 평범한, 하지만 그렇게 하기가 정작 쉽지는 않은 그런 메시지다. 이 메시지가 기가 막히게 매끄러운 각본과 연출, 그리고 좋은 연기에 실려 있어서 러닝타임 내내 울다 웃다 푹 빠져서 보았다. 원작 소설도 있다는데 기회가 되면 읽어 봐도 좋을 것 같다. 인도 영화를 두고 발리우드, 발리우드 하는데 그게 공연히 나오는 말이 아닌 걸 알게 해 주는 영화다. 그야말로 '강추'다.

신자유주의가 세계를 지배한 지 30년이 넘었다. 1980년대 초에 레이거노믹스, 대처리즘 운운할 때 나는 신군부와 맞서 싸우느라고 그저 석유위기로 난관에 봉착한 서구 자본주의가 택한 임시방편쯤 되나 보다 했을 뿐, 그게 30년 후의 세계를 이렇게 바꾸어 놓을지 생각도 못 했다. 자본 이동의 무제한한 자유와 고용 유연성의 강화로 요약될 이 '하부구조', 정확히 말하면 생산관계상의 변화는 한계에 봉착한 세계 자본에 새로운 이윤 창출의 돌파구를 열어 주는 것을 넘어서 그보다 더 심각한 '상부구조'상의 변화, 이데올로기적 변화를 가져왔다. 그것은 곧 경쟁만능 승자독식이라는 야만적 시장윤리의 전면화이다.

신자유주의 30년을 지나면서 무한경쟁과 적자생존의 시장논리만이 독야청청하고, 사람과 사람이 어울려 서로 돕고 조화를 이루며 살아가는 사회윤리는 전세계적 수준에서 폐기 처분되기에 이르렀다. 게다가 신자유주의의 절대 조건 중 하나인 자유로운 자본 이동은 인간의 생존, 생활을 위해 필요한 재화를 생산하는 산업활동에 대한 투자자본이 아니라 주식, 통화의 차액을 노리거나 파생상품으로 한몫을 노리는 막장형 투기자본들의 자유로운 이동으로 변질, 타락하여 세계경제는 이런 투기꾼들의 손아귀에서 놀아나고 있는 상황이 벌써 오래도록 지속되고 있는 것이다.

고용의 유연화도 진정한 산업구조 합리화를 위해 선택되는 것이 아니라 투기자본들이 이른바 인수 합병하기 좋은 저임금 구조를 유지하기 위해 무차별적으로 남용됨으로써 전세계적으로 고용 불안과 노동의 게토화가 이제는 상시적인 것이 되어 버렸다. 그리하여 사람들은 어떻게든 루저가 아닌 위너가 되기 위해 어릴 때부터 남을 짓밟고 넘어서야 한다는 강박관념에 사로잡혀서 이웃을 돌아보고 사회를 걱정하는 대신 나 혼자만 살면 된다는 윤리 아닌 윤리가 유일한 삶의 지표가 되어 버렸다.

하지만 이런 승자독식의 구조에서는 위너의 숫자는 점점 줄어들게 되어 있고, 진입장벽은 점점 더 높아지게 되어 있으며, 덩달아 그 아래쪽의 위계도 점차로 고도화될 수밖에 없다. 예전에는 그래도 공장에서 기름밥을 먹어도 자기 자신만 성실하면 평생 먹고살 수가 있었지만, 이젠 비정규직의 팽창과 상시적 구조조정에 따른 고용 불안으로 정규직 비정규직 할 것 없이 블루칼라 노동자가 된다는 것은 마치 천민이 되는 것처럼 기피된다. 물론 화이트칼라라고 해서 이런 운명에서 자유로울 수는 없다.

이런 세상은 사람이 사는 세상이 아니다. 아니 동물의 왕국도 이렇게 잔인하고 냉혹할 수는 없다. 그야말로 99%의 절대다수가 1%의 극소수의 노예가 되어 살아가는 세상이다. 설사 자신이 상위 3%, 5%, 10%, 30%라고 해도, 그래서 조금 낫다고 해도 그것은 이 세계의 운명을 결정하는 상위 1%의 도둑들에 대해서는 굴욕적이고, 나머지 하위 70%, 90%, 95%, 97%의 도둑맞은 사람들에 대해서는 잔인한, 분열된 삶을 사는 것에 불과하다.

며칠 전부터 뉴욕에서, 런던에서, 파리에서, 그리고 서울에서 99%의 반란이 일어나고 있다. 이름 하여 '월 스트리트를 점령하라', '서울을 점령하라' 캠페인이 그것이다. 이 말도 안 되는 1%의 세계 지배에 대해서 99%가 반란을 시작한 것이다. 물론 이미 20년 전부터 이른바 '세계화'라는 허울 좋은 이름 아래 벌어지고 있는 이 전세계적 투기꾼들의 난장판에 대한 저항은 있어왔다. 하지만 이번 반란이 의미 있는 것은, 그것이 그동안 이른바 상위 5% 혹은 10%에 속해서 신자유주의 세계화의 덕을 보고 있던 사람들, 주식 투자자들이나 중소 자본가들이 주도하고 참여하기 시작했다는 점이다. 보통 사람들보다 훨씬 영악하고 발 빠르게 위너의 길을 가던 사람들조차 이제는 더 이상 견디기가 힘들어졌다는 뜻이다. 어쩌면 이것은 혁명의 시작이 될 수도 있는 사건이다.

〈세 얼간이〉를 보고 울고 웃으면서 이 영화가 이렇게 세계적으로 흥행에 성공하게 된 것도 이제 전세계인의 마음속에 이 경쟁만능 승자독식의 시장 시스템이 인간 세상에 끔찍한 재앙으로 인식되고 있기 때문일 것이다. 그런 점에서 이 영화는 영국 감독 대니 보일이 만들어 재작년에 아카데미상을 휩쓴 인도 영화, 일확천금을 통한 위너 되기를 다룬 〈슬럼독 밀리어네어〉와 좋은 대조를 이룬다. 물론 전자가 후자에 비해 정치적으로도, 윤리적으로도 훨씬 올바른 영화다. 그것은 불과 2년 사이에 세상이 그만큼 더 살기 나빠졌다는 뜻도 되고, 또 그만큼 사람들의 의식이 깨어나고 있다는 뜻도 될 것이다. 이런 세상은 하루빨리 뒤엎어져야 한다.

어느 대학 도시에서

2011년 10월 17일(월) 흐리고 바람

옥스퍼드에 다녀왔다. 영국에 왔으면 어떤 이유로건 한 번은 가 봐야 할 곳이라고 생각했기 때문이다. 흔히 잘못 알고 있는 것과 달리 옥스퍼드 대학교는 세계 최고(最古)의 대학이 아니다. 옥스퍼드라는 지역에 칼리지들이 들어서기 시작한 것은 12세기부터라고 알려져 있다. 그렇다면 12세기 초라고 해도 800년 정도인데 이태리의 볼로냐 대학, 스웨덴의 웁살라 대학 등은 이미 1천 년이 넘는 역사를 가지고 있다. 그 외에도 옥스퍼드가 가장 오래된 대학이라고 하면 섭섭해 할 대학들은 수도 없이 많다.

그리고 옥스퍼드 대학교가 세계 최고(最高)의 대학이라고 하는 것도 사실은 어불성설이다. 대학의 수준을 판단하는 기준은 한두 가지가 아니다. 교수의 수준, 학생들의 수준, 학교의 시설, 환경과 사회에의 기여도 등 너무나 많고 또 기준에 따라 상대적인 경우가 많다. 이렇게는 말할 수 있을 것이다. 세계 최고 수준의 대학들 중의 하나라고. 그리고 특히 옥스퍼드와 케임브리지, 런던 대학교 등은 사실은 동일한 유기적 시스템을 가진 종합 대학교가 아니라 그 지역(옥스퍼드, 케임브리지, 런던)에 있는 수많은 독립(재정, 운영 등 모든 면에서) 칼리지들을 하나로 묶어서 '대학교'

(University)라고 부르는 것에 불과하다. 같은 옥스퍼드에 있어도 이를테면 트리니티 칼리지와 머튼 칼리지는 전혀 다른 학교다. 마치 내가 방문교수로 와 있는 SOAS가 '런던 대학교 동양·아프리카 대학'이지만 이를테면 같은 런던 대학교인 킹스 칼리지, LSE와는 아무 관련이 없는 것과 마찬가지다.

다만 그렇게 느슨한 칼리지 연합을 옥스퍼드 대학교라고 부를 경우, 그 여러 칼리지들 출신들이 다른 지역, 다른 나라의 대학교들과 비교할 때 상대적으로 엘리트들이 많고, 특히 영국에서는 오래된 역사와 비례하여 케임브리지와 더불어 정치, 사회, 학술 등 모든 면에서 우수한 인재들을 배출한 것이 사실이고, 또 그만큼 그 대학 출신들이 영국사회를 주도해 왔다고 할 수 있다. 그러니까 세계적 명문대 중의 하나라고 하면 가장 적당한 표현일 것이다.

엄밀히 말하면 나는 옥스퍼드 대학교를 다녀온 것이 아니라 옥스퍼드라는 대학 도시를 다녀온 것이다, 라고 생각하는 것이 마음 편하다. 60년의 역사를 가지고 이른바 '민족사학'이라 불리는 한국의 한 수도권 대학에 재직 중인 교수로서 다른 나라의 대학을 찾아와서 '오! 옥스퍼드', '오! 케임브리지' 하고 다니는 것은 자의식이 허락하지 않는다. 세계적으로 대학 평가가 유행처럼 이루어지고 있지만 대학을 온전히 평가하는 절대적 기준이 있을까는 의문이다. 시설이나 장학제도 등 몇 가지 지표는 절대성을 갖겠지만 결코 절대적으로 견줄 수 없는 지표들도 너무나 많다. 학문과 교육은 그런 절대적 지표들에 의해 환산될 수 없기 때문에 가진 것이 없어도 한번 도전해 볼 만한 매력적인 분야인 것이다. 모든 것을 갖춘 유럽의 교실에서 공부한 아이와 가난한 나라의 흙바닥 교실에서 공부한 아이 중 어느 편이 더 훌륭한 인간이 될지는 아무도 알 수 없는 것이다. 하지만 다들 한 번쯤은 가 보라고 하는 곳이 옥스퍼드, 케임브리지라면, 좋다, 대학을 찾아간다기보다 인류의 문화유산을 찾는 기분으로 가 보자고 생각을 한 것이다.

서비튼에서 10시 40분쯤 출발해서 약 70마일 정도 떨어진 옥스퍼드까지는 열심히 달리면 한 시간 반이면 넉넉히 도착한다. 하지만 나는 이번엔 아주 천천히, 거의 평균 속도 50마일도 안 되게, 다른 차들 전부 추월하라고 하면서 여유 있게 차를 몰았다. 긴장하기 싫었기 때문이다. 출발할 때 그럭저럭 햇빛이 눈을 찌르곤 해서 선글라스를 껴야 하던 날씨가, M25 고속도로로 들어서자 검은 구름과 함께 어두워지고 바람이 불어 낙엽들이 차창을 때리는 을씨년스러운 날씨로 돌변했다. 12시 40분쯤 옥스퍼드 시내에 도착해서 머튼 칼리지 앞에 주차를 한 다음에도 날씨는 그렇게 사나웠다.

옥스퍼드는 아름다운 도시였다. 하이델베르크와 튀빙겐 등 독일의 대학 도시들도 아름다웠지만 옥스퍼드도 과연 명불허전이기는 마찬가지였다. 무엇보다 고딕, 로마네스크, 바로크, 로코코 양식이 혼재하는 건축사적 적층으로 자칫 산만해 보일 것 같은 풍경이 영국에서 너무나 흔한 석회암이라는 건축 재료의 단일성에 의해 묘한 통일성을 유지하고 있는 것이 두드러졌다. 석회암은 비교적 최근의 것은 우윳빛을 띠었고, 오래될수록 사암처럼 옅은 붉은 색조를 띠어 흰색에서 붉은색에 이르는 계조가 거리 전체에 기막힌 조화를 만들어 주고 있는 것이다. 어느 골목, 어느 모퉁이도 역사와 전통이 이 아름다운 계조에 스며들어 허투루 지나치기가 힘들었다. 흐린 데다 유난히 살 속으로 파고드는 찬 바람 때문에 가뜩이나 약한 얼굴과 목 피부가 쩍쩍 트는 것을 고스란히 느끼면서도 행로를 멈추지 못한 것은 이 도시의 이러한 매력적 계조의 마력 때문이었다고 해도 과언이 아니다.

하지만 그나마 시간을 들여서 본 곳은 세계에서 가장 많은 장서가 있다는 보들리 도서관, 트리니티 칼리지, 세인트 메리 대학 교회 그리고 크라이스트 처치 이 네 군데에 불과했다. 그만큼 주마간산이었던 것이고 반나절 걸음으로는 어림도 없는 것이 옥스퍼드 구경이었다.

보들리 도서관에서는 '보들리 트레저'라는 상설 전시가 가장 인상적이었다. 파피루스와 2세기의 문헌 조각에서부터 화려함의 극치를 자랑하는 코란 필사본, 구텐베르크 활자본 성서, 셰익스피어 희곡 초판본, 제인 오스틴의 미완작 『왓슨 일가』의 저자 필사본, 지방 봉토의 고지도와 중세의 해부학 교재 등 한 도서관이 이런 진귀한 전적들을 모두 소장하고 있다는 것이 실로 놀라울 따름이었다. 아쉬웠던 것은 점심시간에 늦을까 봐 도서관 내부를 구경할 엄두를 못 냈다는 것이다.

트리니티 칼리지는 옥스퍼드 중의 옥스퍼드, 바로 옥스퍼드 최고의 칼리지여서 여기 출신들은 다른 칼리지 출신들을 쳐다도 보지 않는다고 할 정도로 자부심이 강하다고 한다. 그저 건물의 외관과 다이닝홀, 채플 정도를 본 것에 불과하지만 그렇게 봐서 그런지 여기서 다시 대학 생활을 하라면 3년 정도는 까무러치도록 공부에 푹 빠질 만한 어떤 압도적인 분위기를 느낄 수 있었다. 요즘에야 자기만 열심히 하면 장학금을 받으면서라도 도전해 볼 수 있으련만 7, 80년대엔 정신적으로 또 제도적으로 그런 엄두를 낼 수가 없는 상황이었다. 그저 부럽고 시새울 따름이다.

세인트 메리 대학 교회는 말하자면 이곳 여러 칼리지의 학생들을 위한 연합 교회인 것 같은데 특히 내부의 스테인드글라스가 아름다웠다. 이 교회의 타워에 오르면 옥스퍼드 시내의 파노라마를 볼 수 있다고 하는데 역시 마음만 바빠서 올라가 보지 못했다.

크라이스트 처치는 교회와 칼리지가 같이 공존하는 특이한 공간인데, 그 면적과 크기가 상상 이상이었다. 거의 하나의 성처럼 옥스퍼드 남쪽에 자리 잡고 있어서 입구부터 가고 싶은 모든 공간을 찾는 일 자체가 쉽지 않을 정도였다. 이곳의 다이닝룸은 영화 '해리포터' 시리즈의 촬영지로도 유명한데 트리니티 칼리지의 다이닝룸과 마찬가지로 지금도 저녁 준비가 한창이었다. 크라이스트 처치는 독립된 건물이 아니라 거대한 정원을 둘러싼 사각형의 큰 회랑형 건축물의 한 모퉁이 공간에 있어서 굉장히 특이한 입지와 구조를 가지고 있었다. 이 교회 자체의 미술품 갤러리가 볼 만하다는데 시간이 넘었다고 관람을 불허해서 안타까웠다. 규모로 보아 아마도 이 옥스퍼드 시뿐만이 아니라 인근 옥스퍼드셔 전체 위에 군림하던 교회가 아니었나 싶었다.

『이상한 나라의 앨리스』의 저자 루이스 캐럴이 옥스퍼드 출신이라고 해서 이곳에는 앨리스 숍이라고 하는 앨리스 관련 상품들을 파는 유명한 숍이 있다. 하지만 크라이스트 처치 구경을 하고 난 뒤 5시가 넘어 이미 문을 닫았고, 그 근처에 있는 역시 명물이라고 하는 카페 로코에 들어가서 디카페인 커피 한 잔으로 정말 번갯불에 콩 볶아 먹은 것 같은 옥스퍼드 순례의 마감을 했다.

비록 날씨가 나빠 살갗은 트고 감기 들기 직전의 위태로운 반나절이었지만, 구석구석에서 중후한 전통과 앳된 청춘들이 공존하는 천년의 대학 도시를 바람처럼 둘러본 괜찮은 시간이었다.

옥스퍼드 킹스 칼리지 안뜰에 서 있으니
자연스럽게 내가 다니던 이른바 '한국 최고 대학교'의
인문대학 캠퍼스가 떠오른다.
관악산 북사면 바람맞이에 날림으로 지은
콘크리트 막사 같은 대학 건물과 그 어설픈 조경이.
하지만 이번엔 왠지 그렇게 '쪽팔리지' 않는다.
그 건물을 드나들며 공부를 하고
연못가에서 통음을 하고
함께 어깨를 걸고 시위를 하던
30년 저편의 우리들이 떠오르기 때문이다.
킹스 칼리지 안 부럽다.
천 년 전통도 갓댐이다.
옥스퍼드 졸업생 전체를 상대로 이렇게도 묻고 싶다.
"너희도 학창 시절
우리처럼 그렇게 목숨 걸고 뜨거운 적 있었느냐"고.

나쁜 버릇

2011년 10월 18일(화) 맑음

날이 점점 추워진다. 어둡고 비 오고 바람 부는 런던의 본격적 겨울 날씨는 12월부터라지만 이제 가을의 한가운데서 겨울 추위의 전조가 언뜻 스쳐 지나가는 듯한 기분이다. 마치 그렇지, 추위라는 게 있었지 하고 한 번쯤 몸을 부르르 떨어 보기라도 하라는 듯 그렇게 말이다. 어제 옥스퍼드의 바람이 그랬듯 오늘 서비튼의 바람도 비슷했다. 킹스턴에 나가 살 것이 있었는데 운동 삼아 강변길로 걸어갔다. 날은 흐리지 않아 다행이었고 전반적으로는 바람도 잠잠했지만 어쩌다 한 번씩 부는 바람은 어김없이 옷섶으로 파고들었다. 그럴 줄 알고 오늘은 후드티에 윈드 재킷에 목도리, 그리고 모자까지 챙겨서 단단히 대비를 했다. 20분쯤 걸어 한편으로는 약간의 땀이 비쳤지만 옷섶으로 기어드는 바람 때문에 곧 식어 버리곤 했다.

나는 늘 여름보다 겨울을 좋아해 왔다. 여름의 그 늘어진 풍경, 늘어진 삶, 길게 빼문 혀처럼 긴장을 잃은 정신 이런 것들이 싫은 만큼 겨울의 그 혹독함 속에서 단단히 여문 것들, 긴장된 것들, 예리하고 날카로워진 정신을 더 좋아해 왔다. 여름은 디오니소스

의 계절이고 겨울은 아폴론의 계절이라 생각해 왔다. 물론 언제나 아폴론적 인간이기를 바랐던 나는 당연히 겨울을 좋아할 수밖에 없다. 봄여름보다 늘 가을과 겨울 쪽이 내 편이라 생각했다.

하지만 굳이 신화학적 맥락을 빌려 올 필요도 없이 봄과 여름은 생성과 생명의 계절이고 가을과 겨울은 소멸과 죽음의 계절이다. 약동하는, 가만히 두어도 꿈틀거리는 생명은 굳이 긴장할 필요도 없다. 그냥 생명 그 자체가 요구하는 대로 해도 늘 건강하고 힘차고 올바르다. 하지만 소멸하는, 죽음과 가까워지는 생명은 긴장하지 않으면 시나브로 꺼져 버리고 늘 뒤틀려 있기 쉽다. 그렇게 보면 감성과 도취는 본디 생명의 것이고, 이성과 각성은 오히려 죽음의 것이라고도 할 수 있다.

그러니까 나는 늘 죽음의 편에, 소멸의 편에 있어 왔던 것은 아닌가. 그래서 내 푸르렀던 생명나무를 갉아먹고 저 잿빛 죽음의 탑을 세워 온 것은 아닌가. 내가 옳다고 그렇게 되어야 한다고 생각했던 것들마다 사실은 그른 것이고 그렇게 되어서는 안 되는 것들은 아니었던가. 도무지 부자연스럽고 인위적이고 반생명적인 것은 아니었던가. 생각해도 생명의 편에서 생각하지 않고 행동해도 물 흐르듯 하지 않고, 언제나 죽음을 앞세우고 생명을 위협하여 생각하고 물을 거슬러 행동했던 것은 아닌가. 이런 생각들이 이젠 문득문득 들 때가 있다.

폐부를 파고들어 정신을 드높이 깨워 놓던 삽상한 겨울바람이 이젠 옷섶을 파고들어 이미 수천 번 벗겨지고 떨어져 나가 약해질 대로 약해진 살갗을 저미고 트게 하는 칼날처럼 느껴지기 시작하면서, 그런 생각들이 더 자주 든다. 따뜻한 것은 따뜻한 것이고 추운 것은 추운 것 그것일 뿐인데 따뜻한 것이 그르고 추운 것이 옳다는 생각은 어디서 나왔을까. 그렇게 인생을 궁벽한 곳으로 추운 곳으로 몰아붙여서 얻은 것이 고작 이렇게 찬 바람 앞에 한없이 옷깃을 움켜잡아야 하는 약한 몸뚱아리 하나인가 하는 생각이 드는 것이다. 계절이 바뀌듯이 물이 흐르듯이 그렇게 살아올 수만 있었다면 얼마나 좋았을까 하는 생각까지도 드는 것이다.

하지만, 그래도, 아직은 겨울에 더 끌리는 것은 어쩔 수 없다. 시린 무릎을 덮을 담요 한 장을 사 오면서도, 더 추운 날들이 올까 봐 전기난로 카탈로그를 뒤져 보면서도, 런던의 차고 습하고 시린 겨울바람이 지레 두려워지면서도, 한편으로는 그 혹독함 속에서 이번 겨울엔 무엇이 내 정신 속에서 이루어질 것인가, 그 오한과 웅크림과 치떨림 속에서 또 어떻게 뒤틀린 사리 몇 과가 어느 뼛골 속에서 새카맣게 여물어 갈 것인가를 그리워하게 된다. 그래서 나는 어느새 나쁜 버릇처럼 또 겨울을 기다리고 있는 것이다.

제국의 시간, 식민의 시간

2011년 10월 19일(수) 맑음

아침에 일어나서 아침 식사를 마칠 때까지가 내가 여기서 TV를 켜는 유일한 시간대이다. 그 시간대에 나는 거의 BBC 뉴스를 본다. 방송 내용을 전부 알아듣는 것은 아니지만 화면이 있고 자막이 있기 때문에 대강은 알아듣게 된다. 오늘 아침 BBC 헤드라인 뉴스의 제목은 '데일 농장 추방'이다. 에식스 지방의 바즐던이라는 동네에 데일 농장이라는 공유지가 있는데 '여행자들'이라 불리는 일단의 사람들(아마 집 없는 사람들인 듯)이 여기에 10년 전부터 모여들어 말하자면 무허가 주택을 짓고 살아왔다. 그런데 이들을 소개하려는 지방 당국과 이 거주자들 사이에 협상이 결렬되고 결국 오늘 이 거주자들을 추방하는 작전이 벌어졌다는 것이다. 3년 전 용산참사를 기억하는 나로서는 이 사람들이 '작전'을 어떻게 수행하는가가 궁금했다.

거주자들은 역시 바리케이드를 쌓았고 비계를 엮어 저항을 위한 탑을 세웠다. 그리고 쓰레기 등을 모아 불을 피우기도 했다. 물론 여기도 서포터즈라고 부르는 이른바 '제3자'들이 있고 탑 위에 올라가서 벽돌과 돌을 던지며 저항하는 '극렬분자'도 있었다. 하지만 여기는 한국이 아니고 용산도 아니다. 비록 경찰이 두 사람에게 전기 충격기를 썼다고 해서 노동당 등으로부터 비난을 받았지만 경찰 측 입장은 시간이 아무리 많이 걸리더라도 폭력이나 무력 충돌 없이 작전을 마무리하겠다는 것이었다. 나중에 확인해 보니 늦게까지 비록 스물세 명이 체포되기는 했지만 '작전'은 큰 충돌 없이 끝난 것으로 보인다.

무엇보다 인상적인 것은 취재를 하는 언론, 즉 BBC의 태도였다. 비록 거주자들 편을 들어서 바즐던 지방 당국을 비난하거나 하지는 않았지만 이들이 촬영과 취재 중에 일관되게 관심을 기울인 것은 바로 이 작전이 인권을 침해하고 있는가 아닌가였다. 그리고 바로 이런 언론 때문에라도 경찰과 당국은 절대로 일방적이고 폭력적으로 작전을 밀고 나갈 수가 없는 것이다. 당국, 경찰, 거주자에 골고루 발언권을 주며 이 사건을 시청자들이 입체적이고 다각적으로 판단할 수 있는 근거 자료를 마련해 주는 것 역시 공영방송 BBC의 일관된 태도였다. 한국에 이런 언론이 있었어도 용산참사가 일어났을까? 절대 그렇지 않았을 것이다.

오후엔 K교수의 제안으로 템스 강을 한 시간쯤 거슬러 올라가면 있는 햄프턴 코트까지 산책을 다녀왔다. 햄프턴 코트는 원래 이 지방 주교의 성이었는데 16세기 중반 헨리 8세가 이를 강제로 빼앗아 자신의 성으로 만든 곳이다. 성 자체의 면적도 크지만 거기 속한 정원과 숲까지 하면 막대한 크기라 할 수 있다. 런던을 찾는 수많은 관광객들이 윈저 성과 더불어 가장 많이 찾는 근교의 관광 명소라고 할 수 있다.

성의 내부를 구경하려면 15파운드라는 비싼 입장료를 내야 하는데 우리야 오늘 관광객이 아니라 산책자였으므로 겉으로만 한 바퀴 도는 것으로 만족했다. 겉으로만 돌아본 성의 외관은 볼품이 없었다. 대부분 붉은 벽돌로 지어진 성은 겉보기에는 마치 화물 부두의 창고 건물처럼 보였다. 주변의 정원이 잘 다듬어지지 않았다면 성이라 보기 힘들었을 것 같다. 돈을 내고 안으로 들어가지 않는 자들에게는 마치 아무것도 보여 줄 수 없다는 듯 일부러 외관을 그렇게 만든 것은 아니었겠지만.

사실은 성보다는 성으로 가는 약 10리 남짓한 길에서 생각할 거리가 많았다. 내 집이 있는 서비튼에서 햄스디톤을 거쳐 햄프턴 코트로 가는 동안 참 이 사람들 잘 살고 있다는 생각이 새삼 들었다. 작은 집이나 큰 집이나 다들 크고 작은 정원들을 가지고 있었고 하나같이 깨끗하고 잘 정돈되어 있었다. 주차장에는 최신의 컨셉 카들부터 오래된 클래식 카들까지 다양한 차들이 세워져 있고 모든 집에서 조금만 나가면 아름다운 숲과 잔디밭이 있는 공원이나 편안한 휴식이 가능한 자연경관이 있었다. 강가에 만들어진 요트용 부두에는 수천만 원에서 1, 2억 원씩은 할 게 분명한 요트들이 수십 척이나 정박되어 있었다.

한마디로 기준이 다른 것이었다. 귀족이나 주교의 성이라고 하면 울타리 안에 멧돼지나 최소한 여우 사냥은 가능한 숲 정도는 있어야 하고, 평민의 집이라 해도 정원과 주차장은 당연히 구비되어 있어야 하며, 동네마다 주민들이 쉴 수 있는 공원과 운동할 수 있는 잔디구장 정도는 너무나 당연히 있어야 하는 것이다. 나머지 걱정은 그런 것은 구비된 위에서 생기는 것이다. 물론 그런 사람들도 찾으면 있기는 하겠지만, 우리처럼 멀쩡한 가족이 습기와 곰팡이 가득한 반지하 단칸방을 전전하는 일이나 공원은커녕 한여름 땡볕 피할 곳도 없어 동네 사람들이 골목길에 자리판을 깔아 놓고 나앉아 있는 일 같은 것은 이들에게는 상상조차 할 수 없는 일인 것이다. 땅 위도 아니고 허공에 100평방미터짜리 공간을 하나 마련했다고, 내 집을 마련했다고, 한 재산 생겼다고 좋아하는 일은 이들에게는 도무지 이해할 수 없는 일인 것이다.

그리고 아무리 시민들이 국가의 의도나 기획과 다른 행동을 한다고 해도 그들을 적대하지 않는 것, 그들의 인권을 먼저 생각하는 것, 그것도 이들의 다른 기준이다. 우리처럼, 다른 생각을 가지거나 다른 행동을 하면 빨갱이고, 빨갱이에겐 인권 따윈 있을 수 없으며, 따라서 때려죽여도 태워 죽여도 굶겨 죽여도 상관없다는 그런 기준과는 다르다.

기준이 다르다, 기준이. 인간적인 삶에 대한 기준이 다른 것이다. 그런데 이 기준의 차이는 어디에서 오는가. 그들은 왜 이런 기준 위에서 여유 있게 살고, 우리는 왜 그토록 열악한 기준(기준이 있기는 한가) 위에서 아등바등 살아가고 있게 되었는가. 그들은 제국의 시간을 살았고, 우리는 식민의 시간을 살았던 것. 불행하게도 결국 그것 때문일 것이다. 그래서 억울하다. 이제 기를 쓰고 그들의 기준을 좇아가는 일이 얼마나 허망한 것인지도 잘 알고 다른 대안적 길과 기준이 있다는 것도 잘 알지만, 가지 못한 길은 언제나 아름답고 안타까운 법이다. 왜 저들은 그 길을 갔는데 우리는 못 갔는가.

결국 우리가 못 간 바로 그 거리만큼 그들은 더 간 것이고, 그것이야말로 근대의 제로섬 게임의 법칙이었지만 바로 그래서 억울하다. 이 억울함은 역사가 계속되는 한, 그리고 그 역사가 기억으로 남는 한 영원할 것이다. 그러나 더 끔찍한 것은 우리가 지금 그 억울함의 배턴을 또 다른 사람들에게 넘겨주고자 하고 있다는 것이다. 억울한 것은 우리가 끝이어야 한다. 그러기 위해선 이 근대라는 악한 시간의 연쇄를 끊어 내야 한다. 이 앞섬과 뒤처짐이라는 시간의식에서 벗어나야만 한다. 세상 사람들 모두가 남의 시간이 아니라 자기의 시간을 최고의 시간으로 받들고 그 속에서 최선의 행복한 삶을 구가하는 것, 지구상의 모든 시간의 위계구조를 파괴하는 것, 그게 지금부터 생각 있는 자들이 해야 할 일이다.

영국 민주주의의 풍경

2011년 10월 21일(금) 맑음

아침엔 아내가 보내 준 소포가 도착했다. 소포에는 두툼한 트레이닝 바지와 폴라플리스 베스트, 앞이 막힌 털 슬리퍼, 수면양말 등 내가 설마 하고 챙겨 오지 않았던 방한의류들을 필두로, 아내가 내 기력을 보충하라고 달여 준 보약 한 제와 여러 종류의 맞춤형 건강식품들, 그리고 각종 마른 나물류, 반찬류가 골고루 들어 있었다. 홀로 만리타국에 떨어져 있는 남편 건강 챙기느라 돈과 정성 아끼지 않는 손 큰 아내에게 그저 머리 조아려 감사할 따름이다. 정말 이번 기회에 건강까지 어느 정도라도 회복해서 간다면 더 바랄 게 없을 것 같다.

한국의 IT 기술 덕택에 무료 통화, 무료 문자가 흔해서 매일 아내, 딸과 몇 시간씩 3자 채팅을 하고, 또 하루에 한 번씩은 꼭 무료 통화를 하며, 또 블로그에 쓰는 일기 덕택에 아내는 내 건강 상태나 기분을 거의 실시간 체크를 하고 있는 셈이다. 그러다 보니 어떤 때는 건강이 시원찮은 남편이 너무 안타깝고 안된 모양이다. 하지만 그렇게 매일 아내로부터 목소리며 문자로나마 기를 받으니 그 덕에 잘 지내고 있다는 생각도 든다.

오후엔 시내에 나갔다. 오늘 저녁에 로열 페스티발 홀에서 런던 필하모닉 오케스트라의 공연이 있기 때문이다. 5시쯤 미리 나가서 아직 못 가 본 빅벤, 즉 국회의사당과 웨스트민스터 사원을 좀 둘러보고 저녁도 먹고 그런 다음에 공연을 보기로 했다. 웨스트민스터 역은 워털루 역에서 주빌리 라인을 타면 한 정거장 거리다. 아마도 템스 강 아래로 지하철을 뚫어서 그런지 워털루 역에서 지하철을 타러 가는 통로나, 웨스트민스터 역에서 지상으로 올라가는 통로 모두 아주 깊다. 특히 워털루 역에서 주빌리 라인으로 가는 통로는 유난히 깊고 높은데 철골구조물의 형상이 거의 SF 영화의 세트장을 방불한다. 그냥 다른 장치 없이 바로 찍어도 근사한 SF 영화가 나올 듯싶다. 가만히 살펴보면 영국 사람들이 프랑스 사람들보다 분명히 인물은 덜하고 옷도 잘 못 입는데 건축물이라든가 이런 구조물들, 그리고 건축물과 도시 공간의 전반적 색상 조화는 굉장히 세련됐다. 특히 구석구석 들여다보면 감탄할 정도로 색채 감각이 뛰어나고 디자인이 과감해서 이건 또 어디서 나오는 힘일까 싶다.

국회의사당 건물은 이미 사진으로는 숱하게 봤지만 가까이 보니까 너무 극단적으로 고딕적이다. 그것도 벽체만. 전체적으로는 그저 장방형의 구조물로 그다지 수직 상승의 이미지는 없는데 벽만 고딕 양식으로 만들어 놓으니 어딘가 불균형하다는 생각을

OLIVER
CROMWELL

떨칠 수 없다. 아무튼 빅벤을 포함해서 참 특이한 건물이다. 날이 어두워지고 있는지라 완전히 주마간산으로 의사당을 한 바퀴 돌면서 셔터를 부지런히 누르고 있는데 북쪽 마당에 동상이 하나 보였다. 자세히 들여다보니 올리버 크롬웰의 동상이었다. 왕을 몰아내고 공화제를 실현한 인물이니 국회의사당 건물에 그의 동상이 있는 게 당연한데 아이러니하게도 지금까지도 영국은 입헌군주국이라 크롬웰의 동상이 어딘가 불편해 보인다. 하지만 또 여기 외에는 있을 곳이 없기도 하다. 이 사람들은 왜 이렇게 왕을 좋아할까. 참으로 이상한 시대착오이긴 하지만 그것이 일본의 천황제처럼 사회 전체를 골병들게 만드는 병적인 것이 아닌 게 그나마 다행이라면 다행이다.

서쪽 잔디마당에는 오귀스트 로댕의 칼레의 시민상이 있다. 영국과의 백년전쟁 와중에 자신을 희생해서 다른 시민들을 구한 칼레의 여섯 귀족들이 고뇌에 찬 모습을 담은 이 조각상이 바로 그때의 적국인 영국의 의사당 마당에 놓여 있다는 것이 미묘한 감동을 준다. 이 칼레의 시민상이야말로 나름 노블레스 오블리주를 좀 안다는 영국인들에게 프랑스 시골 도시의 귀족들이 보여준 원본 노블레스 오블리주의 상징 아닌가. 일본 동경에는 국립서양 미술관 앞에 이게 서 있다. 우리나라에도 로댕 미술관에 이게 있다. 영국에선 그 정치적 함의를 높이 사서 의사당 앞에 놓았지만 일본이나 우리나라에서는 그저 로댕의 미술품에 불과한 것이다. 하긴 일본 의회나 우리 국회에, 특히 우리 국회에 이 조각상은 언감생심이다. 노블레스 오블리주? 한국에서는 언감생심이다. 일본은 그래도 무사도라도 있지 않은가.

의사당을 휘휘 돌아보고 길을 건너 웨스트민스터 사원으로 갔다. 내부 공개는 3시까지라 어차피 내부를 볼 생각은 안 했고 그저 한 바퀴 돌면 된다. 유럽을 다니면서 사실 교회나 성당 내부라면 너무나 많이 봤다. 미술사나 건축사, 혹은 종교사를 연구할 게 아니면 이제 그만 봐도 될 성싶을 정도로. 어쨌든 영국을 대표하는 사원 건물답게 엄청 크면서도 조형적으로도 나무랄 데가 없는 것 같았다. 지난번에 봤던 세인트 폴 성당과 함께 고딕과 로마네스크 양식을 대표하는 건축물로서 영국 사람들이 자랑할 만한 웅자였다.

하지만 나는 왠지 그 옆에 붙어 있는 부속 교회라고 할 수 있는 성 마가렛 교회에 눈길이 더 끌렸다. 마치 고목나무에 매미 붙은 형상으로 정말 웨스트민스터 사원의 주교 사택 같은 작은 교회인데 소박하면서도 은근히 공을 들인 솜씨가 사실 더 영국적이라는 느낌이 들었다. 나만의 느낌인지는 모르겠다. 너무 큰 것은 오히려 잘 안 보이는 법이다.

웨스트민스터 사원 건너편에 있는 엄청난 돔형 건축물이 눈에 띄었다. 일단 사진을 찍어 두고 가만히 보니 그 건물은 감리교회 총본부 건물이었다. 일찌감치 교황청의 보편 지배에서 벗어나 국

교회를 만들고 종교개혁과 함께 다양한 신교 종파의 본산이 되었던 영국 종교사의 단면을 잘 보여 주는 풍경이 아닐 수 없다. 영국 국교회 총본산 바로 옆에 크기를 다투듯이 서 있는 감리교 총본산 건물이라……. 뭔가 은근히 괜찮은, 정확히 말하면 민주적인 풍경이었다. 어둠이 내린 뒤의 빅벤은 생각보다 예뻤다. 사진을 찍으니 맑은 보랏빛 하늘을 배경으로 그림이 참 좋았다. 괜찮은 발견이었다.

시벨리우스의 나라 핀란드에는 현존하는 두 명의 마에스트로가 있다. 에사 페카 살로넨과 유카 페카 사라스테. 둘 다 아주 미남들이다. 그중 에사 페카 살로넨은 지금 필하모니아 오케스트라의 음악감독이고, 유카 페카 사라스테는 런던 필하모닉 오케스트라의 객원지휘자로 오늘 베토벤 바이올린 협주곡과 브람스 교향곡 2번을 연주한다.

유카 페카 사라스테는 벌써 백발이었고 수염까지 잘 길러서 더 멋있어 보였다. 첫 곡은 시벨리우스의 여러 조곡 중의 하나로서 잘 알려지지 않은, 〈드라이어드〉라는 짧으면서도 어딘가 현대음악적인 실험성이 엿보이는 곡이었다. 둘째 곡이 베토벤 바이올린 협주곡. 토마스 체트마이어라는, 예전에 내 기억으로는 베를린 필하모닉의 바이올린 수석으로 알고 있었는데 지금은 레오니다스 카바코스 등과 함께 거장 반열에 올라 있는 연주자와의 협연이었다.

체트마이어는 낭만적 과장이 없는 연주자였다. 그리고 어딘가 소리가 좀 작다 싶었는데 나중에 알고 보니 정격 연주풍이라는 평이 있었다. 낭만적 과장 없이 아주 정확한 운궁으로 직조를 해 나가듯이 연주해 나가는 그의 베토벤도 집중해서 듣자니 나름 깊은 맛이 있었다. 낭만적 기분과 과장된 음량에 가려졌던 섬세한 내면적 조형성이 상대적으로 잘 드러나기 때문일 것이다. 그리고 그런 연주를 위해서 활에 송진을 좀 많이 바른 듯한 느낌이 들었다. 운궁의 폭은 작게 하면서도 제소리를 내기 위한 방편일 텐데 그 사각거리는 송진 마찰음이 바로 앞이라 가까워서 그런지 더 잘 들리는 것 같았다. 아무튼 카덴차를 들으니 확실히 이 사람도 자기 풍을 가진 대가급이라는 생각이 들었다.

인터미션이 끝나고 브람스 교향곡 2번이 시작되었다. 이 곡에 대한 팸플릿의 해설은 "인생을 가로막은 장애에 대해 보상받았다는 증거가 필요하다면 이 곡이 그것을 제공해 주리라"는 말로 시작된다. 위안의 곡이라는 뜻이다. 베토벤의 그림자가 너무 큰 1번과 브람스 음악세계의 절정이라 할 수 있는 3, 4번 사이에 끼어 있어서 참 주목받기 힘든 곡이 바로 이 브람스 교향곡 2번이다. 하지만 우울한 화사함, 혹은 화사한 우울함이라고 할 수 있는 브람스 교향곡의 특징들은 다 가지고 있으면서도 조금 더 따뜻하고 화사한 게 이 2번인 듯하다. 한바탕 폭풍이 지나간 뒤, 서편으로 몰려가는 구름들 사이로 드러나 비에 젖은 나뭇잎들을 어루만지는 햇살 같은 느낌이랄까. 그만큼 웅장한 비극적 조형보다는 섬세한 조탁이 돋보이는 곡이다. 그리고 바로 그런 점에서 오늘 유카 페카 사라스테는 이 곡의 느낌을 제대로 살렸다. 런던 필하모닉의 멤버들도 스트링 파트와 윈드 파트가 번갈아 제 역할을 다 해야 하는 이 곡의 흐름을 해치지 않고 성공적으로 연주를 해나갔다. 특히 호른과 오보에, 클라리넷 파트의 연주는 최고 수준이었다.

그리고 오늘 가까이서 듣자니 브람스 교향곡 특유의 우울하면서도 아름다운 비극적 울림은 바이올린 파트에서 전부 나온다는 것을 알게 되었다. 다른 파트들은 절정부의 바이올린 총주를 위한 분위기 상승의 매개들이고 정서가 최고조로 상승하면 바이올린 총주가 등장하여 그 비극적 속도감을 완성시킨다. 대개 다른 작곡가들의 교향곡 절정부에 관악과 타악 파트의 합주가 자리하는 것과는 다른 브람스만의 특징인 듯하다.

쓴웃음

2011년 10월 22일(토) 맑음

며칠 전부터 허리가 약간 뻐근하고 등 쪽에 약간 염증이 있다 싶더니 오늘 자세히 살펴보니 대상포진인 것 같다. 약간의 너비를 두고 수포가 발달되어 있는 게 손에 만져지고 조금 보이기도 한다. 면역 기능이 어지간히 약하긴 약한 모양이다. 요즘 조금씩 늦게 자고 늦게 일어나는 것도 영향을 준 것 같고, 스테로이드의 영향도 있는 것 같다. 대상포진이면 흔히 많이 아프다 그러는데 다행히 아프지는 않다.

나는 아픈 건 잘 참는 편이다. 몸이 조금 안 좋다 싶게 며칠 지나고 나면 끝이다. 그런데 같은 증세나 질환을 겪은 다른 사람들에겐 그게 대단한 병이고 고통인 경우가 많다. 내가 안 좋은 표를 내는 것은 정말 아파서라기보다는 어떤 위기의식이 느껴질 때이다. 이건 지금까지와 다르다, 뭔가 다른 대책이 필요하다 싶을 때 안 좋다는 신호를 내보낸다. 하지만 이 대상포진은 난생처음 겪는 것이긴 하지만 그렇게 위태롭게 느껴지지는 않는다. 며칠 지나면 감기 낫듯이 사라질 것 같은 느낌이다. 그러길 바라는 것도 있지만.

오전엔 결이에게 줄 카메라가 배달되어 와서 그것 만지고 배우느라고 시간을 보냈고, 오후엔 날씨가 너무 좋아 비교적 가벼운 차림으로 템스 강변을 걸어 킹스턴에 다녀왔다. 3시쯤 킹스턴에 도착했는데 필요한 것들 구하고 이것저것 구경하고 나니 그새 6시가 넘었다. 나와 보니 사방이 어둑어둑해졌다. 강변으로 다시 나왔더니 땅거미 지는 강변이 너무나 아름다웠다. 정말 우리는 참 아름다운 별에 살고 있는 것이다. 이렇게 아름다운 풍경 앞에 있으면 사는 게 참 황송해진다.

점심도 많이 먹은 편인데 시간이 늦으니까 허기가 졌다. 마침 밥도 조금밖에 없고 시간도 없고 예정에 없이 라면을 끓여 밥을 말아 먹었다. 이렇게 먹으면 안 되는 것이지만, 어쩌면 이렇게 라면이 맛있을까. 저녁을 먹고 찍어 온 사진을 저장해서 결이에게 보내 주기도 하고 밀린 설거지도 하고 나니 9시 반. 아예 좀 일찍 자리에 들 요량으로 샤워까지 하고 이렇게 컴퓨터 앞에 앉아 있다. 어쩌면 이렇게 매일 밤 꼬박꼬박 일기 쓰는 일도 스트레스로 작용하는 것일까. 도대체 어떻게 해야 정말 이 몸과 마음을 쉬게 할 수 있는 것일까. 나름대로 너무나 오랜만에 참으로 평화로운 시간들을 보내고 있다고 생각하는데도 몸속에선 계속 전쟁이 일어나고 있는 모양이니 참 알 수가 없다.

아까 결이는 파리 플레옐에서 있었던 리카르도 샤이의 베토벤 교향곡 5번 연주를 본 감동을 전해 왔다. 그리고 내일 저녁엔 판크라스 역 부근의 킹스 플레이스에서 알레그리 쿼텟의 베토벤 초기 사중주 공연이 있다. 연 사흘째 런던 파리를 넘나들며 베토벤이 우리 부녀를 사로잡는 중이다. 이토록 아름다운 별에서 베토벤을 듣고 살다 가는 것만으로도 우리는 행복에 겨운 존재들이다. 무슨 욕망이 더 있어 그토록 아등바등하게 사는가 싶다.

하지만 다시 생각해 보면 지구를 아름다운 별이라 부를 줄 알고, 베토벤에 사로잡힐 줄 아는 사람들이 이 지구상에 몇 명이나 있을 것인가. 아마도 인류의 90% 이상에게는 모차르트나 베토벤이 있는 저녁 식탁은 여전히 이루지 못하는 꿈일 것이다. 그들에게는 이미 가질 것 다 가졌으면서 욕망을 탓하는 나 같은 자들이 얼마나 가증스러운 존재일까. 이 상투화된 허위의식 앞에서 쓴웃음이 나오지 않을 수 없다.

집안일에 대하여

2011년 10월 23일(일) 맑음

새벽에 아내와 갑자기 통화하고 채팅할 일이 생겨서 잠을 깼다가 다시 잠들었더니 9시 50분에 눈을 떴다. 대상포진이 생긴 부위가 신기하게 아프지는 않은데 돌아눕고 할 때 조금씩 불편은 해서 잠자리가 아주 편하지는 않았다. 하지만 해는 중천에 뜨고 오늘도 하루는 시작되었으니 자리를 차고 일어났다.

먼저 기분 좋은 샤워를 하고, 창문들을 다 열어 놓고, 커피를 끓이고, TV를 켜서 뉴스를 듣고, 빵과 스프레드 치즈와 블루베리 잼과 블루베리 주스와 토스토용 햄을 꺼내 힘차게 씹어 먹고 마시고, 토마토 하나를 대강 잘라서 역시 다 처치하고, 이불 홑청과 베갯잇과 시트를 벗겨 빨았다. 대신 새것들을 바꿔 시쳤다. 그리고 진공청소기로 집안 구석구석 먼지들을 다 빨아들였다. 시트는 10일에 한 번, 이불 홑청과 베갯잇은 20일에 한 번씩 빨고 바닥 진공청소는 1주일에 한 번씩 하는 셈이다. 기분이 좋다. 특히 새 시트, 새 홑청을 갈아 끼울 때 사각이는 소리는 정말 상쾌하다. 예전 같으면 풀까지 먹여 다릴 텐데 차마 여기서 그렇게까지는 못 하겠다. 이렇게 규칙적으로 세탁을 하고 바꿔서 시쳐 주는 것만으로도 대만족이다.

진공청소기는 멀리 우스터까지 가서 가져온 값을 톡톡히 한다. 두 방과 주방, 화장실을 한 바퀴 돌고 나면 먼지를 빨아들인 것이 아니라 혹시 일부러 속에서 만들어 내는 것이 아닌가 싶을 정도로 탐스러운(?) 먼지들이 먼지통에 들어찬다. 청소를 하는 동안 세 개의 창문을 다 열어 두었는데 청소가 끝나고도 한동안 닫지 않았다. 바깥에서 제법 상쾌한 바람이 불어 들어왔기 때문이다. 며칠 흐리고 춥더니 오늘은 좀 온화해졌다. 무엇보다 햇빛이 맑았고 구름이 빨리 흘러가면서 흐리고 찌뿌듯했던 기분을 모두 몰고 간 것 같았다.

이젠 주방으로 가서 된장찌개를 끓인다. 요즘엔 액상으로 된장찌개 양념이 다 만들어져 나와서 냄비에 물을 붓고 액상 양념을 넣어 이것저것 재료들만 준비해 넣으면 되니 너무 편하다. 청고추 홍고추 하나씩, 작은 호박 반 개, 감자 큰 거 반 개, 느타리버섯 열 개, 대파 약간, 그리고 두부 반 모 이렇게 커다란 도마 위에 놓고 잘 다듬어 두고 끓는 된장찌개 베이스에 순서에 따라 착착 넣으면 된다. 새로 끓인 된장찌개와 새로 한 밥에 김치와 장아찌, 김을 반찬 삼아 점심까지 뚝딱 해치웠다. 이렇게 하고 책상 앞에 앉으면 세상에 그렇게 기분이 좋을 수 없다.

나는 이런 집안일들을 하는 게 너무 즐겁다. 이 일을 매일 해야 하는 평생 주부들이나 가사도우미들이 들으면 콧방귀를 뀌겠지만 이런 일들을 규모 있게 착착해서 끝내 놓으면 날아갈 듯한 기분이 드는 게 사실인데 어쩌랴. 예전에 가사도우미 아주머니가 없이 살던 때, 나는 백수고 아내는 직장에 나갈 때, 하루 종일 이렇게 밥하고 청소하고 빨래하고 정리하고 하던 때가 있었다. 그때도 너무 즐거웠던 기억이 난다.

이런 가사노동을 일컬어 재생산노동이라고 부른다. 생산노동은 자연에 노동력을 투여해서 무언가 유형의 가치를 생산하는 노동이라면 이런 노동은 그 노동력을 재생산하는 노동이라서 그렇게 불린다. 이 말 속에는 생산노동이 더 중요하고 1차적이며 재생산노동은 상대적으로 부차적이라는 함의가 들어 있다. 하지만, 예컨대 지금이 수렵채취 시대라고 한다면, 나가서 사냥을 하고 과일을 채취하는 일과 그것들을 다듬어서 먹을 수 있게 만들고 해진 털가죽 옷을 깁고 하는 일 사이에 과연 차등이 있었을까. 아닐 것이다. 근대에 들어와서 이윤을 남기는 노동, 잉여가치를 부가하는 노동으로서의 생산노동이 상대적으로 비대해지면서 이 재생산노동의 의의가 훨씬 저평가된 것이다.

생산노동은 엄숙하고 억압되어 있으며 최소의 노력으로 최대의 효과를 얻기 위해 늘 긴장되어 있게 마련이다. 특히 자본주의적 생산은 정말 그 재화가 정말 필요해서 만드는 게 아니라 일단 만들어서 팔아먹기 위해 만드는 것이기 때문에 거기 투여되는 생산노동은 즐거울 리가 없는 소외된 노동이다. 하지만 재생산노동으로서의 가사노동은, 특히 자기 자신과 자기 가족을 위한 노동은 최소한 소외된 노동은 아니다. 그것은 즐겁다. 집 안이 깨끗하면 위생적이고 청결해서 기분이 좋아지고, 맛있는 음식을 만들어 먹거나 좋은 의복을 잘 관리해서 입으면 역시 기분이 좋아진다. 게다가 여기엔 쓰는 재미, 곧 소비하는 재미가 있다. 생산노동 과정에서 특정한 원료나 재료를 아무리 좋은 것으로 투입한다고 해도 그게 재미가 있을까. 하지만 맛있는 식재료를 구하는 것, 좋은 옷을 사는 것, 좋은 가구와 좋은 가전제품을 들여놓고 사용하는 것은 원천적으로 즐거운 일이다. 크로포트킨이 말한 대로 인간은 소비하기 위해 생산하는 것이지, 생산하기 위해 소비하는 것은 아니기 때문이다.

문제는 모든 사람이 이렇게 소비하는 즐거움을 누리지 못하는 데에 있는 것이지, 자연을 과도하게 착취하지 않는 선에서 원하는 만큼 소비하여 인간이 자신의 삶을 풍요롭고 윤택하게 만드는 것이야말로 행복의 본질이 아닌가. 소비하는 즐거움을 억제하는 게 중요한 것이 아니다. 생산노동을, 필요하지도 않은 것들을 만들어 내는 노동이 아니라 필요한 소비를 위해 무언가를 만드는 즐거운 노동으로 바꾸는 게 중요하다. 무엇을 위해서? 행복한 소비를 위해서!

강박증

2011년 10월 25일(화) 흐리고 잠시 소나기

어제는 몸이 시원찮고 일기 쓰기도 자칫 노동이 되는 것 같아서 몇 줄 쓰다가 작파해 버렸다. 오늘도 몸은 여전히 안 좋다. 포진이 처음 등에 나타났을 땐 고통이 없었는데 어제부터 겨드랑이 쪽으로 옮겨 온 이후론 매 순간 의식될 만큼 통증의 빈도와 강도가 두드러졌다. 물론 견디기 힘든 정도는 아니다. 내 몸이 아프다는 사실을 의식할 정도라는 뜻이다. 어젯밤에는 진통제를 한 알 먹고 잤는데 희한한 일이었다. 진통 효과가 지속되어서 통증이 느껴지지 않는 동안에는 잠이 그토록 안 오다가 새벽 3시쯤 잠이 오기 시작하면서는 진통 효과는 사라지고 통증이 지속되었다. 참 잠을 못 이루게 되는 원인도 가지가지라는 생각이 들었다.

그런저런 얘기를 메신저를 통해 전해 들은 아내가 오전에는 급기야 전화를 걸어 왔다. 걱정이 많이 된 모양이다. 이런저런 경고와 충고와 처방을 한참 들었다. 단 것 먹지 말라. 기름진 것 먹지 말라……. 그중 결정적인 것은 커피를 끊으라는 말이었다. 내가 워낙 커피를 좋아하니까 차마 그동안 말을 못 하다가 결국 오늘은 그 말을 하고 말았다. 어제 소포로 새 원두커피를 보내 주고서도 말이다. 나도 별 수 없이 그러마고 대답했다. 교감신경을 항

진시키기 때문에 나 같은 면역 이상 환자에겐 카페인이 아주 안 좋다는 것이다. 예전에도 수없이 들었지만 이번엔 그 말을 듣기로 했다. 술에 이어 커피까지. ㅠ.ㅠ 그나마 요즘엔 아침에 내려 먹는 한 잔이 전부인데도……. "그럼 디카페인 커피는 괜찮아?" 하늘로 올라가는 마지막 밧줄을 잡았다. 그건 괜찮다고 했다. 그나마 다행이다. 홍차도 녹차도 안 되니 이제 허브차와 디카페인 커피만 남았다. 당장 맛있는 디카페인 커피를 찾아 나서야 할 참이다.

원인은 스트레스라고 한다. 스트레스. 이 세상 누군들 스트레스 없이 사는 사람이 없으련만 왜 나만 이럴까 싶다. 스트레스가 늘 내 교감신경을 자극하고 그것이 균형을 유지하려는 부교감신경 호르몬, 즉 스테로이드를 고갈시키고 나아가 면역 능력을 저하시킨다. 아내는 내가 만성적 흥분 상태에 있다고 한다. 의식상으로는 아닌 것 같아도 무의식적으로는 계속 흥분이 지속된다는 것이다. 일종의 강박증 같은 것인 모양이다. '흥분 상태'를 '강박증'이라고 바꿔 말해 버리니까 맞는 말인 것 같다. 강박증, 맞다, 강박증이다. 강박증이 없을 리가 없다. 그것은 내 상처고 내 불행이다. 아무도 치유할 수 없는 내 병이다.

젊은 날, 말하자면 나는 두 차례에 걸쳐 허황된 글솜씨로 사람들을 크게 속인 적이 있다. 갓 스물세 살이던 1980년에는 민중

혁명을 하자고 사람들을 선동했고, 서른 살이던 1987년에는 다시 민중혁명의 문학을 해야 한다고 마음 여린 문사들을 닦아세웠다. 본의는 순정했고 논리는 그럴듯했지만 그 내용은 나 자신도 책임질 수 없었던 허황한 것들이었다. 지금 생각하면 참 낯부끄러운 노릇이지만, 그 당시엔 모든 사람들의 가슴속 응어리가 그러한 진짜 같은 '사기'를 대망하던 때였다. 나의 한 줌의 이론과 한 줌의 수사학이 우연히 그럴 만할 때를, 사람들이 열광하고 싶었던 그때를 만났던 것이다.

얼마나 많은 사람들이 나의 그 설익은 이론과 수사학에 걸려들었는지는 모른다. 하지만 적지 않은 수였던 것은 사실인 것 같다. 나의 의도하지 않은 두 차례의 '사기 행각'은 적지 않은 사람들의 삶에 흔적을 남겼다, 고 나는 생각한다. 그리고 이제 온전히 20년 이상의 세월이 흘렀다. 아마도 그때 내 어설픈 속임수에 걸렸던 사람들은 다 자기 나름의 방법과 행로로 그 일은 물론, 그 일에 의해 흔들렸던 자신들의 삶조차도 잊거나 극복했을 것이다. 속임수에 걸렸다고는 하지만 결국 삶이란 궁극적으로 자기 자신의 몫이기 때문이다.

하지만 사기를 쳤던 나는 다르다. 나는 나만 속인 게 아니고 다른 사람들까지 속였고 그로 인해 그들의 삶에 개입해 들어갔기 때문에, 엄격히 말하면 그들 속에 개입해 들어갔던 그 많은 나들을 다 소환해서 추스르지 않으면 내 삶을 추스를 수가 없는 것이다. 사기 피해자는 잊으면 되지만, 가해자는 잊지 못한다. 아니 잊을 수가 없다. 대가를 치러야 하기 때문이다. 그들을 일일이 찾아가 머리를 조아리고 나 때문에 힘들었던 당신의 삶에 머리 숙여 사죄한다고 하거나 아니면 벌을 받아야 하기 때문이다. 벌을 받기 싫으면 명예 회복을 하면 된다. 그때의 내 생각과 글들은 사기였노라고, 사기는 아니라도 가짜였다고, 사기도 가짜도 아니었다면 최소한 어설픈 몽상에 불과했다고, 미안하다고, 이제 그때의 오류를 바로잡아 다시 이렇게 말하겠노라고, 이번에야말로 거짓말이 아니라 믿어도 좋은 진실이라고 할 만한 무엇인가를 내놓아야 하는 것이다.

공개적으로 다시 내 잘못을 교정하거나 아니면 벌을 받거나 둘 중의 하나가 가해자로서 내가 할 일인데, 전자가 힘들 경우 남는 방법은 후자, 즉 스스로에게 계속 형벌을 가하는 것이다. 언젠가는 그때의 내 생각과 말들을 깔끔히 교정하고 그때의 피해자들에게 다시금 속죄는 물론 그들에게 진 부채를 갚을 만한 새로운 희망의 말을 찾아내야 한다는 강박과, 그것이 지연되는 만큼 내 스스로에게 형벌을 가해야 한다는 강박이 오래도록 내 깊은 심연 속에서 뒤엉켜 꿈틀거려 왔던 것이다. 이것이 내 강박증의 실체다. 그리고 아무래도 이 강박증이 나를 쓰러뜨리고 있는 모양이다.

여기서 어떻게 놓여날 수 있는가.

내가 싫어하는 사람들이 있다. 물론 다른 사람들에게 자신의 말이나 글로써 영향을 끼치는 사람들의 경우다. 우선 자기 자신에 대해 아무 말도 하지 않는 사람을 나는 싫어한다. 그리고 슬그머니 인생의 방향을 바꾸는 사람들을 싫어한다. 아니면 무슨 말이든 해야 하는데 기어이 하지 않고 있는 사람들도 싫어한다. 그리고 내가 그런 사람들 중의 하나가 될까 봐 두렵다. 나는 슬그머니 인생의 방향을 바꿨는가? 그렇다고도 그렇지 않다고도 할 수 있다. 하지만 어느 경우든 논리가 확실해야 한다. 아직 나는 내 논리가 투명하지 않다고 생각한다. 그러면 나는 내 자신에 대해 아무 말도 하지 않았는가? 이 점에 대해서는 할 말이 있다.

나는 늘 세상에 대해 하는 말이 나 자신에 대해 하는 말이라고 생각하며 글을 써 왔다. 당연히 내 글에는 괴로움이 묻어난다. 하지만 그것은 괴로움의 표백에 머물고 말았다는 한계가 있다. 나는 하고 싶은 말이 있다. 아니 정확히 말하면 해야 할 말이 있다. 그런데 아직 그 말을 충분히 못 했다. 그때 사람들을 유혹하고 움직이게 하던 수준으로, 그 대담함과 뻔뻔함으로, 그 자신감으로 다시 해야 할 말을 해야 한다. 그런데 그걸 못 하고 있다. 하기 싫어서가 아니라, 하는 걸 잊어서가 아니라, 너무나 하고 싶어서 못 하고 있는 것이다. 하려면 제대로 해야 한다는 생각 때문에 20년째 못 하고 있는 것이다.

말을 하면 된다. 하지만 그게 어렵다. 다시는 그 시절처럼 그렇게 말할 수 있는 시대가 아닌지 모른다. 그런데도 내 자존심이 그보다 못하게 얼버무리는 것을 용납할 수 없다. 비록 사기꾼이더라도 그때 나는 수준 높은(?) 사기꾼이었다. 그 수준에 모자라는 말 같지 않은 말을 하고 싶지는 않다. 그게 자부심이 아니라 용렬한 자기 환각이라 할지라도 마찬가지다. 다시 최고의 말을 해야 한다. 이게 내 병의 핵심인 것 같다.

그러니 무엇을 하든, 아무리 편하게 쉰다고 하든, 쉬는 흉내를 내든, 그게 쉬는 게 될 리가 없다. 그게 편안할 리가 없다. 저 깊은 심연에 이러한 치유할 수 없는 강박증이 암 덩어리처럼 놓여 있는데 내 병이 나을 리가 없다. 뭘 하든 정말 해야 할 가장 중요한 일이 남아 있다고 생각하는데, 그리고 그 생각 때문에 어쩌면 이 욕된 세상에서 썩지 않고 근근이 살아가고 있는데 나더러 어떻게 쉬라는 말인가. 도대체 쉰다는 게 무엇이란 말인가.

그나마 이렇게라도 말을 하니 좀 부담이 덜하다. 그동안 이 말을 꺼내는 것조차도 쉽지 않았으니까.

서울에서 온 좋은 소식, 나쁜 소식

2011년 10월 26일(수) 종일 비

거의 하루 종일 비가 왔다. 심지어 빗줄기가 창문을 때리기까지 했다. 그건 여기선 드문 일이다. 하지만 날은 그렇게 춥지 않았다. 밤새 통증 때문에 뒤척이다가 새벽에야 진통제를 먹고 잠이 든 터라 늦게 일어났다. 이런 날은 낮에도 피곤의 꼬리를 끌고 지낼 수밖에 없다. 원래 오후에 학교엘 좀 나갔다가 저녁에 콘서트에 가려고 했는데 몸이 어떨지 몰라 모든 게 불투명해졌다. 몸이 가는 대로 맡기기로 했다. 점심을 먹고 나서 조금 있다가 낮잠을 잤다. 2시부터 3시 반 정도까지였나. 이상하게 낮잠은 달다. 통증도 모르고 잘 잤다. 그리고 낮잠을 자고 나니 몸이 한결 좋아졌다. 등과 겨드랑이에 오돌도돌하게 돋아 있던 수포들이 전부 까맣게 죽어 납작하게 가라앉은 것이다. 그리고 통증도 한결 나아졌다. 그제서야 콘서트는 가 볼 수 있겠다는 생각이 들었다.

오늘은 책을 아주 조금밖에 읽지 못했다. 영어 책을 읽다가 몸이 아파서 신경을 덜 쓰려고 한글 책으로 바꿨다. 마리아 미스와 반다나 시바가 공동으로 저술한 『에코페미니즘』이다. 몇 년 전에 서론만 읽고 못 읽은 것을 다시 읽기로 했다. 이들은 현재 세계를 지배하는 체제를 가부장제 자본주의로 규정하고, 이 체제가 남(南)의 세계, 여성, 그리고 자연을 식민화한다고 본다. 이제까지의 페미니즘이 남성적, 가부장적, 개발주의적 자본주의 체제에서 여성이 남성과 동등한 지위에 오르는 것에 주력했다면, 이 책의 저자들은 이 가부장제 자본주의가 인간과 자연 모두를 약탈하는 체제이므로 여성적 입장에서 이 약탈성, 식민성 자체에 저항하는 세계적 규모의 연대를 이루는 것을 최선의 과제로 보고 이를 에코페미니즘이라 칭하고 있다. 구구절절이 옳은 말이다. 특히 개발주의에 대한 대안으로 내세운 (지역적) 자급주의는 근래 읽어왔던 아나키즘과 당연히 맥을 같이한다. 하지만 어느 경우든, 이 미친 개발, 미친 이윤 추구, 미친 착취구조, 미친 자연 파괴를 중지시킬 수 있어야만 하는데 그것이 문제다. 밤잠이 부족해서 책을 읽는 동안 서너 차례 졸다 깨다 했다.

서울에서 좋은 소식이 날아왔다. 서울시장 선거에서 무소속 박원순 후보가 한나라당 나경원 후보를 이기고 당선했다는 것이다. 당선이 당연한 것이지만 막판까지 투표율이 저조하다는 둥 여론조사 결과가 박빙이라는 둥 말들이 많아서 혹시나 뒤집히는 말도 안 되는 사태가 생길까 봐 걱정했는데 다행이다. 오랜만에 트위터에 들어갔더니 타임 라인이 선거 결과를 전하고 자축하느라고 엄청나게 북적였다. 하지만 나는 박원순 후보의 당선보다 나경원 후보의 지지율이 45%대에 이른다는 사실이 더 끔찍했다. 몇 차례의 선거를 통해 확인된 한나라당에 대한 '묻지 마' 투표율은 약 35% 정도였다. 정상적인 상황이라면 여기서 10%는 더 빠져야 한다. 이번 이명박 정부의 실정에 대한 대중적 실망, 아니 절망을 감안하면 그렇게 되어야 마땅하다. 하지만 45%라니? 이것은 한나라당이나 나경원 후보에 대한 선호도의 결과는 절대 아니다. 반대로 아무리 그들이 잘못해도 민주당이나 혹은 반한나라 진영이 당선되면 안 된다는 생각의 표현이다. 좌파 집권은 안 된다는 것이다.

민주당이나 박원순 후보가 좌파라는 말은 소가 웃을 말이지만, 그게 먹히는 나라가 지금 한국이라는 나라다. 지금 체제로부터 수혜를 받고 있는 층이란 엄밀히 말하면 10%도 안 된다. 나머지 35%는 자기의 삶이 지금 체제에 의해 소리 없이 거덜이 나고 있음에도 불구하고 단지 좌파 집권에 대한 이유 없는, 아니 정확히 말하면 조중동 등 극보수 언론들이 만들어 낸 가상의 공포 때문에 사실상 자신의 적들에게 표를 던진 것이다. 런던에서 BBC라는 중립적 방송사와 『더 타임즈』, 『가디언』, 『인디펜던트』 등 언론다운 언론들의 힘을 느낄 때마다 한국에서 매일매일 수백만 부가 쏟아져 나오는 조중동이라는 쓰레기들과 그 쓰레기에 얼굴을 박고 그 악취를 정치적 견해라고 다시 반복하는 수많은 멍청이들을 생각하면 숨이 막힐 지경이다.

오늘 콘서트는 7시 반, 역시 로열 페스티발 홀에서였다. 지난 주 금요일 공연 전에 야시장이 재미있었던 생각이 나서 6시 반쯤 로열 페스티발 홀 앞에 도착했더니 비가 와서 그런가 오늘은 그 야시장이 열리지 않았다. 어쩔 수 없이 근처 스시 집에서 대강 저녁 끼니를 때울 수밖에 없었다. 야프 반 즈베덴이 지휘하는 런던 필하모닉 오케스트라가 마리아 조앙 피레스와 쇼팽 협주곡 2번을 협연하고, 따로 쇼스타코비치 교향곡 8번을 연주하기로 되어 있었는데, 독주자 마리아 조앙 피레스가 건강 문제로 못 나오고 대신 올해 쇼팽 콩쿠르에서 우리나라의 임동혁을 밀어내고 우승한 폴란드의 젊은 친구 라팔 블레하치가 협연을 맡았다. 연주는 좋았다. 가장 앞줄에 앉아서 협연 전체를 개관하기 어려웠지만 쇼팽 콩쿠르 우승자는 우승자였다. 젊은 나이에 아주 안정되고 정확한 연주를 했다. 오히려 약간 좀 모험적이거나 열정적인 모습을 보였으면 어떨까 싶었을 정도로.

쇼스타코비치 교향곡 8번은 생각보다 대곡이었다. 예전에 분명히 한 번쯤 들었을 텐데 이 정도였던가 싶었다. 3악장으로 이루어진, 교향곡으로는 특이한 곡인데 각 악장마다 전반부는 거의 모든 주자들이 제대로 쉴 틈이 없을 정도로 몰아치고 후반부는 지나치다 싶을 정도로 조용하고 적막하게, 각 파트의 독주만이 도드라지면서 흘러갔다. 이 대비가 너무나 극단적이어서 작곡가가 마치 해석을 강요 혹은 간청하는 듯한 느낌이 들었다. 1943년

곡, 독일군은 러시아에서 패퇴했지만 아직 전쟁의 참화는 끝나지 않은 시기에 만들어서 지휘자 예브게니 므라빈스키에게 헌정하여 므라빈스키가 레닌그라드 필하모닉 오케스트라를 이끌고 초연한 곡이다.

일단 상식적 해석을 하자면 앞부분에 전쟁의 광풍이 휘몰아치는 모습을, 뒷부분에 그 폐허의 풍경을 그렸다고 볼 수 있을 것이다. 그리고 아마도 이런 '자연주의적' 태도, 혹은 '감상주의적' 태도 때문에 초연 이후에 이 작품이 비판을 받아 아마도 스탈린 사후(?)까지 재공연을 못 하게 된 것인지도 모른다. 하지만 나는 이 광풍 같은 총주의 폭발적 전개와 적막하기 그지없는 극도로 절제된 독주 중심의 흐름의 극단적 대비에서 전체주의와 전쟁이라는 숨 막히는 상황 속에 놓인 한 작곡가의 분열된 내면, 혹은 그 분열을 들여다보는 작곡가 자신의 시선이 읽혀졌다. 만일 그가 기왕 전쟁의 참화를 그리기로 했다면 과연 그렇게 비판받을 만한 감상주의의 흔적을 일부러 남겼을까. 오히려 그토록 체제가 원하는 희망적 결말을 일부러라도 남기지 않았을까. 아무튼 이 곡 역시 다시 한 번 면밀히 들어 볼 필요가 있는, 재발견이 필요한 문제적 교향곡임에 틀림이 없다.

DEMOCRATISE
CAPITALISM!

자본주의를 민주화하라!

그것은 형용모순이다.

근본적으로 자본주의는 민주주의와 양립할 수 없다.

그럼에도 불구하고

그들은 세인트 폴 성당 앞 찬 돌바닥 위에

텐트를 치고 시린 겨울을 넘기고 있었다.

남자와 여자, 청년과 중년,

사실은 금융자본주의 지배 아래서도

얼마든지 살아남을 수 있는 사람들이

그 형용모순을 자기 한 몸 속에서

정언명령으로 바꾸어 내고 있었다.

그렇게 모순을 실천하는 것,

그것이 바로 혁명이다.

종이 한 장 차이의 삶

2011년 10월 27일(목) 흐리고 잠시 비

지금은 몸 상태가 아직 완전히 개운하지는 않지만, 아마 다음 화요일에 결이가 런던에 올 때쯤엔 깨끗하게 나아 있을 것이다. 그리고 수요일부터 일요일까지 아일랜드에 다녀올 동안에는 아주 몸 상태가 좋을 것이다. 그래야 장거리 운전을 즐겁게 해낼 수 있을 것이기 때문이다. 대상포진이 만일 이제 시작되었다면 얼마나 우울할 것인가. 한 주 먼저 찾아와서 기특하기만 하다. 아내와 아들이 함께 못 해 섭섭하긴 하지만 사랑하는 딸과 함께 아일랜드 여행을 할 수 있으니 얼마나 좋은가. 그것도 비록 13년이나 된 고물 차라도 아직은 괜찮은 BMW를 타고 바람 따라 달릴 수 있으니 얼마나 기분 좋은 일인가. 날이 흐려도 비가 와도 바람이 불어도 괜찮다.

여행이란 것이 돌아오기 위해 떠나는 것이기는 하지만 흉내로라도 연습으로라도 멀리 떠나 볼 수 있다는 건 얼마나 큰 축복인가. 적어도 여행을 떠나 있는 동안에는 그때까지의 일상과는 다른 시간을 살게 된다. 다른 눈으로 세상을 보고 겪는다. 노동도 과제도 없는, 어떤 의무도 없는 순수한 놀이의 순간을 산다. 가엾고 짧지만 해방의 순간이다.

나이가 들수록 모든 무상의 여행, 그 순간들이 안타깝도록 좋다. 여기 런던에 와 있는 것 자체가 여행 아니냐고 하겠지만, 천만의 말씀. 이곳에 와 있는 것은 내겐 또 하나의 일상성이 더해진 것뿐이다. 무목적적인 것이 아니기 때문이다. 책도 읽어야 하고 일기도 써야 하고 이런저런 구상들도 해야 한다. 게다가 매일 내 손으로 밥도 해 먹고 온갖 생활을 다 꾸려야 한다. 이걸 여행이라 하면 좀 섭섭하다. 그렇기 때문에 아일랜드 여행이 더 설렌다.

나도 노는 게 좋다. 잘 놀 줄 몰라서 그렇지 놀면 좋다. 내가 만약 대학에 입학하고서 어쩌다가 학생운동의 길로 들어서지 않았더라면, 그래서 비록 약간의 양심의 부담은 지고 살더라도 기본적으로 개인적 자유주의자의 삶을 살았다면, 아마도 참 탐미적으로 살았을 것이다. 어떻게든 돈을 벌어서 멋진 옷에 맛있는 음식 찾아 먹고 고급 취미만 찾아다니고 아마도 일찌감치 유학이라도 가서 온갖 댄디의 포즈는 다 취하고 살았을 것이다. 그렇게 못 산 것을 후회하지 않지만, 아니 오히려 이렇게 역사의 무게에 눌려 그나마 균형이라도 찾게 된 것이 다행이라고 생각하는 편이지만, 한편으로 '가지 못한 길'로서 그 탐미적 댄디의 길은 어땠을까 하는 생각을 가끔씩 해 보곤 한다. 물론 십중팔구 얼치기 속물로 꼴사납게 살았겠지만.

지금도 카메라와 클래식과 낡은 LP에 몰입하는 나 자신을 보면 지금도 그리 멀지 않구나 하는 생각이 들 때가 있다. 하긴 속물과 댄디가 종이 한 장 차이이듯, 댄디와 관조적 래디컬의 차이도 종이 한 장 차이고, 관조적 래디컬과 이른바 실천적 인텔리의 차이도 종이 한 장 차이일 것이다. 실천적 인텔리가 실천의 동력과 방법을 잃으면 관조적 래디컬이 되고, 관조적 래디컬이 래디컬한 관점을 잃으면 그저 세상이 마음에 안 드는 나르시시스트에 불과한 댄디가 되고, 댄디가 타락한 세상에 대한 최소한의 거리감을 잃으면 속물이 되는 것이다. 그 경계를 넘는 것은 의외로 한 순간이다.

하지만, 때로는 그 종이 한 장 차이가 생의 방향을 바꾸는 태풍의 경로가 될 수도 있고 영원히 건너지 못하는 심연이 될 수도 있는 것이다. 산다는 게 알고 보면 그렇게 다 그 종이 한 장 차이의 틈을 넘지 못해 안간힘을 쓰는 것인지도 모르고 어쩌면 거기에 삶 전체가 걸려 있을 수도 있다고 생각하면 그 차이는 생각보다 엄중하다.

아무 데도 안 나간 하루

2011년 10월 28일(금) 흐림

아무 데도 안 나갔다. 이젠 아주 이 집에 눌어붙을 태세다. SOAS에서 세미나가 있는데 나가면 당연히 밤늦게 돌아오게 되어 있다. 술도 못 마시면서 저녁 회식 자리와 또 2차 술자리까지 아마도, 같이해야 할 것이었다. 이제 겨우 몸이 안정을 찾아가는데 만일 오늘 외출이 무리가 되면 도로 아미타불이다. Y선생에게 전화해서 대상포진이라고, 아직 나가기 힘들다고 발명을 하고 그냥 주저앉았다. 그리고 탁자도 컴퓨터 책상도 아닌 카우치에 길게 다리 뻗고 앉아서 담요 한 장 덮고 내리 책만 읽었다.

어젯밤은 너무 잘 잤다. 비록 기억도 나지 않는 꿈들은 많이 꾼 것 같지만 12시 약간 넘어 자리에 들어 8시 20분경까지 이렇게 뒤척이지 않고 잘 잔 날이 언제였나 싶다. 게다가 한 시간 반 넘게 혼곤한 낮잠도 잤다. 그동안 어지간히 못 잤구나 싶었고 잘 자는 잠을 왜 꿀잠이라 하는지 새삼스럽게 고개가 끄덕여졌다.

늘 그렇듯 통밀로 만든 롤 두 개와 블루베리 잼, 스프레드 치즈, 훈제 햄, 주스, 사과 한 알로 아침을 대신했고, 어제 시험 삼아 웨이트로즈에서 사 온 디카페인 커피(페루 디카프라는 이름의 볶은 콩)를 갈아서 내려 보았다. 결과는 실망. 맛이 너무 떨어졌다.

차라리 아예 갈아 놓은 라바차 디카페인을 사올 걸 그랬나 보다. 디카페인 커피 마시겠다 하니까 아내가 "그렇게까지 커피를 마셔야겠수?"라고 하더니, 앓느니 죽는 게 낫지 이렇게 맛이 없다면 차라리 정말 커피를 완전히 끊는 게 나을지 모르겠다. 그래도 다음 주에 결이가 파리 말롱고에서 새로 로스팅한 디카페인을 사온다고 하니 그 맛을 보고 결정하자.

점심엔 아내가 보내 온 도토리묵(유효기간이 마침 오늘)을 끓는 물에 데쳐서 양념장 만들어 잘 먹었다. 어제 만든 고등어찌개와 낙지젓, 깻잎장, 김치까지 곁들이니 아주 성찬이 되었다. 아내에게 자랑삼아 사진 찍어 보냈더니 신선한 야채가 빠졌다고 잔소리를 해서 얼른 셀러리 한 줄기를 꺼내와 갈릭 마요네즈에 찍어 우적우적 씹어 먹었다. 하지만 저녁은? 밥이 한두어 숟갈 남았기에 그냥 후루룩 국수 하나 끓여서 남은 밥 말아 김치하고 먹었다. 그래도 지금까지 입이 궁금하지 않다. 그제까지는 그렇게 허기가 지더니 그것도 대상포진이 가져온 이상 증세였던가 싶다.

집에 눌어붙어 있으면 지루하고 답답할 것 같지만, 천만에. 책을 읽으면 그 안에서 새로운 것들이 튀어나와서 지루할 겨를이 없다. 물론 영화 같은 시각매체를 봐도 그렇겠지만 책은 사색을 불러오고 상상을 불러온다. 그것들을 하나씩 붙들고 공글리는 재미는 책만 한 것이 없다. 런던에 와서 모처럼 책 읽는 재미를 회복해서 다행이다.

사치스러운 이야기 같지만
사람에겐 가끔 격별과 유적(流謫)의 시간이 필요하다.

가급적 먼 곳으로 가서 생의 짐들을 내려놓고
홀로 눈뜨고 홀로 밥 해 먹고 홀로 설거지하고
홀로 빨래하고 홀로 걷고 홀로 돌아와 문 열고 들어서서
홀로 불을 켜고 홀로 책 읽고 홀로 생각하고
홀로 잠드는 그런 시간이.
사랑하거나 사랑하지 않거나 다른 모든 것들은
저 소실점 부근에 남겨 두고
홀로 자기의 거대한 그림자와 맞서는 시간이.
너는 누구냐
무엇하러 여기까지 나를 따라왔느냐 하고 묻는
절대의 시간이.

이건 내 책이다

2011년 10월 29일(토) 흐리고 맑고 흐림

어제 아침 그렇게 잘 자고 일어나 좋았는데 오늘 아침은 또 아니다. 비몽사몽하다가 새벽 5시 다 되어서야 잠이 제대로 든 것 같고 그나마 8시 조금 못 되어 스르르 깨어 버렸다. 그래도 나쁜 기분은 아니어서 다행이다. 무엇보다 이제 대상포진은 새카만 딱지들만 남겨 두고 내 몸을 떠나 버린 것 같다. 그래도 아침을 먹고 치우고 나서 또 한 시간가량 아침잠을 더 잤다. 이상하게 낮잠은 누우면 바로 잠드는데 밤엔 왜 그러지 못하는지. 베개에 머리만 대면 코를 골던 시절이 언제인지 아득하기만 하다.

이것저것 책을 읽다 보면 이건 내 책이다 싶은 책들이 있는 법이다. 나와 생각이 같은 책, 아니면 내가 미처 생각하지 못했던 것들을 보여 주는 책, 그러면서도 꼼짝없이 내 공감을 끌어내고 내 인식의 지평을 넓혀 주는 책, 나아가 내 정신에 충격을 가하다 못해 가슴을 떨리게 하는 책들이 그렇다. 지금 읽고 있는 마리아 미스와 반다나 시바의 『에코페미니즘』이 그런 책 중의 하나이다. 이 책은 내가 미처 생각하지 못한 것을 보여 주고 내 공감을 끌어내며 내 인식의 지평을 넓혀 준다.

그런데 어떤 책이 나의 독서 이력에서 이런 지위를 차지하려면, 단순히 그 내용이 설득력을 가지는 것을 넘어서 그 책을 쓴 저자의 페이소스가 내게 정서적 감응을 일으키지 않으면 안 된다. 그것은 그 저자에게 그가 쓰는 그 책의 내용이 얼마나 절실한 것인가를 보여 주는 지표이기 때문이다. 그런 책은 분야를 불문한다. 소설이나 시집은 말할 것도 없지만, 인문과학, 사회과학, 자연과학 등 분야를 떠나서, 좋은 책에는 그런 게 들어 있다. 자신의 견해가 읽는 이에게 설득되기를 바라는 강한 절박함이 들어 있는 것이다. 나는 그런 책을 좋아한다.

아직 다 읽지는 않았지만, 이 책의 압권은 아마도 오늘 읽은 3부 '뿌리를 찾아서'에 있는 마리아 미스의 「백인남성의 딜레마: 자기가 파괴한 것에 대한 추구」가 아닐까 한다. 이 글은 여성과 자연을 타자화하여 철저히 파괴하면서 발전한 근대 가부장제 자본주의 문명이 결국은 그 불모성을 불가피하게 자각하여 자기가 파괴한 것들로 회귀하고자 하는 모순된 충동을 갖지만, 그 내재적이고 본질적인 폭력성 때문에 온전한 회귀를 하지 못하고 낭만적 타자화라는 방식으로밖에는 돌아오지 못하는, 그리하여 결국 자신들이 만든 기계적 근대 세계도 포기하지 않고, 다시 자기들이 망쳐 놓은 여성과 자연(그리고 인종적 타자들)도 상품화 같은 소외된 방식으로 다시 전유하고자 하는 그릇된 욕망 속에 허우적대는 모습을 통렬하게 비판적으로 그려 낸 멋진 글이다.

이 글에는 독일에 사는 '북'(北)의 여성으로서 같은 '북'의 백인 남성들의 잘못된 근대 기획에 대한 통절한 비판과 그로 인해 고통받게 된 '남'(南)의 민중, 여성에 대한 연민과 자기 성찰 등이 행간마다 뜨겁게 배어 있는, 오랜만에 읽는 강렬한 매니페스토라고 할 수 있다. 마리아 미스의 다른 글들과 반다나 시바의 글들도 다 좋지만, 이 글 하나만으로도 이 책은 내 서가의 가운데 자리에 놓일 자격이 충분히 있다. 그리고 나는 이 글의 마지막 부분에서 그녀가 "자연은 단순한 원료저장고가 아니라 우리의 어머니이며 주체이고 살아 있는 물질이며 영혼의 체현이다. 우리가 자연에게 저지른 일은 우리가 우리 자신에게 저지른 일임을 잊어서는 안 된다. 가부장적 폭력에 대한 역사적 경험을 갖고 있고, 이 경험에도 불구하고 생존지식을 가지고 있음으로 인해, 여성들은 남성들보다 이 점을 덜 잊어버린다. 그리고 생존기반의 파괴에 대항하는 싸움에서 인간과 자연의 관계에 관한 새롭고 현실적이며 대안적인 비전을 제시할 수 있는 것도 바로 여성—그리고 몇몇 남성들—이다."라고 했을 때 나는 감히 나 자신이 그 "몇몇 남성들" 중의 하나가 되어야 한다고까지 생각하게 되었다.

나도 이미 모든 근대 기획 자체를 무화시킬 수도 있는 묵시록적 근미래가 뻔히 내다보이고 있는 현실에서 근대 담론의 틀 안에서 허우적거리고 있는 일의 위험, 혹은 허망함을 충분히 감지하고 있는 중이다. 다만 어떻게 하는가 그 방법을 못 찾고 있을 뿐이다. 내가 그 "몇몇 남성들" 중의 하나가 기꺼이 되어야만 하는 까닭이다.

하루를 모두 보내고 씻은 후 잠자기 전에 일기를 써 왔는데 그걸 계속하니까 일기 쓰기가 마치 자기 직전에 꼭 해야 하는 노동처럼 되어 버려서, 조삼모사 같지만 저녁 먹은 후 좀 일기를 먼저 쓰고 씻고 나서 책을 더 보든지 다른 일을 하다가 잠을 자야겠다고 생각한 지 며칠 되었다. 그러다 보니 일기 쓴 후에 한 일들이 남는다. 주로 영화가 그런데, 얼마 전에 본 〈킹스 스피치〉가 그랬고 어제 본 〈컨빅션〉이 그렇다. 지금 와서 〈킹스 스피치〉 얘기는 너무 늦었고, 힐러리 스웽크 주연의 〈컨빅션〉 이야기나 조금 해 보기로 한다.

얘기는 간단하다. 실화라고 하는데 불우한 결손가정에서 서로 의지하고 자라난 남매가 있다. 그런데 그중 건달기가 좀 있는 오빠가 억울한 일급 살인 누명을 쓰고 종신형을 살게 된다. 그러자 그의 누이가 결혼해서 두 아이까지 둔 상태에서, 오빠를 구출하기 위해 뒤늦게 검정고시를 봐서 대학에 들어가고 다시 로스쿨에 들어가 변호사 자격을 획득한다. 그리고 천신만고 끝에 판결을 뒤집을 반증 자료를 찾아내 18년 만에 오빠를 구출해 낸다. 간단한 얘기지만 사실 간단하지가 않다. 형식이 간단치 않은 게 아니라 내용이 간단치 않은 것이다.

18년 동안 가족을 구출하기 위해 자기 인생을 모두 건다는 것, 그것이 간단하지 않다. 무섭게 어려운 일이다. 왜, 너무나 많은 것들을 희생해야 하기 때문이다. 무엇보다 자기애를 버려야 하는데 나는 그걸 못한다. 나는 영웅이 된다 하더라도 이런 식의 능동적 영웅은 되지 못한다. 우연과 필연의 연쇄가 꼬이고 꼬여 더 이상 피할 곳이 없을 때가 되어야 나는 죽지 못해 내게 주어진 잔을 받아들일 수 있을 뿐이다. 그런데 이렇게 능동적으로, 굳이 하지 않아도 되는 일을 선뜻 나서서 해내는 사람들이 있다. 이런 컨빅션(이 말은 유죄판결이라는 법률 용어도 되고 신념이란 뜻도 된다. 이 영화에선 두 뜻이 다 통하지만 나는 신념 쪽을 택한다), '신념'의 힘이 지닌 근원적 압도성 앞에서 온갖 현란한 각본이나 영화 기술 따위는 아무것도 아니다. 나는 이런 인간이 못 되기 때문에 그저 하릴없이 경탄을 보내는 수밖에 없다. 이런 인간이 영웅이다. 힐러리 스웽크의 그 완강한 오각턱은 바로 이 자기 생의 영웅이 가질 수 있는 얼굴형이다. 이런 삶에 대해 어떤 참견이 필요하지 않듯 이런 영화 앞에서는 아무 비평도 할 수가 없다. 그냥 'OTL'이다.

밥 한 그릇 멕여 보내서 좋구먼

2011년 10월 30일(일) 흐리고 간간히 비

오늘은 일요일, 진공청소기 돌리고 이불 홑청, 시트, 베갯잇 빠는 날. 서머타임이 해제된 덕에 꽤 자고 일어났다고 생각했는데도 7시 30분. 밥 먹고 세탁기 돌리고 카펫 진공청소 다 끝내고 의자에 앉았는데도 10시밖에 안 된다. 갑자기 공돈이 생긴 기분이다. 책을 읽다가 어제 늦게 동구권 여행에서 돌아왔을 K교수네가 생각나서 전화를 했더니 마침 놀러 올 생각이었다고 한다. 잘됐다, 와서 내가 끓인 우거지 갈비탕이나 같이 하자고 했더니 12시 다 되어 우쭐주춤하고 그가 왔다. 생각보다 맛있게 끓여진 '우갈탕' 한 그릇에 밥 한 공기씩을 잘 먹고 동네 산책을 한 바퀴 했다.

서비튼 역에서 오른쪽 길을 따라 조금 언덕진 곳으로 올라갔더니 거기 첨탑이 멋지고 비교적 지은 지 얼마 안 된 교회가 하나 있고, 그 주변에는 언덕 아래쪽보다 조금 더 부유해 보이는 집들이 꽤 눈에 띄었다. 말하자면 서비튼 힐이었다. 그렇군, 강변만 좋은 줄 알았더니 알짜 부자들은 역시 힐 사이드를 선호하는군 하며 동네를 한 바퀴 돌고 다시 다운타운으로 내려와 코스타카페에서 미디엄이라고 주는 거의 한 양푼 분량의 디카페인 커피 한 잔을 마시고 K교수와 헤어졌다. 그리고 다시 집을 나와 킹스턴에 가서 체중계 하나, 작은 프라이팬 하나, 결이 오면 필요한 침대 시트 하나 사 가지고 돌아왔다가, 내친 김에 Y교수네 가서 그 집에 있는 삼단 매트도 얻어 오니 벌써 하루가 다 갔다.

K교수는 나보다 몇 년 먼저 입사한 내 직장 동료이자 같은 대학 같은 과 3년 후배이다. 그런데도 나는 그를 임의롭게 대하지 못한다. 이제 나이가 들만큼 들어서 대학 후배라고 같이 늙어 가는 처지에 차마 말을 놓지는 못하지만, 그래도 한국에서는 가까운 선후배 사이에 형님 아우 하는 재미도 각별한 바가 있는지라 보통 후배 교수들에게는 호칭은 무슨 선생 하면서도 거의 뒷말은 적당히 놓는 식으로 말을 하게 된다. "어이 아무개 선생, 오늘 약속 있어?" 이런 식이다. 물론 공석이나 제3자가 있으면 조금 더 올리는 척을 하기는 하지만. 그런데 K교수에게는 한 번도 그런 적이 없다. 내가 선배라는 의식은 있어도 말은 못 놓았다. 우선 대학 재학 중에 알고 지낸 적이 없어서 그렇다. 1, 2년 아래쪽 후배들에게는 머리가 다 희어도 말을 잘 놓지만 10, 20년 후배들에게도 같이 겪은 일이 없으면 말을 못 놓는 법이다. K교수가 그렇다. 내가 4학년 때 1학년이었지만 그때는 아직 과 후배로 들어온 것도 아니었으니 학교에서 알고 지낼 수가 없었다. 게다가 같은 직장 동료이고 직장에서는 나보다 선참이다. 그러니 말을 놓을 자리가 없는 것이다. 그러니까 딱 그만큼, 즉 말을 못 놓고 내

외하는 만큼 거리가 있어 왔다. 직장에서도 이리저리 얼려서 술 한잔 하는 일은 있어도 둘이 (전라도 말로) '포도시' 술잔을 나눈 적도 없다. 덩달아 속 깊은 얘기도 나눈 적이 별로 없다. 같은 과 출신이지만 그와 내가 속한 단과대학이 달라서 자주 못 보는 데도 한 원인이 있을 것이다.

그런데 이번에 공교롭게도 같은 시기에 연구년을 받아 같은 영국 같은 대학에 방문교수가 되고 이렇게 이웃에 함께 살게 되었다. 이럴 때 남자들의 세계란 오가며 술 한잔씩 부지런히 나누면 저절로 형님 아우가 될 수도 있는데, 그리고 어느 정도 각오는 하고 왔는데(그는 술을 참 좋아한다) 하필 나는 몸이 술을 못 마시게 하고, 그걸 아는 그도 처음 몇 번 마시긴 했지만 그 이후론 술 마시자, 사 달라 소리를 못 한다. 뿐만 아니라 그는 가족과 같이 온 몸이라 늘 부인 눈치를 보는 터라 먼저 마시자고 하기도 힘들다. 이럴 때 내가 조금 철없는 선배가 되어 먼저 마시자고 강권을 하면 그 부인이라고 해도 날 미워할지언정 선배의 부름을 받은 남편 사회생활을 생각해서라도 못 나가게는 못할 텐데 내가 그러지를 못하니 참 딱한 노릇이다.

그러니 여기 와서도 우리 선후배 관계는 좀처럼 더 살가워지질 못한다. 그도 그게 답답하기는 한 노릇이다. 그래도 늘 그가 내게 선배 대접을 한다. 하루 걸러서 한 번씩은 어떻게 지내시냐고 '문안 전화'를 '올리고', 어디 산책이나 안 가시겠냐고 연락을 하고 오늘처럼 혼자 사는 선배 잘 지내는지 확인도 하러 오고 자기가 어디 다녀오거나 무슨 일이 있으면 그런 얘기도 꺼내 놓고 동네 도서관도 같이 가자고 하고(까탈스런 내가 한 번도 같이 간 적은 없지만) 자기 집에 와서 밥도 먹자고 한다.

그러고 보니 벌써 그 집 밥도 여러 번 얻어먹었다. 밥만 아니라 반찬도 자주 얻어먹는다. 그래서 혼자 살림에 내가 초대하기도 그렇고, 한번은 맘먹고 그 집 식구들하고 밥이나 먹자고 했더니 그 집 어린 아들내미가 그저 서브웨이 핫도그 먹자고 조르는 통에 변변한 외식 대접도 못 했다. 그러니 나보다는 그가 훨씬 더 내 생각을 많이 하고 선배 대접을 하는 셈이다. 그래도 오늘 마침 넉넉히 해 둔 우거지 갈비탕이 있어서 부인과 함께 오시랬더니 여독이 덜 풀린 부인은 안 오시고 그만 와서 밥 한 그릇 하고 간 셈이다.

오늘 점심 한 끼가 무슨 선배 노릇과는 택도 없는 거지만, 나는 그래도 밥 한 끼나마 차려 준 것이 대견스러워서 헤어지는 길에 "오늘 그래도 밥 한 그릇 멕여 보내서 좋구먼"이라고 인사 같지도 않은 인사를 했다. 그것도 반말로! '멕여 보내서'라니? 당연히 '대접해서'라고 해야 하는 국면에 웬 망발이 튀어나왔는지. 나도 그렇게 말하고 나서 놀래서 내 입을 한 번 쳤을 정도다. 그렇게 오랫동안 지켜 왔던 후배님에 대한 예의를 이런 식으로 무너뜨린 것이다. 이런 밥 한 끼가 아니라 식구들 다 모셔서 어디 레스토랑 밥이라도 한 번 사고 나면 "잘 처멕여서 좋구먼"이라고 하지 않을까 걱정이다. 이런 자책 속에서도 어쨌든 말을 한 번 놨다는 사실에 빙그레 웃음이 나왔다. 그건 참 사람 좋은, 진국 같은 우리 후배님에 대한 내 나름의 쌓인 애정이 그렇게 시킨 것이 분명하기 때문이다.

10월의 마지막 날

2011년 10월 31일(월) 흐림

이른바 '10월의 마지막 날'이다. 특별한 일은 없었다. 점심을 먹고 주민세를 내러 우체국에 다녀왔고, 모레 아일랜드 자동차 여행에 대비해서 차 실내 청소를 하고, 주유소에 가서 기름을 가득 채웠다. 낙엽이 점점 더 빠른 속도로 지고 있다는 것, 점점 더 모든 풍경의 빛깔이 어둡고 짙어진다는 것을 완연히 느낄 수 있었다. 늦가을이다. 어제 새벽부터 서머타임이 해제되어서 모든 시간이 한 시간 늦춰졌기 때문에 해도 일찍 졌다. 그저께는 5시 반에 내리던 땅거미가 어제 오늘은 4시 반에 내리기 시작했다. 이곳은 동지 무렵이 되면 태양광의 각도가 15도밖에 안 된다고 한다. 하지만 10월의 마지막 날인데도 흐린 하늘은 마치 태양이 아닌 어떤 인공조명으로 겨우 낮이란 사실만 유지하는 듯한 느낌을 주었다.

오후 내내 집 카우치에 처박혀 『에코페미니즘』을 다 읽어 치웠다. 이런 종류의 책은 읽고 나서도 힘겹다. 내 삶의 윤리적 척도와 사상적 지향에 질문을 던지기 때문이다. 내가 이 책의 저자들의 입장에 동의한다는 건 그렇게 살아야 한다는 걸 의미한다. 일

AVAILABLE
SMITH
Green & Pleasant
pieminister

llakers
mercial

상과 정치·사회적 삶에서 여성과 아이, 인종적·사회적 약자를 타자화하지 말아야 하는 것은 물론 그들의 입장에 서야 하고, 자본주의 시장경제의 닫힌 회로에서 어떻게든 몸을 빼내야 하며, 할 수 있으면 자급적이며 공동체적 삶을 추구하는 움직임에 합류해야 한다. 아니 당장 그렇게는 못하더라도 세상을 보는 눈을 보다 래디컬하게 바꾸어야 하며, 그러기 위해 그동안 내가 가져왔던 생각들과 어느 지점이 일치하고 어느 지점이 갈등하는가를 점검해서 그것을 어떻게 재구성해야 하는지를 먼저 검토해야 한다. 다른 사람의 견해가, 단편적이고 충동적인 생각들이 아니라 자기 생 전체를 다 기울여 만들어 낸 필생의 사상적 결과물이고, 내가 그것을 반박할 수 없다면, 나는 그것을 그냥 관조해서는 안 된다. 그들이 부대낀 만큼 나도 부대끼며 그 생각과 전면적인 대화를 나누지 않으면 안 되는 것이다. 하지만 이건 행복한 비명이다.

11월

2011
NOVEMBER

우리야 오늘 관광객이 아니라 산책자였으므로
겉으로만 한 바퀴 도는 것으로 만족했다.

렛 잇 비

2011년 11월 6일(일) 흐림

아일랜드 여행을 마치고 리버풀에서 1박을 했다. 저녁까지는 런던에 돌아와야 하므로 아침부터 점심 무렵까지 반나절 정도, 알버트 독과 비틀즈 스토리 기념관과 테이트 리버풀 갤러리 정도만 주마간산으로 돌아보았다.

19세기 대영제국 최대 항구로서 리버풀의 전성기에 만들어진 부두인 알버트 독은 리버풀과 더불어 영락하다가 1980년대 말에 옛 시설들을 개보수하여 주변 항구 관련 건물들과 함께 일종의 문화의 거리로 다시 탄생한 곳이다. 여기에 테이트 리버풀도 있고 비틀즈 스토리도 있고 이런저런 볼거리 먹을거리들을 집중 배치해 리버풀의 명소가 되었다. 우리는 여기 주차를 해 놓고 런던의 테이트 모던과는 또 다른 테이트 리버풀에서 '이것이 조각이다'라는 기획 전시도 보고 비틀즈 스토리로 가서 비틀즈의 탄생과 해체, 그리고 존 레논의 죽음에 이르기까지 이곳 리버풀에서 태어난 이 불세출의 팝스타들에 관한 시시콜콜한 것까지 연대기 순으로 전시한 모든 것들을 둘러보고 비틀즈 셀렉션 CD 한 장과 머그컵 등 기념품 몇 가지도 사 가지고 나왔다.

그리고 알버트 독에서 멀지 않은 리버풀 원이라고 하는 대형 쇼핑몰 주변으로 가서 이곳을 연고로 하는 축구팀 리버풀 FC와 에버튼 FC의 공식 숍도 보고 비틀즈가 노래했던 매튜 거리의 바와 카페 등도 보고 부근 타이 식당에서 점심도 먹고 2시 반쯤 느긋하게 차를 몰아 런던으로 길을 잡았다. 생각보다 길이 막혀 저녁 7시가 넘어서야 서비튼 집에 도착했다. 그리고 여행 내내 그렇게도 '그리웠던' 라면을 끓여 허겁지겁 후루룩거리며 우리 부녀의 짧은 아일랜드 여행은 끝났다.

나는 아일랜드를 생각하면 늘 '슬픔'이란 말이 떠올랐다. 유럽의 서쪽 끝, 유럽의 내부 식민지, 유럽의 타자, 가난과 굴욕과 고난……. 아일랜드의 이런 이미지들은 늘 슬픔을 자아냈다.

아일랜드는 여전히 슬픈가. 이젠 아니다. 슬프다면 내가 슬펐을 뿐이다. 아일랜드가 슬플 게 무언가. 오래도록 이민족의 지배를 받았어도, 오래도록 가난했어도, 저렇게 빛나는 맑은 하늘과 푸른 땅이 있는 나라가 슬플 일이 뭐가 있겠는가. 나의 헛된 슬픔이 쓸데없이 저 먼 서쪽 아일랜드까지 슬픔으로 물들인 것에 불과하다. 비록 길에서 길로 이어진 만 3일도 채 안 되는 여행길이었지만, 내 눈동자에 가득 담긴 건 슬픔이 아니라 시리도록 푸른 아일랜드의 하늘이었다.

리버풀에서 런던으로 오는 길 위에서 비틀즈 스토리에서 사 온 CD를 들었다. 「렛 잇 비」가 흐를 때, "내일은 햇빛이 반짝일 거

야"가 흐를 때, "그때가 되면 대답이 있을 거야, 렛 잇 비"가 흐를 때, 결이가 내 어깨를 두드리며 말했다. "아빠, 그 짐 좀 내려놓으세요. 언젠가 대답이 있을 거예요. 너무 힘들게 살지 마세요. 저 노래처럼 다 잘될 거예요." 운전을 하는 내 눈에서 나도 모르게 눈물이 흘렀다. 그래 맞다. 네 말이 맞다. 꼭 내가 대답해야 하는 건 아니다. 언젠가는 응답이 있을 거다. 이제 좀 내려놓자. 이 짐을 좀 내려놓자 하며 나는 한줄기 눈물을 다시 흘렸다.

나는 아일랜드에 슬픔을 부려 놓고 돌아왔다. 이제 다시는 쓸데없이 슬퍼하지 않기로 하자. 내 마음의 아일랜드도 나도 더 이상 울지 않기로 하자.

아일랜드 여행, 자동차로 달린 거리만 무려 1,800킬로미터, 5일 동안 하루 평균 360킬로미터, 대략 서울에서 경주까지의 거리를 매일 자동차로 이동한 셈이다. 게다가 북쪽으로 갈수록 해가 일찍 떨어져서 매일 밤 늘 완전히 어둠이 내린 뒤에야 새로운 숙소에 도착할 수 있었다. 하지만 내가 다녀온 곳은 아일랜드, 이니스프리의 호도(湖島)와 모허의 단애(斷崖)가 있는 곳이다. 그리고 무엇보다 너무 너무 너무 아름다운 하늘이 있는 곳이다. 그러므로 운전의 피로를 호소해서는 안 된다. 슬픔 따위는 더더욱 말해서는 안 된다.

정격 연주의 맛

2011년 11월 9일(수) 흐리고 잠깐 맑다 곧 어두워지다

날이 너무 어둡다. 어젠 아침부터 내내 어두웠고 오후 4시부터 세상이 다 캄캄해졌다. 오늘도 그런가 싶더니 오늘은 그래도 오후에 잠깐 하늘이 갰다. 하지만 곧 어두워졌다. 아마도 앞으로 3개월 내내 거의 이런 날씨가 계속되지 않을까 싶다. 이른바 서안 해양성 기후 특유의 겨울 우기의 시작일 거다. 내 마음의 기압계도 따라 내려가지 않도록 시퍼런 저 티베트의 하늘이라도 꿈꾸며 살아야겠다.

낮에는 아일랜드 다녀온 이야기를 쓰기 시작했고 낮잠을 조금 잤다. 저녁엔 사우스 뱅크 퀸 엘리자베스 홀에서 베토벤 교향곡 4번과 7번 공연을 보고 왔다. 이제야 여독이 좀 풀리면서 다시 일상이 회복되는 느낌이다. 여행에서는 몸만 돌아온다고 돌아오는 게 아니다. 깊고 혼곤한 잠에서 깨어날 때처럼, 몸은 돌아와도 정신은 그보다 늦게 돌아오는 것이다. 금방 돌아오기 아쉬운 여행일수록 더 그렇다.

오늘 존 엘리어트 가디너가 자신이 창설한 혁명과 낭만 오케스트라를 지휘하여 베토벤을 연주했다. 이른바 정격 연주, 혹은 원

전 연주라고 불리는 방식이다. 정격 연주란 특정 시대의 음악을 그 시대의 악기와 편성으로 연주하는 것을 뜻한다. 존 엘리어트 가디너는 이러한 정격 연주 운동의 중심인물로서 자신의 이러한 음악적 신념을 위해 몬테베르디 합창단, 런던 바로크 솔로이스트, 그리고 이 혁명과 낭만 오케스트라를 직접 창설하였다.

나는 정격 연주를 그리 좋아하지 않는 편이다. 동시대의 소리를 그대로 재현한다는 음악사적 의의는 있겠지만 보다 개량된 현대의 악기로 연주하는 것이 어쩌면 당대의 악기의 한계 때문에 다 구현되지 못한 작곡가들의 음악적 열망을 더 잘 표현하는 방법이 아니겠는가 하는 생각 때문이다. 아니 무엇보다도 원전 연주는 고졸한 맛은 있어도 어딘가 꽉 막힌 느낌이 들어서 늘 답답하다. 어쩌면 자극적인 조미료에 길들여져 원재료의 고유한 맛을 못 느끼는 현대인들의 미각이 그렇듯, 자극적이고 풍성한 음량에 길들여진 청각이 정말 순수한 고전적 소리를 못 알아들어서 그런 것일지도 모른다. 하긴 포르테 피아노가 나오기 전인 바로크 시대의 건반 음악들을 하프시코드로 들을 때 느껴지는 그 청아하고 소박한 울림을 생각하면, 내가 아직 원전 악기의 매력을 충분히 몰라서 하는 소리일 것이다.

아무튼 오늘의 레퍼토리는 〈에그몬트〉 서곡과 베토벤 교향곡 4번, 7번이었다. 〈에그몬트〉 서곡과 4번이 연주되는 전반부에는 확실히 나의 정격 연주에 대한 편견이 작동해서인지 어딘가 답답한 기분을 감출 수 없었다. 기본적으로 음량이 부족한 악기들로 연주를 하다 보니 디테일의 결들은 아주 섬세하게 살아나는 대신 대편성 교향곡 특유의 밀어주는 맛은 절대 부족하였다. 가디너는 이런 문제를 작은 소리는 아주 작게, 큰 소리는 아주 크게 내는 방식, 즉 원전 악기의 좁은 음역 내에서라도 그 음폭을 최대화하는 방식으로 해결하려는 것으로 보였다. 그러다 보니 전체적으로 오히려 음악이 과장된다는 느낌이 들었다. 마치 라디오 볼륨을 작게 했다 크게 했다 하는 느낌이 드는 것이었다.

그러나 역시 베토벤은 베토벤이고 7번은 7번이었다. 후반부 7번은 정격 연주라 해도 연주자들이나 지휘자나 역시 완벽한 연주를 위해 혼신의 힘을 다하였고 원곡의 감동을 전하는 데 부족함이 없었다. 그러고 보니 마침 7번이 가디너의 연주 방식에 잘 들어맞는 곡이기도 하다는 생각이 들었다. 특히 그 유명한 2악장의 경우는 원전 악기의 섬세한 떨림과 가디너적 강약 조절이 잘 어울려 기대 이상의 퍼포먼스를 보여 주었다고 생각된다. 청중들도 곡이 끝나자 브라보를 연호하며 특별히 환호하였다. 곡이 좋은 탓이다. 좋은 곡은 지휘자도 연주자도 청중도 잘 연주하고 잘 들을 준비가 되어 있게 마련이다.

내일은 세인트 루크 교회에서 또 베토벤을 만난다. 엘리자베트 레온스카야가 피아노 소나타 8번과 9번, 31번을 연주한다. 기대 때문에 잠을 설칠까 걱정이다.

재발

2011년 11월 10일(목) 가끔 맑음

엘리자베트 레온스카야의 베토벤 피아노 소나타 연주회에 가지 못했다. 아침부터 얼굴에 열이 오르고 몸 상태가 썩 좋지 않아서 10시부터 한 시간 정도 잠을 자고도 결국 나가려고 옷을 다 차려입었는데 발작이 오고 말았다. 견딜 수 없는 가려움과 열기, 얼굴과 목에 얼음찜질까지 해 보았지만 소용이 없었다. 1시에 연주회가 시작되므로 12시까지만 안정이 되어도 나갈 수가 있었는데 그렇게 되지 않았다. 결국 다시 나의 마약, 스테로이드제제 두 알을 입에 넣었다.

스테로이드제를 끊은 지 나흘째, 어제까지만 해도 이번엔 잘하면 견뎌 낼 수 있을 것 같았다. 하지만 오늘 다시 원점으로 돌아가고 말았다. 아내에게 전화했다. 나 때문에 조금만 치료에 도움이 된다고 하면 온갖 종류의 요법들을 공부하느라 여념이 없는 아내. 하지만 내가 이런 상태로 다시 돌아가면 역시 힘이 많이 빠질 것이다. 하지만 아내는 차분하게 다시 대응 방법을 제시했다. 스테로이드를 복용하면 혈관이 수축되었다가 복용을 끊으면 얼마 뒤부터 혈관이 다시 확장되면서 그때 소양감이 심해질 수 있다는 것이다. 그 순간을 잘 넘기면 되는데 아무래도 그때 항히스타민제를 써야 할 것 같다고 얘기했더니 그게 좋겠다고 한다. 그리고 부교감신경을 활성화하는 새로운 영양요법제를 알게 되었다고 한다. 그것을 곧 보내 주겠다고 한다. 그리고 금기 사항들이 다시 늘어났다. 일체의 육류와 튀긴 음식, 동물성 기름, 빵, 과자, 인스턴트 면류 전부 금지. 다 따르기로 했다. 현미밥과 채식과 과일, 그리고 신선한 생선과 해물류 등 외엔 일체 먹지 않아야 한다. 사실 그동안 나는 너무 이런 금기들을 무시했다. 이젠 따르기로 했다.

아, 그러나 레온스카야의 베토벤! 대신 블라디미르 아시케나지의 CD로 〈비창〉, 〈열정〉, 그리고 〈월광〉을 두 번씩 들었다. 그래도 아쉬움이 남는 것은 어쩔 수 없다.

타자의 특권화는 위험하다

2011년 11월 11일(금) 흐림

2011년 11월 11일, 천 년에 한 번 온다는 날이다. 물론 아무 일도 없었다. 오전에는 학회지 투고 논문을 한 편 심사했고 오후부터 밤까지는 된장찌개도 새로 끓이고 쉬엄쉬엄 아일랜드 기행 하루분을 썼다.

논문은 S대 C교수의 것이었다. 두세 번 내 이름을 직접 거론하며 80년대 민중문학론자들의 전향 혹은 청산을 비판했다. 그가 말하듯 민중문학 혹은 서발턴의 글쓰기는 근대문학의 타자다. 타자를 만들어야 존속할 수 있는 근대문학에 대한 비판, 근대문학에 목을 매고 있는 자들에 대한 비판은 정당하다. 하지만 타자의 특권화 또한 위험하다. 그것은 사실 타자성에 기생하는 것에 불과하다. 타자가 타자성을 극복하고 주체성을 갖기 위해서는 자기를 타자로 만든 주체를 월등히 넘어서는 힘을 가져야만 한다. 근대문학은 그것을 가졌고 민중문학은 아직 그것을 갖지 못했다. 그 힘은 물론 정치적인 것이다. 아니 총체적인 것이다. 다른 말로 혁명을 할 수 있는 힘이다.

외국에서 공부한다는 것

2011년 11월 15일(화) 맑음

오늘은 모처럼 런던 시내에 다녀왔다. 이렇게 그나마 몸 상태가 괜찮을 때 나갔다 오는 게 좋을 것 같아서였다. SOAS에 가서 K선생과 점심을 같이하고, 피커딜리 서커스에 있는 왕립 미술원에서 기획 전시 중인 '혁명의 건설: 소비에트의 예술과 건축'을 관람했다. 날은 조금 추웠지만 바람도 없고 습기도 없어서 체감 온도는 그리 낮지 않았다.

K선생은 내가 그럴 주제도 못 되면서 그의 런던 체류를 돕는 시늉을 한 인연으로 알게 된 사람이다. 한국 대학에서 사회학을 전공하고 북미로 가서 전공을 바꿔 캐나다에서 석사학위를, 미국에서 박사학위를 받고 강사를 하다가 영국의 세인즈베리 재단이라는 곳에서 지원을 받아 일종의 포스트닥터처럼 펠로우 자격으로 SOAS의 부르나이 갤러리 소속 연구원으로 여기 오게 된 젊은 여성 연구자다. 석사학위 받은 대학이 캐나다의 맥길 대학이라는 것을 어쩌다 알게 된 것 외엔 한국에서 어느 대학을 나왔는지 박사는 어느 학교에서 받았는지는 말하지도 않고 나도 굳이 묻지를 않아서 모른다.

다만 박사논문이 미술사 전공으로는 좀 특이하게 사진사와 관련된 것이고 그것도 일본 메이지시대 사진을 통한 천황제의 구축이라는 주제라서 흥미롭다 느꼈을 뿐이다. 그리고 대체로 1992년도부터는 대학에서 완전히 운동권이 붕괴된 터라 그 이후로는 좀처럼 좌파가 나오기 힘들다고 하는데 어느 정도는 좌파적 감각을 가진 것 같아 말 나누기도 편한 편이다. 아직 논문이나 글을 읽어 본 적이 없어 공부가 어느 정도인지는 모르겠으나 몇 차례 대화를 통해 느끼기에는 상당히 공부가 탄탄해 보이는 사람이다.

그런데 내가 정작 이런 젊은 친구들을 보며 느끼는 것은 어쨌든 참 자유롭게 자기가 하고 싶은 공부들을 한다는 것이었다. 학부를 졸업하고 10여 년을 캐나다와 미국에서 공부하고 일본어와 일본사를 공부하느라고 일본에도 2년 있었으며 또 지금은 영국에서 포스트닥터 비슷한 것을 하며 떠돌 수 있다는 것, 그리고 그 와중에 결혼도 했으면서도 남편은 한국에 두고 자기는 이렇게 외국에 나와 자기 일을 한다는 것(다행이라고 할까 아직 아이는 없다고 한다)은 우리 세대의 감각으로는 참 쉽지 않은 일이다. 어쨌든 진보적 감각을 유지하면서 영어와 일본어에 능통하고 영문 저널에 논문 써내고 외국 재단에서 주는 장학금을 받아 가면서 지금은 또 북미 쪽에서 취업문을 여기저기 노크하고 있다는 것은 높이 평가하지 않을 수 없고, 이런 친구들이 많이 늘어날수록 세계적 차원에서 한국적인 어떤 것의 자리도 넓혀질 수 있게 되어 고

무적이라 할 수 있다.

'한국적인 어떤 것의 자리가 넓혀진다'는 것은 무슨 '한국인의 기상을 세계에 떨친다' 따위가 아니라 이런 친구들이 탄탄한 의식을 가지고 영문으로 논문을 쓰고 책을 내고 하면 그 안에 삼투되어 있는 한국적인 역사적 경험과 상황이 자연스럽게 세계적 차원에서 좀 더 뚜렷하게 각인될 것이라는 말이다. 이를테면 파농 때문에 아프리카적인 것이, 사이드 때문에 팔레스타인-아랍적인 것이, 바바나 스피박 때문에 인도적인 것이 세계적 차원의 탄탄한 인문학적 위상을 가지게 된 것처럼, 우리에게도 그런 계기가 필요하다. 외국인이나 이주민 2, 3세들이 하는 외래한국학이 아니라 이처럼 한국에서 태어나 자라면서 몸과 마음으로 한국적인 상황과 조건에 부대끼고 자란 뒤에 다시 해외에 나가 공부를 해서 내놓는 물건이 정말 소중하고 의미 있는 것이라고 할 수 있다.

부러운 마음이 왜 없을까. 하지만 지금 내가 어찌해 보겠다는 것은 과욕이고 가능하지도 않다. 이렇게 다음 세대들이 자유롭게 자기 세계를 펼쳐 갈 수 있는 최소한의 조건을 만드는 데 일조했다는 것만으로 만족할 뿐이다. 우선 멀리 갈 것도 없이 우리 아이들이 그 혜택을 보고 있지 않은가.

왕립 미술원은 언더그라운드 피커딜리 라인 그린파크 역과 피커딜리 서커스 역 사이에 있는 전시 공간이다. 아마 여기서 이 전시를 하지 않았다면 나는 런던에 이런 공간이 있다는 것도 모르고 한국에 돌아갔을 것이다. 클래식 공연을 찾아다니지 않았으면 바비칸 센터나 로열 페스티발 홀, 킹스 플레이스를 알 리가 없었던 것처럼. 아무튼 런던이 정말 부러운 것은 이런 다양한 문화 공간의 존재 때문이다.

전시는 기대했던 것만큼은 아니었다. 1917년부터 1935년 사이, 즉 러시아혁명이 성공하고 2차 대전이 일어나기 전까지 이른바 러시아 사회주의 건설기의 건축양식과 문화를 리처드 파레란 사진가의 다큐멘터리 사진에 주로 의존해서 공장, 집단 주거지, 학교, 공공건물 등의 테마로 나누어 전시하고 거기 투영된 사회주의적이고도 모더니즘적인 독특한 이념—구성주의를 읽어 내는 것인데, 사진으로 보여 주는 것 외에 전체를 꿰뚫는 해석은 미흡한 편이다. 특히 각종 기념 조형물들(물론 이건 건축은 아니지만)이 아니고 공간 감각이나 조형성에서 어쩔 수 없이 실용성을 우선할 수밖에 없는 대형 건축물들을 대상으로 하다 보니 '혁명의 건축'이라는 전시 주제에 충분히 부합하지 못한다는 것이다. 다만 르 코르뷔지에 같은 당대 최고의 모더니스트 건축가들이 이런 혁명 건축에 기꺼이 참여했다는 것, 하지만 건축자재의 부족과 조악한 품질 때문에 그러한 설계가 굉장히 조악한 방식으로 구현되었다는 것 등이 인상에 남았다.

늦가을 나들이

2011년 11월 17일(목) 맑음

오늘은 벼르던 스톤헨지와 솔즈베리를 다녀왔다. 11월도 중순이 지나고 있는데 아일랜드를 다녀온 것 외엔 영국 내에서는 런던 바깥으로 리버풀과 옥스퍼드밖에는 다녀오지 않았다는 생각이 문득 들어서이다. 9월에 계획한 대로라면 지금쯤 호수 지방과 맨체스터는 물론 콜체스터, 케임브리지, 캔터베리와 다트무어 지방까지 다녀왔어야 하고 다음 주엔 스노우도니아 지방에 1박 2일 코스를 가게 되어 있다. 물론 그 계획이 다 실행되리라고는 생각하지 않았고, 그중 한두 곳은 2월에 아들 영우, 딸 결이와 함께 다니면 되니까 반 정도는 어떻게 다니게 되겠지만, 그래도 너무 안 다닌 것은 사실이다.

그래서 어젯밤에 아직 안 가 본 가까운 곳 중에서 안 다녀오면 후회할 곳이 어딘가 생각 끝에 오늘 스톤헨지를 다녀오리라 마음먹은 것이다. 스톤헨지는 알다시피 5천 년 전 청동기 시대의 거석 문화 유적으로 일종의 제의 공간이라고 추정되지만 아직도 많은 것이 수수께끼로 남아 있는 이른바 인류 몇 대 '불가사의' 중의 하나이다. 어릴 때부터 좀 컬트 취향이 있어서 피라미드의 신비, 마야·아즈텍 문명의 비밀, 아스카 평원 그림의 기원, 이런 이야기에 특히 관심이 많았던 터라 영국에 왔다가 스톤헨지를 못 보고 갈 수는 없는 노릇이다. 그리고 가는 김에 영국에서 가장 높은 첨탑을 지닌 솔즈베리 성당도 보고 또 근처에 있다는 올드 사룸 유적도 보고 오리라 마음먹었다.

스톤헨지는 런던에서 서쪽으로 채 100마일이 되지 않는 고도(古都) 솔즈베리 인근의 평원 한가운데에 서 있었다. 높이 7미터를 넘나드는, 5천 년 전을 기준으로 한다면 엄청 큰 거석들임에는 틀림없지만 너무 광막한 초원 위에 댕그라니 세워져 있으니까 첫눈에는 아주 작아 보였다. 게다가 보호를 위해 워낙 멀리 출입 금지 구역을 설정해 놔서 가장 가까이서 볼 수 있는 거리가 30미터쯤? 그 외엔 거의 100미터 이상의 거리를 두고 보게 되어 있어서 '거석' 문화를 실감하기는 쉽지 않았다. 도착한 시간이 정오 무렵이고 날씨도 청명한 탓에 다큐멘터리에서 흔히 보는 신비로운 분위기도 전혀 연출되지 않았다. 이를테면 석양이 비낀다든지 적란운이 빠르게 움직이고 그 사이로 햇살이 비친다든지 할 때라면 또 다를 것이다. 그나마 정오라 해도 워낙 태양고도가 낮아 비스듬한 사양이 형성되고 그에 따라 역광 지역이 있다는 게 사진 촬영을 조금 도와줄 뿐이었다.

그럼에도 불구하고 여전히 신비하고 놀랍고 궁금한 건 마찬가지다. 아직도 우리가 가진 선사시대 인류의 미개한 이미지와 실제 그들이 남긴 유물 유적의 어떤 불가사의함 사이에는 커다란 심연이 놓여 있기 때문이다. 그리고 그 심연에 상상력의 닻을 내려 보면 극단적으로 인류의 '발전'이라는 신화가 어쩌면 하나의 인식론적 오류가 될 수도 있다는 생각에 종종 도달하게 된다.

그다음엔 솔즈베리 가는 길목에 있는 올드 사룸을 들렀다. 이곳은 11, 12세기경 헨리 1세의 행궁(?)과도 같은 역할을 했던 옛 솔즈베리(현재의 솔즈베리는 뉴 사룸이라고 부른다고 한다)의 중심이 되는 성터이다. 처음엔 번성하던 곳이었으나 점점 왕들의 사용 빈도가 떨어지고 도시의 중심도 옮겨 감에 따라 쇠락해지자 17세기 들어 헨리 8세가 성을 철거하고 건축자재들을 다른 건축에 사용하도록 명함으로써 완전히 폐허만 남게 되었다고 한다. 하지만 어떻게 폐허가 되었든 모든 폐허엔 독특한 파토스가 있다. 이른바 덧없음의 파토스가 그것이다. 이 폐허도 모든 화려한 겉장식들이 다 사라지고 흙 반죽과 돌들이 엉겨 붙은, 거의 두께가 1미터 정도나 되는 기초 부분들만 남아 있는데, 그 지나친 견고함도 결국 이렇게 파괴될 운명을 맞았다고 생각하면 모든 역사 속의 흥망성쇠라는 게 덧없기 짝이 없는 것이다.

솔즈베리 대성당은 근래에 본 가장 아름다운 성당이라 할 수 있다. 125미터의 영국 최고의 첨탑으로 유명하지만 그보다도 12세기 고딕 양식이 아주 아름답게 구현된 완성도 높은 건축물이라는 점을 더 사고 싶다. 비록 지금 외벽 보수공사 중이어서 비계가

놓이고 건물의 일부분은 보이지 않는 데다가 하필 오늘은 미사가 진행 중이라 마음대로 다 구경도 못 했지만 외부의 균제미는 물론이거니와 내부의 화려하거나 사치스럽지 않으면서도 어딘가 우아한 궁륭과 거기 어울리는 베이지 · 브라운 톤의 색감도 독특한 여성적 분위기를 그윽하게 자아내고 있었다. 그리고 중정을 감싸 도는 회랑과 열주들 역시 아주 섬세하게 처리되어, 잘은 모르지만 건축사적 가치가 상당히 높지 않을까 싶은 독특한 아름다움이 있었다. 근래에 본 성당들이라야 런던의 웨스트민스터, 옥스퍼드의 세인트 메리 대학 교회와 크라이스트 처치, 그리고 지난 8월에 본 샤르트르 대성당이지만 아무튼 그들 중에 가장 우아한 성당이 아니었나 싶다. 「마그나카르타」 원본이 소장되어 있다는 챕터 하우스가 공사 때문에 하필 오늘까지 문을 닫은 것이 안타까웠지만 그래도 오기를 잘했다 싶을 정도로 인상적인 대성당이었다.

3시 반까지 솔즈베리에 있다가 부지런히 서비튼에 돌아오니 5시. 물론 해는 졌지만 아주 가볍고 산뜻한 늦가을 나들이였다. 피곤하지도 않고 날씨도 맑고 찬 바람도 없었다. 더 추워지기 전에, 더 을씨년스러워지기 전에, 몸만 허락한다면 이렇게 가끔씩 나와야 할 것 같다. 지난번 옥스퍼드 때 너무 추워서 고생한 기억 때문에 조금 움츠러들었지만 오늘 같으면 괜찮을 듯싶다. 일주일에 하루쯤은.

살아남은 자의 비가

2011년 11월 20일(일) 안개

하루 종일 안개다. 대낮에도 어두웠다. 길들도, 바로 건너편의 빅토리아풍 건물도 윤곽이 흐렸다. 런던 포그, 이게 런던 포그구나 싶었다. 가렵지는 않은데 얼굴이 여기저기 트고 갈라져서 아팠다. 그래도 일요일. 청소기 돌리고 빨래하고 밥 해 먹고 창밖에 흐르는 안개를 보며 책을 읽었다. 하루에 한 알 먹는 항히스타민제 때문에 가려움이 준 것은 큰 다행인데 졸음이 많아진 게 문제다. 책을 읽으면서도 무시로 졸았다.

저녁엔 킹스 플레이스에서 라파엘 월피쉬의 첼로 연주회가 있었다. 킹스 플레이스는 갈 때마다 늦는다. 이번에는 빅토리아 라인 공사 때문에 완전히 생각했던 행로가 뒤엉켜 버려 30분이나 늦어 버렸다. 결국 첫 곡 생상스 소나타 1번은 날려 보내고 그다음 곡부터 들을 수 있었다. 그래도 음악을 들으니 다 용서가 되고 위안이 된다. 도흐나니의 소나타는 아무래도 낯설어 잘 몰랐지만 인터미션 이후 리스트의 여섯 개의 〈위안〉부터는 첼로 소리도 제대로 들리고 그야말로 위안이 되기 시작했다. 그리그의 첼로 소나타도 오랜만에 들으니 참 좋았다. 그러나 월피쉬는 아무래도 마에스트로는 아니다. 아주 건실하고 기본은 잘된 것 같은데 거장이 되기엔 뭔가 좀 부족한 느낌이다. 무엇보다 우선 카리스마가 뿜어 나오질 않았다. 마치 숙제 하는 모범생처럼 얌전히 앉아서 연주를 하니 보는 재미가 없어 나중엔 눈을 감고 듣는 게 차라리 나았다.

어젯밤에 미야자키 하야오의 애니메이션 〈붉은 돼지〉를 보았다. 그의 다른 작품들은 얼추 보았는데 이 작품을 아직 못 봤다. 보고 나니 이 작품이야말로 마야자키 하야오의 자전적 서사였다. 죽음의 공중전이 끝나고 혼자만 살아남아 구름 평원 위를 지친 끝에 비몽사몽 날고 있는데 그 위로 구름 한줄기가 지나가는 장면. 그 이상한 구름 한줄기는 알고 보니 하늘에서 불귀의 객이 된 조종사들, 아군이건 적군이건 짧은 생을 전쟁에 바친 수많은 젊은 조종사들의 비행정들이 날아올라 어디론가 가고 있는 긴 행렬인 것. 그런데 자신은 그 행렬에 없고 그저 속절없이 살아남아 구름 평원 위를 날고 있다는 것. 자기도 거기로 가고 싶었지만 몸은 말은 안 듣고 결국 그 구름 평원을 빠져나오자 자기 얼굴이 돼지의 형상으로 변해 있었다는 것.

미야자키 하야오는 1940년생. 일본 현대사의 가장 극적인 순간인 1960년대 말, 그 시절에 그는 20대 후반이었다. 바로 '나만 욕되게 살아남았다'는 생각, 그래서 내 남은 인생은 돼지의 삶과 다를 바 없다는 생각, 아무리 자유로워도 그게 진짜 자유가 아니고 아무리 고독해도 그건 껍데기라는 생각, 세상과 싸울 수도 타협할 수도 없이 그저 빈 하늘을 떠돌 수밖에 없다는 생각, 그게 바로 이 거장의 숨은 자전으로서의 〈붉은 돼지〉의 알맹이였던 것이다. 그리고 그 시절 10대 후반이었던 1950년생 히사이시 조가 만든 「우리들만의 비밀」이 엔딩 크레딧에 흐른다. 이 노래는 바로 그 시절 치열하게 살았던 청춘들에 대한 엘레지이자 송가, "숨이 끊어질 때까지 달렸던 폭풍 같은 날들"에 대한 기억이자 헌사다. 왜 시작할 때 끝까지 보라고 했는지 알 것 같다. 얼마나 그 얘기를 들려주고 싶었으면 그랬을까. 감정이입을 하지 않기 위해 애쓰며 보아야 했던 애니메이션 한 편, 〈붉은 돼지〉.

콜체스터에서 '대박'

2011년 11월 22일(화) 흐리고 안개

오늘은 콜체스터에 다녀왔다. 콜체스터는 런던에서 약 60마일 정도 동쪽, 에식스 주 동해안 쪽에 있는 잉글랜드에서 가장 오래된 고도(古都)다. 로마 클로디우스 황제의 신전이 있던 곳이고 로마 점령기의 수도였던 곳이라고 한다. 영국 여행 계획을 세울 때 원시시대, 로마 점령기, 노르만 점령기, 앵글로색슨 정착기, 튜더 왕조기, 근대 산업혁명기 등등 나름의 테마를 잡아 각각의 전형을 보여 주는 지방을 다녀오자고 생각했을 때 로마 점령기에 해당하는 동네로 꼽아 둔 곳이 콜체스터였다. 그런데 오늘 거기 다녀온 것은 그 '플랜'의 때늦은 실천의 결과는 아니었다. 모종의 상거래 때문에 다녀온 것이었다. 아무튼 콜체스터를 다녀왔다.

아침 10시 10분경 집을 출발해서 12시 반쯤 먼저 콜체스터에서 한 10여 분 거리에 있는 엘름스 마켓이라는 동네에서 예의 거래를 끝내고 타운 중심의 방문자 안내소 부근으로 갔다. 지금은 아주 작은 도시라서 볼 만한 것들이 전부 그 부근에 몰려 있기 때문이다. 그런데 주차하기가 너무 힘들어 도시 중심을 몇 번을 돈 끝에 겨우 어느 후미진 골목에 가까스로 차를 대고 나니 1시 반이나 되었다. 이른 일몰 때문에 늘 시간에 쫓겨 지난번 솔즈베리에 갔을 때도 대충 샌드위치로 때운 터라 이번엔 무조건 따뜻한 '홋밀'(Hot Meal)을 제대로 먹자 마음먹고 방문자 안내소에서 관광 지도를 한 장 받자마자 주변 레스토랑부터 찾았다. 프레쪼라는 이태리 식당이 눈에 띄었다. 대성공이다. 아주 맛있는 집이다. 게다가 양도 많아서 결국 피자는 다 먹지도 못하고 나왔다. 그 집 바로 길 건너가 오래된 교회당 건물을 고쳐 만든 자연사 박물관, 다시 길 하나를 건너면 왼쪽이 바로 클로디우스 신전이 파괴된 자리에 지은 콜체스터 성이자 캐슬 뮤지엄, 그리고 그 오른쪽이 콜체스터의 생활사 박물관인 홀리트리 박물관이다.

무조건 콜체스터 성, 즉 캐슬 뮤지엄부터 먼저 들어섰다. 그곳에는 파괴된 신전 터와 그 주변 로마인 거주지에서 출토된 유물들과 그 이전 신석기, 청동기 시대 유물들까지 차곡차곡 전시되어 있었다. 성 자체도 11세기 노르만 양식의 고색창연한 고성인데 그 안에 로마시대와 그 이전 유물들을 전시해 놓으니 박물관 자체가 곧 유적인 셈이다. 하지만 이 박물관에서 가장 인상적이었던 것은 AD 60년에 일어난 브리튼인 부디카 여왕의 반란에 관한 기록이었다. 로마 지배하에 있던 이 지방 브리튼인 여왕인 부디카는 로마인들이 자신과 두 딸을 능욕한 것에 분노하여 각지의 브리튼인을 결집해서 콜체스터를 공격해 로마인 3만여 명을 몰살시켰고 신전을 완전히 불에 태워 버렸다고 한다. 그리고 자신도 그 전투 중에 죽었다는 것이다. 멋지다. 명분을 가진 모든 반란은 피를 끓게 하지만 이처럼 여성이 주도한 반란은 역사상 보기 드물기에 더 느낌이 뜨겁다. 캐슬 뮤지엄을 보고 나오니 3시가 넘었다. 결국 지척에 두고도, 보고 싶었던 지역 생활사 박물관인 홀리트리 박물관도 보지 못하고 서둘러 차를 몰고 집으로 돌아와야 했다.

이제 오늘의 상거래 이야기를 하자. 런던에서 음악은 CD와 FM 청취로 만족하기로 했고 그래서 산 음향기기가 보스 웨이브였다. 헌데 동네 채러티 숍에서 가끔 나오는 클래식 LP 음반들을 한두 장 사다 보니 소리가 궁금하지 않겠는가. 그래도 그냥 참다가 며칠 전 결국 이베이를 뒤져 쌈 직한 빈티지 포터블 LP 플레이어를 찾았더니 제대로 손을 봐서 상태가 좋은 것들은 근 100파운드씩 했다. 하지만 나로서는 서울 집에 워낙 제대로 된 시스템이 있는지라 비싼 포터블을 사서 집에 가져가면 애물단지가 되기 십상이다.

헌데 콜체스터에 사는 어떤 사람이 보기에 그럭저럭 괜찮고 소리도 잘 나온다는 가라드 2000 턴테이블이 장착된, 포타다인이라는 포터블 플레이어를 단돈 10파운드에 내놓았는데, 한 시간 전까지도 아무도 응찰을 하지 않고 있는 것이었다. 아마도 좀 불성실한 설명과 직거래 조건이 걸려 누구도 엄두를 못 내는 것 같아서 내가 바로 내놓은 값 10파운드에 구하게 된 것이다. 물론 콜체스터까지 와서 가져가야 한다는 조건을 받아들인 것이다. 마침 콜체스터가 내 영국 여행 계획에 들어 있었던 터라 나는 겸사겸사 일석이조가 된 셈이라 마다할 것이 없었다.

수염이 덥수룩한 60대 남자가 자기 아버지가 물려준 물건이라 하니 얼마나 오래된 것이겠는가. 하지만 외관은 멀쩡했고 비록 전원 소켓도 떨어지고 자동 기능도 되는지 안 되는지 모른다고 하지만 어쨌든 소리는 잘 나온다니 10파운드면 채러티 숍 가격도 안 되는, 주워 오는 가격이나 마찬가지다. 집에 가져와 전원 소켓을 달고 전원을 연결하니 역시 자동 기능은 망가졌고 스테레오가 아니라 모노인 것으로 보아 60년대 초기 모델이었다. 약간의 하울링이 있었지만 판을 올려 음악을 들으면 현저하게 줄어들어 듣는 데 큰 지장이 없었다. 마침 얼마 전 4파운드에 주운 할리우드 사중주단의 세 장짜리 EMI 모노 박스반을 올려놓고 브람스 오중주, 슈베르트 오중주, 드보르작 사중주, 스메타나 사중주를 연달아 들었다. 역시 모노 음반에 모노 플레이어. 10파운드짜리 포터블 플레이어였지만 나오는 소리는 100파운드 정도의 가치가 실려 있었다. 수동 조작이 좀 불편하긴 하지만 이건 완전 '대박'이다. 이렇게 고마울 데가. 옛 5, 60년대 모노 음반들은 가격도 저렴하니 아무래도 런던 중고 음반 가게 발걸음을 조금 해야 될 것 같다. 즐거운 상상!

조심스럽게 음반을 들어
턴테이블 위에 올려놓고
손으로 헤드셸을 들어
5밀리미터도 안 되는 스타트라인에
바늘을 얹는다.
그러면 소리가 시작된다.
천사의 속삭임 같은 소리가.

불충분한 접지에서 나오는 험 소리,
스크래치를 넘어가는 지직 소리까지 힘을 합쳐
그윽한 노스탤지어의 합창을 들려주는 것이다.

1960년대 이전
아직 스테레오를 모를 때 만든
5파운드짜리 낡은 모노 음반과
처음부터 스테레오 장치 없는
10파운드에 얻은 포터블 턴테이블이 그렇게 나를
옛날로 옛날로 떠밀고 간다.

대한민국이라는 나라

2011년 11월 23일(수) 맑음

저녁엔 윔블던의 지인이 식사 초대를 했다. 킹스턴 다녀온 뒤에 몸에 또 약간의 적신호가 와서 갈까 말까 했는데 어떻게 겨우 평온을 되찾아 차를 몰고 가서 저녁과 와인 반 잔을 하고 9시 조금 넘어서 일찍 일어서 돌아왔다. 나이는 가장 많아 가지고 몸이 안 좋다며 앉아 있는 건 딱 분위기 깨는 일이다. 그리고 오늘과 내일 고비를 잘 넘겨야 나도 몸이 스스로 회복할 수 있을지 판단이 설 것이다. 게다가 내일은 바비칸 센터에서 차이콥스키 교향곡 5번 연주가 있는 날이다. 이 기회를 놓치지 않으려면 오늘은 무리하면 안 된다.

한국에서는 결국 한나라당이 FTA를 날치기로 비준했다고 한다. 대한민국이라는 나라는 미국의 속국이다. 그리고 대한민국의 이른바 정통 세력이란 자들은 미국의 자발적 노예들이다. 뼛속까지 핏줄까지 그렇다. 미국 문제, 북한 문제만 나오면 이성이 마비되는 나라에서 이 나이가 될 때까지 살아온 것도 참 대단한 일이다.

안녕, 차이콥스키

2011년 11월 25일(금) 맑음

어제 바비칸 센터에서 런던 심포니 오케스트라 공연을 보고 왔다. 프로코피예프 교향곡 1번 〈고전〉과 차이콥스키 교향곡 5번, 그리고 중간에 소피아 구바이둘리나라는 러시아 작곡가의 바얀, 타악기, 그리고 현을 위한 협주곡이라는 제목의 실험적인 현대음악 하나. 하지만 기본적으로 차이콥스키 교향곡 5번을 들으러 갔던 공연이라 프로코피예프 교향곡도 구바이둘리나의 실험적 협주곡도 잘 들어오질 않았다. 이걸 보면 내가 딜레탕트라는 사실이 너무나 뚜렷하게 드러난다. 현대음악이 어려운 건 나뿐만이 아니라 쳐도 차이콥스키 앞에 걸리적거린다고 프로코피예프까지도 대충 듣는 걸 보면 마치 입에 단것만 골라 먹는 아이들 수준이다. 하지만 어쩌랴.

지난번 차이콥스키 콩쿠르 우승자들 갈라 콘서트 때 발레리 게르기예프는 조금 더 두고 봐야겠다고 했는데 차이콥스키 5번이니 게르기예프가 내게 제대로 첫선을 보이는 날이었다. 하지만 딱 1악장이 끝나고 나서 결론이 났다. 마치 원곡의 디테일 하나 하나라도 놓치지 않겠다는 듯, 그의 손끝은 섬세하게 떨리면서 각 파트 연주자들의 움직임을 정확하게 제어해 나갔다. 손을 한 번도 어깨 위쪽으로 올리지 않고 거의 좌우 수평으로만 움직이지만 대신 손가락 하나하나의 움직임이 빠르고 섬세한 것이 그의 특이한 지휘법이었다. 그가 포디엄에서 발을 구른 것은 피날레에서 딱 한 번. 그만큼 그는 끝까지 냉정했고 연주는 완벽했다.

2악장 첫 부분, 주제부를 호른 독주가 고요히 이끌어 나갈 때부터 주책없이 내 눈은 젖어 들기 시작했다. 그 고요한 소리는 마치 먼 곳에서 온 편지처럼 나의 안부를 묻는 듯했다. 잘 지내고 있느냐는 듯이. 잘 지내고 있는 건지, 정말 무사한 건지, 나는 알 수가 없었다. 이 슬픔의 사도가 전하는 고요한 위로의 전언 앞에서 그저 하염없이 눈물만 흘렸다. 병인가 아니면 조건반사인가. 이제 쉰다섯을 바라보는 남자가 눈물도 참 흔하다. 하지만 일부러 참지는 않기로 했다. 눈물을 일부러 만드는 것도, 일부러 참는 것도 다 못할 노릇이고 영혼을 깎아 먹는 일이다. 그저 그냥 놓아둘 일이다. 3악장의 짧은 햇살과 부드러운 바람이 꿈결처럼 지나간 뒤, 4악장은 작곡가 자신과 나를 포함한 모든 사람들의 비탄과 고통을 더 이상 아프지 않은 곳으로, 슬프지 않은 곳으로 남김없이 휩쓸어 가기라도 하려는 듯 숨 돌릴 틈도 없이 격렬하게 전개되었다. 내 눈물도 어느새 멎었고 내 알 수 없는 슬픔 역시 폭풍에 휘말려 멀리 날아가 버렸다.

안녕, 차이콥스키.

레코드 헌터

2011년 11월 26일(토) 흐림

잘 참아 내는가 싶더니 이제 아주 본격적으로 레코드 헌팅에 나섰다. 콜체스터까지 가서 턴테이블을 가져왔기 때문이다. 담배 끊었다는 골초가 결국 다시 담배를 피면서 "글쎄, 주머니에 그만 성냥 한 개비가 남아서 그걸 마저 없애려고 담배 한 대를 빌려서 막 피우는 중이라니까?" 하고 궁색한 변명을 했다더니, 요즘 판 사기에 나선 내가 그런 꼴이다. 그래도 턴테이블이 모노 전용이라 모노 음반만 사 오려고 갔으니 궁색한 중에도 변명거리가 하나 더 있기는 하다.

며칠 전에는 킹스턴 레코드 콜렉터 센터에서 모노 LP 일곱 장을 샀다. 액면가 38파운드인데 현금으로 사겠다니까 30파운드로 깎아 준다. 이럴 때 돈 벌었다고 하는 것이다. 그리고 오늘은 들뜬 발걸음으로 그라멕스에 다녀왔다. 워털루 역 남쪽 로워 마쉬 거리, 재즈 바도 있고 오래된 펍도 있고 지금은 약간 퇴락했지만 한때는 꽤 번성했을 것 같은 그 거리 25번지에 있는 오래된 중고 음반 가게. 일찌감치 그 존재를 알았건만 짐짓, 혹은 차마 찾아가지 못했던 가게. 그런데 오늘은 큰마음 먹고 그 가게를 찾았다.

한 7, 8평 남짓해 보이는 가게는 1층과 지하로 되어 있는데 1

층엔 CD만 있고 LP는 지하에 있었다. 가게 안에는 주인을 포함해서 온통 6, 70대 노인들만 앉아 있었다. 콘서트를 가도 온통 노인들이더니 클래식 음반 전문점이라고 여기도 전부 수염과 눈썹까지 허연 노인들이다. 그래도 한국은 클래식 애호가들이 이 정도로 노쇠한 편은 아닌데 이 나라는 좀 심한 것 같다. 지하에 내려선 나는 실망과 희망의 엇갈림을 맛보아야 했다. 생각보다 음반 재고량이 많지 않아서 실망. 클리어런스, 즉 재고 일소 세일로 50% 할인이라서 희망. 클래식 음반은 약 1천 장 남짓 정도나 될까. 게다가 언제부터인지는 모르나 반액 세일이라니 쓸 만한 명반들은 이미 전문가들이 다 쓸어 갔을 터. 그나마 모노 음반은 찾는 사람이 적어 좀 남아 있지 않을까 하는 기대를 갖고 본격적으로 판들을 찾아 나갔다.

그래도 여기는 클래식 음반 산업의 본거지 런던. HMV ALP나 컬럼비아 33CX 등 모노 초반들이 꽤 있을 것이다. 오시 레나디의 브람스 바이올린 협주곡 같은 희귀반을 포함해서 최종적으로 50장만 골라내서 1층 주인에게 가지고 올라갔다. 흥정을 걸어서 음반 50장을 140파운드라는 헐값에 받아 들고 나는 무거운 줄도 모르고 날듯이 집으로 돌아왔다. 나는 레코드 헌터다. 이제는 거의 아무도 사서 듣지 않는 모노 LP 음반을 며칠 새 수십 장씩 사서 음반 가게 주인들 시름을 덜어 주고는 사냥에 성공했다고 혼자서만 즐거운, 우리 시대의 '맨 오브 라만차'다.

12월

2011
DECEMBER

지금 이 순간이, 지금 같이 있는 사람들이, 지금 이 햇빛이, 지금 이 하늘이,
어쩌면 지금 이 어둠과 비바람까지도, 이 아픔과 미움과 원망까지도
모두 다시 돌아오지 못할 소중한 것들이 될 것이다.
지금 나를 오래도록 괴롭히고 있는 이 병도 언젠가는 그리운 것이 될지도 모른다.

불멸의 순간들

2011년 12월 3일(토) 흐리고 비

파리에서 돌아오니 계절은 겨울, 12월이 되어 있었고, 나는 만으로 53세가 되어 있었다. 지난 28일, 역시 두 달 전처럼 자동차로 영불해협을 건너 파리에 갔다가 닷새 만에 돌아왔다. 일테면 생일 여행? 11월 29일이 내 생일인데 파리의 결이가 서울의 제 엄마 대신 축하를 해 주겠다고 파리에 다녀가기를 원했다. 오랜만에 보리도 만나고 파리 근교 숲의 만추를 즐긴 훌륭한 여행이었다. 가는 날과 돌아오는 날, 파산한 페리 회사 때문에 두 번의 해프닝이 있었고 가는 날 갑자기 또 몸이 나빠져서 약간 고생을 했던 것이 옥의 티였기는 하지만.

두 달 만에 만났지만 보리는 나를 알아보았다. 꼬리를 치고 펄쩍 뛰어 안기며 얼마나 반기는지 500킬로미터 운전의 피로가 한순간에 가시는 느낌이었다. 석 달 전 처음 데려올 때에 비하면 이제 10개월이 되어 체형이나 태도에서 성견의 모습이 완연하지만 아직도 짖는 소리나 표정 등에선 여전히 강아지 태를 다 벗지는 못했다. 그동안 결이로부터 보리의 일상과 변모에 대해서는 거의 중계방송에 준하는 정도의 보고를 받아 왔지만 막상 직접 대하니 그 사랑스러움이란 뭐라 말로 다 할 수가 없었다. 너무 예뻐서 품에 안고 잠을 재우기까지 했다. 처음엔 어색해했지만 곧 차분해지더니 이내 눈을 감고 코까지 골며 자는 그 모습, 그 체온, 그 숨소리가 아직도 눈과 귀와 몸에 선연히 남아 있는 듯하다. 어제 아침 내가 짐을 다 싸고 문을 나서려 하자 녀석은 낑낑거리며 내게 뛰어오르고 신발 끈도 못 매게 하고 문이 열리지 못하게 문 앞을 지키고 엎드려 시위를 다 했다. 말 못 하는 짐승과 헤어지는 일이 사람과 헤어지는 일보다 더 어려웠다.

결이는 파리에서 6년째 혼자 생활하며 점점 더 커지는 외로움을 보리와 함께 있기 시작하면서 성공적으로 극복해 가는 것으로 보인다. 하지만 한편으로 보리에게 너무 마음을 뺏기는 것 아닌가 싶은 것도 사실이다. 하지만 그것은 시간이 해결해 줄 일이다. 보리가 점차 더 성숙해지면 지금은 좀 막무가내인 의존성도 줄어들고 서로 소통과 신뢰도 더 깊어져 웬만큼 혼자 두어도 걱정이 덜하고 결이 역시 이 어린 동반자에 대한 초기의 애틋함이 자연스러운 가족적 편안함으로 바뀌게 될 것이다.

보리와 결이의 성공적인 만남과 '가족 되기'를 지켜보면서 내게도 다시 강아지를 키우고 싶다는 마음이 저절로 생겨난다. 그동안 함께했으나 사별하거나 떠나보냄으로써 끝까지 함께하지는 못했던 강아지들을 생각할 때마다 생명을 키우는 일에 내가 얼마나 부주의하고 태만하고 무감각했던가 너무 후회가 크고 그만큼 다시 생명을 키우는 일이 너무 엄중하게 느껴져 두려움이 앞서지만, 보리와 결이를 보면서 강아지를 키우는 일은 그런 모든 것을 다 감내하고서라도 다시 한 번 도전해 볼 만하다는 생각이 자꾸 드는 것이다. 물론 은퇴를 하면 당연히 강아지를 키우겠지만, 그 전에도 꼭 못 할 것은 아니지 않은가 싶기도 한 것이다. 하지만 냉정하게 생각해 봐야 할 일이다. 한 생명이 걸린 일이고 내 생의 우선순위가 걸린 일이다.

파리에 있던 둘째 날 우리(나와 결이와 보리) 세 식구는 파리 집에서 동북쪽으로 한 시간 거리에 있는 피에르퐁이라는 시골 동네에 1박 2일 일정으로 가을 여행을 다녀왔다. 보리와 하루에도 서너 번씩 에펠탑 부근의 가로수 길들을 산책하는 결이지만, 보리와 더불어 진짜 자연 속을 걷고 싶어서 고른 피에르퐁이란 마을은 엄청난 숲에 둘러싸인 작은 섬과 같은 마을이었다. 그리고 거기엔 중세의 고성을 19세기에 다시 리모델링한 아름다운 성채가 있어 일반 관광객도 많이 오는 곳이라고 했다.

날이 흐리고 조금 추워서 살이 자꾸 트는 바람에 약간 힘들긴 했지만, 보리와 함께 이 동화같이 지어진 성을 한 바퀴 돌아보고, 결이가 예약해 둔, 역시 옛 귀족의 저택임에 틀림없는 펜션에 짐을 풀고, 다시 부근의 생 장 오부아라는 마을에 있는 알라 본 이

데라는 근사한 프랑스 식당(이른바 미슐랭 별점까지 획득한)에서 장작이 탁탁 튀는 벽난로 옆에 앉아 근사한 프랑스 코스 요리를 먹고(내 생일 파티), 펜션에 돌아와서는 가지고 간 내 포터블 턴테이블로 브람스와 라흐마니노프와 시벨리우스를 듣고 잠을 청했다.

다음 날 아침에는 마치 성주가 된 기분으로 대저택에서의 아침식사를 하고 보리와 함께 부근의 콩피에뉴 산림 공원의 생 피에르 호수까지 2킬로미터 남짓의 호젓한 숲길을 걸었고, 차를 몰아 가까운 콩피에뉴의 나폴레옹 3세의 궁전으로 가서 그 부근의 산책로를 다시 한 바퀴 돌고서야 파리 집으로 돌아왔다. 생일 저녁에 파리 교외의 멋진 프랑스 식당에서 딸이 사는 멋진 정식을 먹고 아름다운 저택에서 잠을 자게 될 줄을 어찌 알았겠는가. 아마도 내 평생 최고의 사치를 누려 본 생일날이었다.

셋째 날 오후엔 모처럼 보리를 집에 혼자 두고 결이와 함께 퐁피두 센터에서 열리고 있는 뭉크 기획전 '모던 아이'를 관람했다. 뭉크 기획전은 오슬로의 뭉크 미술관 전시물을 거의 다 가지고 온 듯한 대기획전이었다. 그저 〈절규〉, 〈사춘기〉 등 몇 점만을 알고 있으면서도 그가 그려 낸 세기말적 불안과 공포의 형상이 워낙 깊게 남아 있어서 마치 잘 안다고 착각하고 있었던 뭉크의 진면목을 볼 수 있는 진짜 모처럼의 기회가 아닐 수 없었다.

특히 그의 불안과 공포, 혹은 적대성 가득한 화면과 그 화면의 바깥으로 도망쳐 나오는 듯한, 혹은 바깥을 향해 이 불안과 공포를 증언하고 싶어 하는 화면 아래쪽의 일그러진 인물들이 사실은 모두 〈절규〉의 정신적 복제품들이라는 것, 그가 1920년대에는 노동자들의 삶과 현실에 깊은 관심을 표현했던 일종의 동반자 화가였다는 것, 그의 그림들은 그가 무척 좋아했던 사진과 영화 등 근대적 기계적 재현 도구들과 상당히 깊은 관련이 있다는 것, 그리고 그가 초기 건판 사진기로 블러링, 이중노출, 광각촬영 등의 실험적 기법까지 동원하면서 자기 자신과 자기 그림들을 찍어 낸 어쩌면 엄청난 나르시시스트라는 것, 또한 그가 신경증과 알코올 중독에 안구출혈 등 갖가지 질병을 앓았다는 것, 그리고 그의 그림들과 거기 드러난 비관적 세계인식이 가족들의 연이은 병사와 자기 자신의 질병과 깊은 관련을 맺고 있다는 것, 그런 점에서 뭉크의 그림은 뭉크에 대한 정신분석학적 고찰이 따라야만 제대로 이해될 수 있으리란 것 등이 이 전시를 통해 내가 깨닫게 된 것들이다.

오며 가며 이틀을 길과 바다 위에서 보내야 했던 짧은 일정이었지만 이번 파리행은 충만한 것이었다. 사랑하는 내 딸 결이도, 강아지 보리도, 내 생일날의 짧은 원족도, 뭉크도 내 생애의 화폭에 두툼하고 진한 붓질로 남았다. 하긴 이제부턴 살아 있는 하루하루가 소중하고 값진 것이다. 지금 이 순간이, 지금 같이 있는 사람들이, 지금 이 햇빛이, 지금 이 하늘이, 어쩌면 지금 이 어둠과 비바람까지도, 이 아픔과 미움과 원망까지도 모두 다시 돌아오지 못할 소중한 것들이 될 것이다. 지금 나를 오래도록 괴롭히고 있는 이 병도 언젠가는 그리운 것이 될지도 모른다. 하여 나는 지금 이 순간을 사랑할 것이다. 쇼팽의 피아노 소나타 2번과 쇼스타코비치의 전주곡 몇 곡이 끝나고 드뷔시의 현악 사중주도 막 끝났다. 이제 라벨의 현악 사중주가 기다린다. 이 불멸의 음악들처럼, 나도, 내 생도 내게는 불멸이다. 나는 이 불멸의 순간들을 하나하나 또박또박 디뎌 나갈 것이다.

입 궁금증의 자연사적 기원

2011년 12월 4일(일) 흐리고 비

아침저녁으로 한 알씩 먹는 항히스타민제가 몸이 회복되어 가는 데 큰 역할을 하고 있는 것은 사실이지만, 졸음이 많이 온다는 부작용이 있다. 밤잠도 꽤 자는 편인데도 낮에 책을 펴 들면 정신이 명징하지 못하고 늘 약간 잠기운이 있다. 지금 읽고 있는 『문화와 제국주의』가 길기도 긴 데다가 번역이 형편없어 짜증을 내느라 진도가 잘 안 나가는데 거기다 졸음까지 겨우니 설상가상이다. 결국은 낮잠을 근 두 시간이나 자고서야 책 읽는 눈매에 힘이 조금 들어갔다.

오후엔 장을 보러 H마트에 다녀왔다. 지난주 파리에 갈 때 H마트에서 광어회를 떠서 가지고 갔는데 그때 덤으로 준 큼직한 광어 서더리가 아직 냉장고에 있어 그냥 버리기도 아까워 서더리 탕이라도 끓이려 하니 무도 쑥갓도 없고 곁들일 해물도 없고 두부도 없고 해서 겸사겸사 장을 보고 온 것이다. 가는 김에 내가 좋아하는 우리밀 약과도 사고, 현미쌀떡도 사고, 단감도 사고, 고기 먹지 말라는데도 여기서 만들어 파는 닭강정이 워낙 맛있어서 댓 개들이 작은 포장 하나도 사고, 내친 김에 마침 부쳐서 팔고 있는 녹두부침개도 네 개들이 포장 하나를 사 왔다. 그리고 고사리나물 무쳐서 파는 게 있기에 그것도 사 왔다. 집에 오자마자 고추장 된장 풀고 마늘 다져 넣고 무 숭숭 썰어 넣고 한소끔 끓인 다음, 광어 서더리, 중하 생새우, 깐 홍합 넣고 청양고추 하나에 양파 반의 반 개 넣고 또 끓이다가 두부 반 모 썰어 넣으니 서더리 매운탕 끝. 낼 아침에 다시 끓이면서 쑥갓까지 넣으면 제맛이 날 것이다. 대신 저녁은 점심에 먹다 남은 김치찌개와 사 온 닭강정으로 잘 때웠다.

그렇지 않아도 아내가 한약 한 재 외에는 온통 주전부리감만 한 상자 보내 준 데다가 집에 하루 종일 앉아 책 읽다 보면 워낙 입이 자주 궁금해져서 이것저것 자꾸 주워 먹게 되는데 일기에까지 이렇게 먹는 얘기를 자주 하는 걸 보니 아무래도 살이 찔 것 같다. 하지만 원래 가을에서 겨울 초입까지 사람을 포함해서 모든 짐승들은 먹는 것에 예민하게 되어 있다. 닥쳐오는 겨울에 먹을 것이 없으므로 지금 부지런히 먹지 않으면 잘못하다가 굶어 죽거나 얼어 죽기 십상이기 때문이다. 지금이야 살찔 것을 걱정하게도 되었지만 사실 이 입 궁금증의 자연사적 기원은 그렇게 절박한 것이다. 아니 지금도 여전히 절박한 사람들이 더 많을 것인데 내가 한가한 소리를 하고 있다.

제국의 한 모퉁이에서

2011년 12월 5일(월) 맑고 추워짐

얼마 전 조교에게 부탁했던 채만식 전집 몇 권이 오늘 아침 도착했다. 올해는 논문을 한 편도 안 쓰고 보내려 했는데 아무래도 여기 있는 동안 한 편 정도는 어느 만큼이라도 써 놓아야 할 것 같아서 몇 년 전부터 채만식에 대해서 생각하고 있던 묵은 주제를 현실화하기로 마음먹었다. 하긴 지금 쓰더라도 어차피 자료의 한계 때문에 귀국해서야 마무리가 될 터이고 그러면 내년 논문이 될 테니까 올해 한 편도 안 쓰겠다던 다짐 아닌 다짐은 완성이 되면서도 어쨌든 연구년 성과에 가름하는 논문은 쓰긴 쓰게 되는 셈이다.

채만식은 친일작가인가? 이제는 그렇게 아주 명토가 박히는 모양이다. 소설에서 수필에 이르기까지 또 이러저러한 행적에 이르기까지 여러 면에서 '증거'들이 너무 많아 피할 수가 없게 된 형국이다. 나 역시 그런 사실들을 애써 부인하면서까지 채만식을 옹호할 생각은 없다. 하지만 채만식의 작품들을 비교적 두루 읽으면서, 물론 이건 다른 작가들의 경우도 마찬가지겠지만, 누구누구가 친일작가냐 아니냐 하는 물음의 방식에 좀 문제가 있는 것 아니겠는가 하는 생각이 들었다. 그렇게 해서 누구는 알고 보니 친일작가였더라 하고 결론을 내고 나면 어쩔 것인가. 그러면 끝인가.

나는 그러한 '증거'들이 발견되는 순간이 바로 문제가 시작되는 시점이라는 생각이다. 나는 객관적으로 명백한 그의 친일적 행적과 문헌들을 잘 알고 있지만, '그래서 너는 친일작가다'라고 말하는 대신, 그가, 누구보다도 강력한 풍자 정신으로 제국주의와 대결했던 그가 어떻게 그런 행적과 글들에 도달했는가를, 그리고 그 흐름과 결을 섬세히 읽어 내야 하며, 그것이 문학적으로도 실패에 도달했는가를(나는 식민주의에 동화된 '문학'은 실패할 수밖에 없다고 본다) 확인해야 한다고 생각한다.

문인이 다른 글이나 언행으로 친일을 하는 것도 문제는 문제지만, '문학적 친일'이란 건 도대체 무엇인가를 규명하지 않고 문인의 친일을 사회학적 방식으로 규명하는 것은 옳지 않다는 것이다. 만일 그가 문학으로도 진정 친일을 했다면, 자신의 가장 소중한 마지막까지 제국주의에 헌납을 했다면 그건 파산이지만, 내가 읽은 채만식은 조금 다르다. 이번 논문의 테마는 이것이다.

논문을 쓸 때마다 나는 아무래도 '논문과'가 아니다, 아니 나아가 '학문연구과'는 아니다, 라는 생각이 든다. 1차 문헌을 꼼꼼히 읽고 관련된 2차 문헌들을 섭렵하고 그다음에 논문의 틀에 맞춰

각주를 달고 참고문헌을 달고 하는 일들을 습관적으로 하면서도 답답하고 옹색하다는 생각을 하는 게 한두 번이 아니다. 오랫동안 익어 온 비평가 체질 때문일 것이다. 텍스트를 읽는 중에 직관적으로 탁 떠오르는 생각들이 있고 이것들을 보다 자유로운 방식으로, 아니 어쩌면 보다 더 적합한 형식으로 말하고 싶은데, 그것을 논문이라는 틀에 우겨 넣는 순간 벌써 최초의 직관적 발견이 가져다준 시적 기쁨은 일종의 산문적 노동의 고역 속에서 시들어 가고 만다. 게다가 1년에 몇 편 의무적으로, 연구비를 받았으니 그 대가로, 이렇게 하다 보면 논문으로부터의 소외가 발생한다. 아무리 좋은 주제가 있더라도 마치 그것을 팔아먹는 기분이 드는 것이다. 적어도 평론을 쓸 때는 원고료를 받긴 했지만 내 글을 팔아먹는다는 생각은 들지 않았다.

하지만, 이것이 성숙하지 못한 투정이라는 것을 나도 잘 안다. 나는 지금 진짜 문제는 내게 평생의 대주제가 없다는 데에서 온다는 것을 잘 알면서도 그걸 숨기려고 글의 형식, 비평이냐 논문이냐 하는 가짜 문제를 내세우고 있는 것이다. 지금 에드워드 사이드의 『문화와 제국주의』를 읽으면서, 그가 그의 주저인 『오리엔탈리즘』까지 포함한 책에서 바로 식민지 출신이면서 제국의 언어와 학제, 문화 속에서 읽고 쓰고 가르쳐야 하는 자기 자신의 문제를 파고들어 가서 이런 세계적 차원의 문화사적 대주제를 발견해 내고 이를 자신의 평생의 과제로 삼아 자신의 모든 읽기와 쓰기를 여기에 집중하고 있다는 것을 생각하면 부끄러워 혼자 있으면서도 고개를 들 수가 없을 지경이다.

내게 그런 것이 확고하게 있다면 거기에 논문이냐 평론이냐가 무슨 상관이 있겠는가. 논문으로 써야 할 것이면 논문을 쓸 것이고 평론으로 써야 할 것이면 평론을 쓸 것이며 격문을 써야 할 일이면 격문을 쓰면 되지 않겠는가. 사이드는 심지어 자신의 팔레스타인 동포들과 함께 이스라엘군에 맞서 돌도 던지지 않았던가.

부끄럽게도 나는 그것을 위해서 읽고 그것을 위해서 쓰고 그것을 위해서 가르치고 싸우고 살아 내야 할 평생의 주제를 설정하지 못하고 있다. 하지만 그것이 그저 내가 주관적으로 지금부터 이런 것을 해 보겠다고 해서 나오는 것일 수는 없다. 그것을 찾아내기 위해서는 내 삶과 경험의 특수성, 이 한반도의, 아니 최소한 한반도 남쪽의 삶과 경험, 역사의 특수성의 실체와 의미를 파악해서 객관화시킬 수 있어야 하고, 그리고 그것에 맞물리는 세계사적 보편성에 대한 든든한 인식과 판단력이 있어야 한다. 그리고 그러기 위해서는 불가피하게 세계적 차원의 역사의 동향, 지식과 사상의 동향에 대한 지적 축적과 정보력도 가지고 있어야 한다. 그러기 위해서는 필요하다면, 아니 당연히 제국의 것을 포함한 세계적 차원의 언어, 지식, 정보에 능통해야 할 뿐만 아니라 이것을 일상적으로 처리할 수 있는 시스템이 있어야 한다.

하지만 불행히도 나는 그것들을 갖추지 못했다. 나뿐만이 아니라 이 땅의 많은 지식인들이, 설사 외국 유학들까지 다녀온 사람들일지라도 이런 시스템을 전유하지 못하고 있다. 의식이 있는 사람은 언어나 시스템을 갖지 못하고 그런 시스템을 갖춘 사람들은 의식이 없는 경우가 대부분이다. 그것이 한국에서 사상가라고 할 수 있는 인물들이 못 나오는 이유이다. 만일 그들이 영어권이나 불어권 식민지 출신이 아니었다면 사이드나 파농이 나올 수 있었을까. 반대로 한국어가 세계어였어도 한국에서 세계적 차원의 사상과 담론이 아직 못 나왔을까. 이것은 부인할 수 없는 치명적인 한계다. 중국도 일본도 마찬가지다. 내가 내 나름의 대주제를 구성하지 못하고 있는 것은 일단은 이런 열악한 기본 조건에서 기인한다.

그럼에도 불구하고, 나는 변명의 여지가 없다. 지나간 과거의 그림자에 사로잡혀 오늘 할 일을 한없이 유보하고 있기 때문이다. 비록 그것이 당장 세계적 차원의 호소력이나 영향력은 갖지 못하더라도 내가 살고 있는 이 공간, 내가 살아온 이 시간의 경험을 보편의 차원으로 끌어올려 문제적인 것으로 구성해 내는 노력을 하지 않으면 안 된다. 그리고 그 문제 속에서 내 개인의 삶에 주어진 숙제까지도 함께 풀어 나가는 시도를 하지 않으면 안 된다. 이 흘러간 제국의 한 모퉁이에서 잠시 머무르는 동안 가장 절실하게 드는 생각 중의 하나가 그것이다. 2, 3년 내에 완성해야 할 새 책은 바로 그런 노력의 열매여야만 하고 내가 앞으로 쓰는 글들—논문이 되었든 평론이 되었든—역시 그 주제의식의 소산이어야만 한다. 대오각성, 굳은 의지가 필요한 시점이다.

부러움과 부끄러움

2011년 12월 7일(수) 맑고 바람

어제는 서비튼의 Y교수와 K교수, 윔블던의 또 다른 K선생, 이렇게 SOAS로 맺어진 대학 동문 네 명이 내 작은 집에서 조촐한 술자리를 같이했다. 아내가 생일날 마시라고 보낸 막걸리 한 병을 빌미로 그저 가볍게 한잔하자고 부른 자리인데 결국은 막걸리 한 병, 와인 두 병 반이 희생된 중형급(?) 술자리가 되었다. 모처럼 후배님들을 초청한 자리지만 식사를 하는 게 아니고 술 한잔만 하는 자리라 뉴 몰든에 있는 마트에서 사 온 녹두빈대떡 다시 부치고, 닭 모래주머니(똥집) 소금볶음하고, 냉장고에 잠자던 한치 살짝 굽는 정도로 가볍게 상을 차렸다. 그래도 다들 맛있어하고 덕분인지 분위기도 화기애애해서 다들 보내고 나서도 줄곧 기분이 좋았다. 나도 오랜만에 위험을 무릅쓰고 막걸리 한 잔, 와인 석 잔을 마셨다. Y교수가 과음하셨다고 할 정도로. 아닌 게 아니라 하도 오랜만에 마신 술이라 다들 돌아간 뒤로는 약간 머리도 아프고 어지럽다는 느낌도 들었다. 그래도 아직까지 술로 인한 후유증이 없는 게 다행이다.

오늘은 마침내 『문화와 제국주의』를 다 읽었다. 오역과 불성실

한 번역으로 인한 거부감을 다스려 가며 거의 3주 만에 독료를 하게 되었다. 엉터리 번역의 틈새로나마 저자 에드워드 사이드의 뜨거운 열정이 전달되지 않았다면 초반에 일찌감치 내팽개쳐질 책이었다.

팔레스타인 태생으로 미국 시민이 되어 스탠퍼드대를 졸업하고 하버드대에서 학위를 하고 현재 컬럼비아대 석좌교수로 있는, 전형적인 성공한 디아스포라 지식인 사이드는 이 책에서 근현대 영문학의 고전들과 최근 제3세계 작가들의 저작과 소설들을 두루 섭렵하면서 제국주의가 단지 정치 · 경제 · 사회적 현상일 뿐만 아니라 방대한 문화적 현상이기도 하다고 이야기한다. 디킨스, 오스틴, 콘래드 등 19세기의 영문학 고전소설들은 물론 베르디의 오페라 〈아이다〉, 카뮈의 작품세계 등이 세계인식은 물론 그 내러티브 구조들까지도 제국주의의 식민 지배를 필연적 토대로 하고 있다는 사실을 입증하고, 제국주의에 저항하고 대립하는 식민지 및 전식민지 또는 제국 내부의 작품들 역시 광범하게 소개 · 비평하고 있다. 한편, 이러한 비평 작업을 통하여 제국주의 지배와 동화, 그로부터의 이탈과 민족주의적 독립, 그리고 그 지배-저항의 이분법을 넘어 해방이라는 지양태로 나아가는, 세계사적 규모의 지배와 해방의 변증법이라는 역사철학적 테제를 수립하는 야심찬 기획을 선보인다.

이 책은 1993년에 간행되어 이제 출간 20년도 채 못 되지만,

어느새 탈식민주의 문학/문화 비평의 고전 반열에 올라 있는 책이다. 워낙 근년에 탈식민주의 비평이 유행을 한 터라 지금 이 책을 읽으니까 이 책이 역설하거나 제시하고 있는 많은 테제와 개념들이 너무 친숙해서 오히려 책 자체가 낡아 보일 정도였지만, 반면 사이드 이후의 탈식민주의 비평이 점차 식민주의의 초역사적 절대성, 즉 서구 근대 문화의 압도성을 허무주의적으로 승인하게 되는 아이러니에 빠져드는 양상에 비추면 이 책에 강하게 부각되어 있는 해방에의 의지는 더욱 새삼스럽게 다가오게 된다.

하지만 제국주의에도 반대하고 그 대립항으로 형성된 민족(국가)주의에도 반대하며 제3의 해방의 길을 모색하는 사이드의 이 논리가 기계적으로 식민 모국의 정주자, 탈식민 독립국가의 정주자들을 해방의 주체에서 배제하고, 이주자, 추방자, 망명자 등 이른바 국경을 가로지르는 코스모폴리탄적 경계인들을 해방의 주체로 설정하는 데 대해서는 이론의 여지가 없지 않다. 그들의 포지션은 문화적으로는 의미 있을지 모르나, 해방을 수행하는 나날의 정치적 투쟁의 좌표에서도 그렇게 유의미할까 의심스럽기 때문이다. 이 점은 좀 더 논의가 필요하겠지만, 팔레스타인 난민으로 미국 시민권자인 사이드가 자신의 불안한 정체성에 과잉 의미부여를 하고 있다는 생각이 든다. 그가 제국으로서의 미국에 관해 많은 관심과 정당한 비평을 가한 것과 같이 21세기에 접어든 현재에서도 제국-식민지의 긴장은 여전히 강력하고 그 긴장의 파열구에 바로 해방의 길로 향할 가능성 역시 엄존한다는 사실을 그는 충분히 인식하고 있지 못한 것으로 보인다. 아무튼 앞으로 많은 참조가 될 책을 읽었다.

그러나 저러나 이 책을 읽고 나서 부러움과 부끄러움을 동시에 느끼지 않을 수 없다. 부러움은, 참으로 우습기 짝이 없는 말이지만, 하필 그는 영어권 식민지 출신으로 서구 제국을 식민 모국으로 가지고 있던 덕에 이처럼 방대한 서구 문화의 맥락을 비판적으로 전유할 수 있었음에 반해, 우리(나)는 하필 역시 변방국인 일본의 식민 지배를 받아 그런 간접적 혜택(?)조차 받지 못하고 있다는 데서 온다. 부끄러움이란, 바로 그것이 나의 역사적 운명이라면, 그럴수록 더 치열하게 공부하고 투쟁하면서 그들을 뛰어넘는 어떤 것을 보여 줄 수 있어야 하는데, 그러지 못하고 이렇게 제 풀에 운신의 폭을 좁혀 생을 낭비해 왔다는 데서 온다. 서구 지식인들의 저작들을 접할 때마다, 제국의 경험을 자산으로 하고 있는 당신들보다 식민과 분단의 경험을 자산으로 하고 있는 내가 더 앞설 수밖에 없다고 마음속으로 호기를 부리며 절대로 기가 죽은 일이 없고, 어떤 서구 지식인들의 이념이나 담론도 절대로 추종적으로 수용한 바가 없었지만, 이처럼 속절없이 나이만 먹어 가는 동안 이 부러움과 부끄러움이 차지하는 자리가 점점 더 넓어져 감을 어찌할 수가 없다.

* 찾아보니 이 책의 또 다른 번역본이 2005년에 박홍규 교수 번역으로 문예출판사에서 나온 바 있고, 오역투성이인 이 판본도 2011년 초에 개정판이 나왔다고 하는데 리뷰를 보니 여전히 별로 오역 수정이 안 된 모양이다. 나름 유수한 영문학자 두 명이 번역한 책이 이러니 한심한 노릇이다. 차마 그 두 사람 자신들이 했다곤 믿을 수 없고, 대학원생들 시켜서 짜깁기 번역을 한 것으로 보이는데 개정판 역시 마찬가지라니.

5 15PM
5 AUG

맥주 한 잔을 앞에 놓고 앉아 있으면
마음이 평화로워진다.
좋은 사람 두어서넛과 마주 앉아
조금씩 조금씩
명정(酩酊)에 빠져드는 순간은 더 좋다.
하지만 이젠 술 한 잔도 쉽지 않다.
투옥과 고문과 치욕과
오랜 울화와 분노의 되새김으로
내 몸은 시나브로 망가져 왔다.
그들은 내 삶을 여태 검열하고 있다.
한 잔 술이 주는 가여운 평화와
애틋한 나눔조차도 허락되지 않는다.

지식인으로 산다는 것

2011년 12월 10일(토) 맑음

에드워드 사이드를 읽는 김에 그의 『권력과 지성인』도 마저 읽었다. 그가 1993년에 BBC에서 행한 6차 연속 강좌를 한데 묶은 책이라 길이도 짧고 디아스포라 지식인으로서 사이드가 지식인에 대해 어떤 규정을 내리고 또 어떻게 표상하는지, 일테면 1세계 지식인 혹은 제국의 지식인인 사르트르의 『지식인을 위한 변명』과는 또 어떤 차이가 있을지 흥미가 앞서서 이틀 만에 쉽게 읽을 수 있었다.

그의 지식인(지성인)은 사적인 목적에 의해서가 아니라 공적인 목적으로 다른 누군가를, 무엇인가를 표상(재현, 대변)하는 존재다. 표상하되 보편적 가치에 입각해서 표상하는 존재다. 그리고 그에 따르는 위험과 불이익을 감내해야만 하는 존재다. 그러기 위해서 그는 필요하다면 관습, 전통, 애국심, 어떠한 집단주의 등과도 등을 돌려야 하고 보편 가치 이외의 어떠한 것에도 충성을 서약해서는 안 된다. 당연히 주류 세력에 편입되어서도 안 된다. 그리고 모든 친숙하고 안정된 것들과 이별할 준비가 되어 있어야 한다는 점에서 그는 본질적으로 추방된 자이자 망명자이고, 이어야 한다. 그럼으로써 모든 사건, 사물, 사람을 가깝게 보이는 대로가 아니라 먼 곳에서 그 역사성 속에서 볼 수 있으며 또 그렇게 되어야 한다.

또한 모든 지식이 전문화되고 그럼으로써 신비화 · 권위화되어서 지식인이 자율성 · 독립성을 잃고 결국 시스템이나 당파나 권력과 유기적으로 결합하게 되는 현대의 상황에서 개체성을 유지하기 위해서는 전문직업인이나 전문가적 정체성을 거부하고 아마추어로 남아야 한다. 여기서 아마추어란 미숙한 자라는 뜻이 아니라 "노선과 장벽들을 가로질러 연결시키고, 전문성에 구속되는 것을 거부하고, 전문직업의 제약에도 불구하고 사상과 가치에 관심을 두는 것을 통해 이윤이나 보상에 의해서가 아니라 더 큰 심상으로부터의 사랑과 억누를 수 없는 관심에 의해 움직이려는 욕망에 의해 행동하는" 사람이다.

지식인은 어떤 일이든 그저 해야 하기 때문에 하는 사람이 아니라, 왜 그것을 해야 하고 그것을 통해 누가 이익을 얻으며 그것이 개인적 과제이면서도 어떻게 근원적인 것과 연결되는가를 묻는 자이다. 그리고 당연히 권력 때문에 침묵하지 않고 권력을 향해 진실을 말해야 하며 항상 묻고 대답하며 논쟁하는 자이다. 그리고 보편 가치의 적용에 차별을 두지 않아야 하며 모든 것에 동일한 표준과 규범, 척도를 적용해야 한다. 이 모든 것을 추상적이고 냉혈적으로 지켜 나감으로써 도그마나 신앙으로 화석화하는 것이 아니라, 목소리를 내지 못하는 사람들, 스스로 재현하지 못

하는 사람들, 힘없는 사람들에 대한 사랑과 그들의 상태에 대한 애정 어린 관심을 통해 늘 그것을 교정 가능한 것으로 열어 둘 줄 알아야 한다.

이렇게 사이드의 지식인론을 읽고 요약해 보면서 자연스럽게 나 자신을 돌아보게 된다. 적지 않은 부분에서 나는 사이드가 말하는 지식인, 아니 지성인의 모습을 가지려고 노력하고 있기는 하다. 나 역시 보편 가치를 가장 중심이 놓고 사적으로는 그것과 위배되는 행위를 하지 않으려고 애쓰며, 공적으로는 그것과 위배되는 타인이나 집단의 행동에 대해 비판하고 거부하며 그것을 말과 글로 표현하기를 주저하지 않는다. 그리고 그로부터 생기는 불이익을 어느 정도는 늘 감내할 준비가 되어 있다. 그리고 모든 것을 감각적으로 파악하는 대신, 그 역사성 속에서 본질적으로 파악하려고 애쓰며 모든 것을 내 개인의 문제이자 근원적인 문제로 받아들여 심사숙고한다. 그리고 독립성을 유지하기 위해 직장을 제외하고는 나의 보편적 가치판단과 신념에 영향을 줄 수 있는 종교, 당파, 집단에도 속하지 않으며, 만일 내가 불가피하게 혹은 일시적이나마 관계를 맺고 있는 어떤 기관이나 단체, 집단이 나의 신념과 보편적 가치와 위배되는 선택을 하거나 행동을 할 경우 언제든지 그것들을 비판하거나 그것들과 결별할 준비가 되어 있다. 나의 전문 분야에 몰입되지 않고 일반적인 문제에 늘 관여하고 대답할 수 있도록 늘 긴장하고 공부하려고 노력한다. 그리고 나의 기준과 척도를 공평무사하게 적용하기 위해 늘 자기 성찰을 수행한다. 또한 항상은 아닐지 몰라도 억울한 사람, 가난하고 빼앗긴 사람들을 생각하고 그들의 억울함과 비탄과 고통 앞에서 함께 억울해하고 슬퍼하고 고통을 느낀다.

내게 이것은 이미 20대 초반부터 그렇게 후천적 본성처럼 되어버렸다. 한 사람의 사적인 인간으로 나만의 행복이나 이익을 위해 살아가겠다는 생각을, 거듭된 군사독재 체제와 싸워 나가지 않을 수 없었던 젊은 시절부터 끝없이 부정하며 살아왔던 것이다.

하지만, 사이드가 말하는 지성인이 되기에는 결격 사유도 적지 않다. 우선 보편 가치가 무엇이며 그것은 어떻게 실현될 수 있는가를 알기 위해선 정말 끝없이 공부해야 하는데 여전히 공부가 부족하고 노력이 따르지 못한다. 그 결과 내게 영향을 받아 자신의 삶을 결정해 나갈 나의 청중, 나의 독자들을 적극적으로 늘려 나가지 못한다. 사실 그런 욕심도 많지가 않다. 나는 적극적 지식인이 못 된다. 그 대신 남에게 해를 끼치지는 않지만 나 자신을 위한 소소한 일들에 너무 많은 시간을 빼앗긴다.

그리고 내가 태어난 대한민국이라는 나라에 대한 애국심 같은 건 잊은 지 오래고 종교도 없으며 특정 당파에 속해 있지도 않지만, 여전히 가족이나 친구나 가까운 사람들에 대해서는 보편 가

치를 가차 없이 적용하는 데 힘겨워한다. 그 경우 적극적으로 그들의 이해를 옹호하지는 않지만 대개 침묵함으로써 그들의 오류를 묵인하는 경우가 많다. 그럴 경우 얼마간 나 자신을 질책하거나 학대하는 것으로 대신한다.

잘못된 모든 것에 대해서 늘 전투적으로 각성되어 있지 못하고 논쟁적이지도 못하다. 그것은 한편으로는 그 대상에 대한 '역사적 이해'를 하는 과정에서 일정한 연민이나 용서가 일어나 버리기 때문이기도 하고, 때로는 그 문제를 끝까지 물고 늘어지면 거기에 대해 역시 끝까지 책임을 져야 하는 것에 대한 부담감 때문이기도 하다.

특히 구체적이고 작은 문제일수록, 그리고 거기에 조금이나마 내 이해관계가 걸려 있을수록 나는 싸움을 하지 못한다(반면 문제가 클수록, 내 문제와 거리가 멀수록, 나는 잘 싸우고, 잘 버티고, 과격해진다). 내 문제니까 나선다는 소리를 듣고 싶지 않은 까닭이다. 하지만 이렇게 작고 가까운 문제에 대한 침묵이나 회피가 거듭될수록 자꾸 타협하는 습관이 생기고, 좋은 사람 소리나 듣게 되고, 그게 축적되면 정말 가까운 사람이 씻을 수 없는 과오나 범죄를 저질렀을 때 제대로 비판하지 못하거나 그 때문에 고통받는 사람들의 편에 서지 못하게 된다. 따지고 보면 적은 늘 가까운 곳에 있게 마련이다.

지식인으로 사는 일이 쉬운 일은 아니다. 누가 시켜서 할 수 있는 일도 아니고, 책을 읽다가 그야말로 '진리'가 시키는 대로 따라가면 저절로 되는 일도 아니다. 그렇게 될 수 있는 일이라면 왜 이렇게 지식인다운 지식인을 찾기 힘들겠는가. 그것도 일종의 운명이다. 살아오는 동안 도저히 그렇게 하지 않으면 안 될 어떤 생의 충격을 경험한 사람들만이 그렇게 된다. 내 경우도 마찬가지다. 대학 신입생 시절에는 경찰에게 개처럼 끌려가는 선배들의 모습, 공장에서 거리에서 비참하게 살아가던, 대학을 다니지 못했던 내 동년배들의 모습을 보며 나는 저 사람들을 두고 내가 행복하게 살 수는 없겠구나 생각했다. 그리고 내가 남들을 움직일 수 있게 되었을 때는, 내 말에 책임을 지기 위해서, 혹은 내 말을 듣고 자기 삶의 방향을 바꾸거나 정한 사람들에 대한 부채 때문에 나는 지식인의 길을 가지 않을 수 없게 되었다.

그러나 지식인임을 자처하고 살아가고 있는 지금에도 안락하고 아무 생각 없이 사는 것에 대한 유혹, 아니 그것까지는 아니더라도 문제를 회피하거나 적당히 넘어가고 싶은 유혹, 혹은 온건하고 균형 잡힌 사람 소리 들으면서 살고 싶은 유혹, 나의 지식과 인맥 등에 적당히 기대서 명성이나 쌓고 미시권력이나 누리며 살다 가고 싶은 유혹에 늘 시달리면서 산다. 하지만, 그래도 아직껏 내 양심의 지침은 아슬아슬하게 0도 주변에서 흔들리며 내 젊은 날의 열망과 각오가 질펀하게 녹아내리지 않도록 해 주고 있다. 이젠 더 가열차게 채찍질을 하기도 힘들지만 이제 와서 다르게 살기도 힘들다.

썩지 않으면서 이대로 조금씩만 더 나아갈 수 있으면 좋겠다.

취향의 문제

2011년 12월 11일(일) 흐림

평범한 일요일이 가고 있다. 여느 때처럼 진공청소기로 청소를 하고, 이불 홑청과 시트 빨아 너는 날. 딴 날과 다른 점은 콘서트가 있었다는 것. 지난 목요일 베토벤 바이올린 협주곡과 베를리오즈의 교향곡 〈환상〉을 공연했던 블라디미르 아시케나지와 필하모니아 오케스트라가 오늘은 라벨 피아노 협주곡과 드뷔시의 〈라 메르〉, 그리고 뒤카의 〈마법사의 제자〉와 파야의 〈스페인 정원의 밤〉 등 프랑스·스페인 레퍼토리를 묶어 공연을 펼쳤다.

라벨과 드뷔시, 그리고 뒤카 등 프랑스 19세기 작곡가들의 작품들은 좋게 말하면 현대적이고 나쁘게 말하면 고전적 풍취가 좀 부족하다. 문자 그대로 클래시컬(classical)하지 않은 것이다. 물론 그건 거의 철저하게 고전 취향인 내가 문제지 그들이 문제는 아니다. 명확한 주제부들의 대위법적 전개를 주로 하는 독일계의 고전적 작품들을 즐겨 듣다가 그와는 확실히 다른 이들의 작품을 들으면 뭔가 아쉬움이 남는다. 잔재미는 있는데 묵직한 감동은 오지 않는 것이다. 특히 오늘 들은 곡들은 전부 그렇다. 라벨의 피아노 협주곡도 화사하고 장식적인 면이 강하고, 드뷔시의

〈라 메르〉는 그야말로 인상주의 표제음악의 전형으로 바다의 시각 이미지를 청각으로 옮겨 놓는 엄청난 작업이긴 하지만 부분들의 뛰어남에도 불구하고 전체적으로는 그야말로 인상만 남는 곡이다. 뒤카의 〈마법사의 제자〉야 소품에 가까우므로 뭐라 말할 것도 없지만.

그런데 지난 목요일에 확인했던 아시케나지의 노심초사하는 디테일한 지휘법이 이들의 곡에는 아주 잘 어울린다. 첫 곡인 〈마법사의 제자〉에서부터 마치 그림을 그려서 보여 주는 듯한 그의 지휘법이 표제음악에 잘 어울린다는 생각을 했는데, 특히 드뷔시의 〈라 메르〉의 경우엔 지휘 동작이 보이지 않는 소리를 하나하나 붙잡아서 자신의 몸짓과 지휘봉의 움직임에 그대로 실어 놓는 듯 음악과 진정 혼연일체가 된 지휘를 하는 것이다. 선이 굵은 음악에서는 지나치게 쇄말적이다 싶은 지휘가 이처럼 디테일이 부각되는 섬세한 음악에서는 정밀한 해석을 하고 있다는 느낌을 주는 것이다. 아무튼 그의 이런 지휘법 덕에 오늘 공연은 또 나름의 성과가 있었다. 피아노 협연을 한 장 에프렘 바부제라는 젊은 피아니스트로부터는 그리 깊은 인상은 받지 못했다.

어제 킹스턴에 산책을 나갔다가 레코드 콜렉터 센터에 들렀더니 HMV ALP, 데카 LXT 등 모노반들 말고도 EMI ASD나 빅터 SB 등 스테레오반들까지 근 200장가량을 무조건 장당 1파운드에 파는 깜짝 세일을 하고 있었다. 영국에서 다시 LP 붐이 인다더니 왜 이렇게 음반 가게들에서 LP 투매를 하는지. 어쩌면 LP의 인기 하락이라기보다는 클래식의 사양화에 원인이 있는 듯싶다. 팝이나 재즈 판들은 투매하지 않으면서 클래식 판들만 싸게 파는 것으로 보니 그런 생각이 든다. 아무튼 떨리는 손으로 스물일곱 장을 골라 카운터에 가져갔더니 현찰로 내면 20파운드에 주겠단다. 지금 이 판들을 듣고 있는데 재킷은 낡았어도 역시 본고장 판들이라 그런지 소리는 좋다. 돈을 쓰고 왔는데 어쩐지 돈을 벌어 온 기분이다.

대영제국의 유산

2011년 12월 13일(화) 맑음

지난밤에는 비가 제법 내렸다. 턴테이블에서 나오는 음악 소리에 섞여 뭔가 사그락사그락 하는 소리가 나기에 음반 잡음으로 알다가 혹시 해서 커튼을 열어 보니 꽤 굵은 빗방울들이 창문을 때리고 있었다. 우기에 접어든 런던. 여기 온 지 석 달이 되도록 이 같은 소나기를 본 적이 없었는데 12월 중순 한겨울에 장맛비처럼 창을 때리는 비가 내린다. 잠자리에 들어서도 창을 두드리는 빗소리는 계속되어 이 빗소리를 타고 가면 불면의 힘겨운 골짜기도 쉽게 건너갈 수 있을 것 같았다.

그러나 모처럼 속삭이듯 창을 가볍게 두드리던 빗줄기로도 잠은 오지 않았다. 아니 오지 않은 게 아니라 온 듯 만 듯, 한 시간 혹은 두 시간 간격으로 계속 의식이 말짱하게 돌아오길 반복해 나는 마치 술래잡기를 하듯 목마르게 잠을 좇아 다녀야 했다. 그러다 새벽 5시 혹은 6시, 때론 7시나 되어야 머릿속 새된 각성이 풀려 비로소 조금 잔 듯이 잠을 자게 되는 것이다. 그 덕에 요즘는 9시 전후가 되어서야 아쉬운 잠자리를 털고 일어난다. 벌써 사나흘째 이렇다. 그나마 오늘 아침엔 9시에 약속이 있어서 가장 잠이 잘 오기 시작한 그 시간에 알람 소리를 끄고 일어서야 했다.

밤잠이 그렇게 부실하니까 낮에도 정신이 개운할 리가 없다. 특히 아침을 먹고 나서 다른 때 같으면 맑은 정신으로 책장을 열어야 하는데 그때부터 졸음이 다시 오고 정신을 차리고 싶어도 졸음과 피로 때문에 오슬오슬 한기와 함께 무기력 상태가 온다. 그러면 결국 자리로 돌아가 낮잠을 자야 하는 악순환에 발을 들여놓게 되는 것이다. 항히스타민제를 먹은 지 20일이 넘는데 이제 내성이 생겨 그 덕에 잠을 잘 자던 좋은 날들은 끝난 모양인지 오히려 약을 안 먹던 때보다 더 잠이 안 온다. 밤에 캐모마일 차를 마셔도, 컴퓨터 화면을 보다가 잠자면 혹시 시신경에 남은 잔상들이 잠을 방해할까 봐 자리에 들기 전 30분 정도는 컴퓨터를 보지 않고 요가 동작을 하거나 눈을 감고 안정을 취해도, 아예 잠들기 전 한두 시간 동안 책을 읽으며 '언플러그드' 상태로 있어도 결과는 마찬가지다. 밤에 잠을 잘 자야 멜라토닌 분비가 활성화되고 이것이 다른 신체 기능에도 좋은 영향을 주게 되어 있는데 이처럼 다시 불면의 날들이 지속되다니…….

오늘 아침 9시 약속이란 건 다음 주 월요일이면 귀국하게 되는 K교수 부부와 Y교수 부인이 오늘 캠프턴 파크에서 열리는 앤틱 마켓(골동품 시장)에 가는데 굳이 나더러 같이 가자고 해서 구경 삼아 나서겠다고 하는 통에 생긴 이른 아침 약속이었다. 원래 이런 손때 묻은 골동품들을 보면 그냥 지나치지 못하는 성격인데 이번에 런던에 와서는 도통 이런 앤틱 마켓을 찾아다니지를 않았다. 이 역시 관광객이 아니라 체류자라는 정체성이 작용한 결과일지도 모른다. 동네 채러티 숍도 말하자면 앤틱 숍이긴 한데 거기서도 정말 옷가지 같은 생필품에 더 눈이 가지 소소한 골동품들에는 눈이 가지 않았던 것이다.

그런데 오늘은 모처럼 마음을 먹고 그들을 따라나섰다. K선생네는 다음 주 월요일이면 이곳을 떠나니까 기회가 닿는 대로 만나야 할 것 같고, Y선생 부인도 자기가 좋아서라기보다는 혹여나 내게 필요한 것들이 있어서 그 기회를 놓칠까 하는 마음으로 같이 가자는데 그 호의를 거듭 무시하면 안 될 것 같았다. 켐프턴 파크는 햄프턴 코트에서 얼마 떨어지지 않은 곳에 있었다. 그곳 커다란 공설 운동장에서 매월 둘째와 마지막 화요일에 커다란 앤틱 마켓이 열리는 것이다.

9시가 조금 넘었을 뿐이고 겨울바람이 꽤 차가운데도 드넓은 운동장에는 수많은 골동품 상인들이 이미 거대한 진을 치고 있었고 구경 나온 사람들도 상당히 많았다. 식탁, 소파 등 가구들과 운동기구, 온갖 정원용 박스, 도구들부터 의류, 악기, 카메라, 현미경 등 광학기기, 가죽 제품, 자잘한 기념품, 액세서리 등 언뜻 보기에도 엄청난 물건들이 실려 와 펼쳐져 있었다. 보아 하니 팔러 나온 사람들도 그저 물물교환 삼아 나온 아마추어들이 아니고 대부분 전문 골동품 수집 판매상들로 보였다. 멀리는 중세시대부터 가까이는 지난 세기에 이르기까지 대영제국의 거대한 물산과 문화와 어쩌면 낭비의 부피가 이러한 전문 앤틱 마켓을 만들어 내고 후손들을 적지 않게 먹여 살리고 있으며 우리 같은 이방인들의 호주머니까지 이렇게 열게 한다고 생각하니, 골동품들의 미로를 헤매면서도 마음 한켠은 어쩐지 가볍지가 않았다. 아닌 게 아니라 구경 나온 사람들 중에는 현지 주민들 외에도 한국과 일본 그리고 더러는 중국의 여인네들이 상당수를 차지하고 있었다.

나도 처음엔 그저 구경만 하다가 결국 몇 가지 골동품에 손을 대고 말았다. 낡았지만 오버홀도 제대로 받았고 소리도 잘 나는 트럼펫, 마음에 드는 가죽 서류 가방, 그리고 가죽 지갑에 같이 들어 있는, 섬세한 세공이 두드러지는 레터 나이프와 가위 이렇게 세 가지 물건을 손에 넣었다. 모두 해서 135파운드. 싸지도 비싸지도 않은 가격이지만 당연히 한국에서는 구하기 힘든 물건들이다. 하지만 전 같았으면 정말 시시콜콜한 온갖 것들에 다 마음을 쓰며 사고 싶어 안달을 냈을 텐데 너무 물건이 많아서인가 오히려 웬만한 것들은 대체로 시시해 보이기까지 했다. 점심은 내가 샀다. 처음부터 그러기로 작정을 하고 나왔던 걸음이다. 이들에게는 늘 자잘한 신세를 지고 있는 터라 이런 기회가 생기면 어떻게든 놓치지 않고 점심 한 끼라도 사야 한다.

집에 와서 결국은 잠의 유혹을 이기지 못하고 두 시간 가까이 내처 잤다. 낮잠은 이렇게 단데 밤잠은 왜 그 모양인지. 또 이렇게 자꾸 잠 안 온다 생각하기 시작하면 그게 또 잠을 못 이루는 요인이 된다. 그냥 되는 대로 놔두자. 거실 겸 서재를 밝히는 네 개의 등 중 하나의 불이 나가서 예비 전구로 교체하려고 불 꺼진 전구를 돌려 빼내는 순간 갑자기 다른 전구들까지 다 불이 꺼졌다. 뿐만 아니라 침실 전등, 주방 전등까지 다 불이 나가 버렸다. 아무래도 퓨즈가 나간 모양이다. 그런데 욕실의 등은 불이 들어오고 벽에 부착된 콘센트들은 모두 정상 작동한다. 주로 전등을 연결하는 쪽의 퓨즈만 따로 나간 것 같다. 1층 출입문 옆 벽에 컨트롤 박스가 있긴 한데 한국과 생긴 것도 다르고 또 이미 어둡고 해서 손을 대기 힘들어 주인에게 전화했더니 전화를 받지 않는다. 결국 하릴없이 거실에는 책상 위 스탠드 하나만의 부분조명으로, 주방은 가스레인지 위에 설치된 덕트의 조명만으로, 침실 역시 작은 스탠드 하나만으로 버티고 문제는 내일 아침에 해결하기로 했다.

갑자기 부분조명을 하니 어둠이 성큼 집안을 집어삼켰다. 책을 읽을 때는 책만, 밥을 먹을 때는 밥그릇들만 빛을 받고 방의 나머지 부분들은 궁중의 시복들처럼 어둠 속으로 물러가 내 부름을 기다렸다. 커튼을 닫고 스탠드 하나만 동그마니 켜 놓고 음악을 들으며 책을 읽으니 아늑함과 쓸쓸함이 동시에 몰려왔다. 쓸쓸한 아늑함인지 아늑한 쓸쓸함인지, 뭔가 달콤하기도 하고 쓰라리기도 한 기분이었다. 쓸쓸함은 당장 이마를 스치고 아늑함은 어딘지 아스라하니 이 기분은 노스탤지어가 분명하다. 아, 내가 집을 두고 이 먼 곳에 홀로 와 있구나 하는 생각이 잠시 들었다. 아내의 얼굴도 슬쩍 떠오른다. 내일 아침 댓바람에 빨리 전기를 고쳐야겠다. 그리고 오늘 밤에는 빗방울도 창문을 두드리지 않았으면 좋겠다.

학문적 사기

2011년 12월 14일(수) 흐림

아침에 주인에게 연락해서 전기를 고치고, 내가 지도하는 박사과정생들의 연구논문 평가서를 작성해서 메일로 보내며 생각했다. 박사과정은 박사가 되는 과정이다. 박사는 상당한 정도의 학문적 내공을 가지고 자기 전공뿐만 아니라 보다 넓은 범위의 학문 일반에 대해서 나름의 지식과 입장을 가지게 되는 학문의 프로페셔널이다. 그런 박사가 되기 위해 공부한다는 건 대단한 일을 넘어 엄숙한 일이다. 그런데 너무들 쉽게 박사가 되고자 한다. 내 제자들에 대해 하는 말이 아니다. 일반적으로 그렇다는 것이다. 우선 박사를 양산하는 대학이 문제고, 대학에서 원한다고 손쉽게 박사과정생을 받아들이는 교수들이 문제다. 나도 너무 너그럽다. 학문적 사기를 나부터도 일상적으로 행하고 있는 셈이다. 이런 타협부터 하지 말아야 한다.

오후엔 장을 봐 와서 카레를 만들어 저녁을 먹고, 내내 채만식의 『여자의 일생』을 읽었다. 채만식의 장편들에는 '타고난 악인'이 종종 등장한다. 어떤 필연성도 없이 소설 속에서 일관되게 악역을 수행하는 평면적 캐릭터들이다. 우선 『탁류』의 장형보가 그렇고, 지금 읽고 있는 『여자의 일생』의 박씨 부인이 그렇다. 그들은 이유 없는 광기를 가진 인물들로 주인공이 아니면서도 사실상 서사를 주도한다. 이들의 광기와 행악 앞에서 다른 인물들은 속수무책, 그들이 쳐 놓는 비극의 그물 속에 속절없이 사로잡히고 만다. 이런 인물들은 근대적 인물들이 아니라 전형적인 구소설적 인물들이다. 그리고 이런 인물들이 등장하는 채만식의 소설들은 『탁류』까지 포함해서 당연히 구소설적 구조를 가지고 있다.

채만식은 『탁류』의 소설적 실패 이후, 장편소설을 쓰면 구소설이 되고 그 구소설적 작품들은 전부 이런 타고난, 절대적인 숙명에 의해 좌지우지된다. 식민지하, 그것도 1940년대 군국주의 시대에 장편소설은 성공할 수 없다. 채만식은 현실의 실패, 소설의 실패라는 그 절대성 앞에서 아마도 작가로서도 지식인으로서도 그만 주저앉은 것 같다. 그를 주저앉힌 것, 그것은 현실 속에서는 일본 군국주의요, 소설 속에서는 밑도 끝도 없는 저 타고난 악인들이리라. 어쩐지 그 아날로지가 설득력이 있는 것 같다.

내 블로그를 찾아와 댓글을 자주 달던 블로거의 블로그가 오늘 홀연히 사라져 버렸다. 이런 일이 처음은 아니지만 겪을 때마다 익숙하지가 않다. 오프라인에서는 어떤 연결도 없이 오로지 온라인에서만 친분을 유지하는 관계들은 가끔 이렇게 신기루처럼 증발해 버리는 경우가 있다. 사뭇 쓸쓸한 일이다.

내 속에, 소년

2011년 12월 16일(금) 진눈깨비 그리고 맑음

또 늦잠을 잤다. 어제 12시 조금 넘어서 자리에 들었는데 오늘 아침 9시 조금 넘어서 일어났다. 아홉 시간이다. 늘 숙면을 못 취한다는 의식이 있어서 잠이 조금 잘 온다 싶으면 내처 자게 되는데 어젯밤이 그런 경우다. 의식을 잃을 정도로 잘 잔 것은 아니지만 적어도 잠 충동이 불면기계의 작동을 이겨 낼 정도는 되어서 자면서도 '계속 자자, 계속' 하며 잠에게 응원을 하며 잠을 잤다. 게다가 아침 하늘이 흐려 잠깐 눈이 떴을 때 아직 아침은 멀었다고 생각하고 잠을 더 밀어붙였더니 결국 아홉 시간이나 잔 것이다. 하지만 잘 잤다.

아침은 추웠다. 침대에서도 이불이 조금만 들려도 한기가 금세 자리를 차지할 정도였다. 최저기온 0도. 서울에서라면 아무것도 아니겠지만 여기서는 거의 한계온도다. 일어나 샤워를 하고 그래도 환기를 위해 창문 세 개를 다 조금씩 열고 한약을 먼저 먹고 아침 준비를 했다. 그동안 내내 먹던 도가니 뼈, 도가니를 다 먹고 뼈만 남은 걸 아까워 더 고았더니 제법 보얀 국물이 우러나서 그 국물에 떡과 만두를 넣어 떡국을 끓여 먹는다. 그런데 창 쪽을 보니 진눈깨비가 온다. 잠깐 동안 이 진객을 맞아 창문 앞에 붙어서 있었다. 런던에 진눈깨비가 온다. 그냥 꾸물거리는 것보다는 비가 좋고, 비보다는 진눈깨비가, 진눈깨비보다는 눈이 더 좋다. 이런 걸 보면 내 속엔 아직 소년이 살고 있다.

따뜻한 떡국 한 그릇을 잘 먹고 났는데도 여전히 좀 춥다. 보일러를 켰는데도 어쩐지 으스스하다. 재채기도 몇 번 난다. 이건 잠을 더 자라는 신호다. 거실 라디에이터 옆에 의자를 놓고 기대서 조금 졸면 될까 했는데 반쪽만 따뜻하니 더 이상하다. 결국 다시 침대로 들어갔다. 11시 30분부터 1시 15분까지 근 두 시간을 또 넋을 잃고 잤다. 자고 일어나니 그제서야 머리가 개운하고 으스스한 기운도 사라졌다. 결국 어젯밤부터 무려 열한 시간을 자고서야 몸이 잠을 깬 셈이다. 잠을 못 자도 무섭고 잠을 너무 자는 것도 싫다. 더도 말고 덜도 말고 죽은 듯이 하루 여섯 시간씩만 잘 수 있으면 좋겠다.

가득한 쓰레기를 처리하기 위해 잠깐 밖으로 나갔다. 춥다. 노골적으로 쨍하고 춥다. 진짜 런던의 겨울이 시작되었다. 내 아이폰에는 날씨 정보 어플이 기본적으로 들어 있는데 거기에 나오는 런던 날씨와 현지 날씨가 다르다. 늘 1도 정도 차이가 난다. 그러니까 서비튼이 런던보다 늘 조금씩 더 추운 것이다. 남쪽이지만 바로 템스 강을 끼고 있어서인가 보다. 어떤 땐 제법 안개도 자욱하다.

어제 저녁엔 바비칸 센터에서 존 엘리어트 가디너가 런던 심포니 오케스트라와 함께 연주하는 베토벤 교향곡 1번과 9번 공연이 있었다. 자기 오케스트라인 혁명과 낭만 오케스트라가 아니고 런던 심포니인데도 여전히 정격 연주를 고집한다. 그래서 전반부 1번을 연주할 때는 조금 식상한 느낌도 들었다. 너무 아기자기하기만 한 것이었다. 하지만 중간 휴식 이후 9번은 달랐다. 가디너가 정격 연주를 양보했을 리는 없고 베토벤 자신이 그 당시로는 정말 엄청난 규모의 교향곡을 만들었던 것으로 보인다. 1번 때와는 달리 트럼펫, 트럼본, 혼, 피콜로 등 관악 파트가 10명 이상 추가되었고, 약 40명가량의 몬테베르디 합창단과 소프라노, 메조소프라노, 바리톤, 베이스 등 네 명의 솔로가 더 들어차니까 바비칸 홀 무대가 완전히 다 차 버렸다. 그러니 정격 연주라고 해도 9번의 강렬함을 전하는 데엔 아무 문제가 없어 보였다.

솔로들은 내 짧은 견문으로야 전부 무명에 가까웠지만(베이스가 남아공 출신의 흑인 가수라는 게 특이했다) 훌륭히 자기 역할들을 해냈고, 특히 몬테베르디 합창단은 명불허전, 4악장의 그 감동을 제대로 견인해 주었다. 지휘자 가디너도 그야말로 혼신의 힘을 다해서 땀을 줄줄 흘려 가며 춤을 추듯 지휘를 했다. 가슴이 벅차오르지 않을 수 없었다. '환희의 송가'라는 별칭이 무색하지 않은, 저주받은 천재가 그 저주의 한가운데서 결국 찾아낸 저주의 사슬을 푸는 황금 열쇠, 그게 이 9번 〈합창〉 교향곡이다. 그는 자신에게 저주의 마법을 건 신에게 이 인간의 송가를 되돌려 줌으로써 자신의 힘으로 신의 항복을 받아 냈다, 라고 나는 생각한다. 그리고 그는 후대의 작곡가들에게 9번 이후에 위대한 교향곡을 절대 허락하지 않는 새로운 마법을 걸어 놓았다. 말러가 열 번째에 엄청난 규모의 '천인 교향곡'을 만들어 이 신인동형의 선배에게 도전했지만 누구도 그 시도가 성공했다고 평한 바가 없다. 이 9번 교향곡은 작게는 음악사의 한 마침표이자 봉인이며 크게는 인류 문화사의 한 정점이다. 신에 대한 인류의 예술적 도전은 그 이후로 더 이상 나아간 바가 없다.

집에 돌아오니 『황해문화』 겨울호와 회장님의 따뜻한 편지 한 통이 도착해 있었다. 내 편지를 읽고 "가슴이 저리다"는 답을 하신다. 내가 지난번 보내 드린 편지가 너무 무거웠던 모양이다. 이번 호에 실린 시와 소설들을 먼저 읽었다. 이원규의 시 「환계」를 읽으니 수경스님이 승복과 발우를 다 반납하고 홀연히 환속을 했다고 한다. 가슴이 아팠다. 작년인가 재작년인가 4대강 여주 강천보 공사장에 제자들과 함께 갔다가 오체투지 삼보일배로 온통 얼굴이 새카매진 그 스님의 단호했던 말씀 한 자락을 접한 기억이 난다. 그런데 그동안 세상에 대한 절망이 그토록 깊었다니…….

이 김 서린 북창(北窓)이 낯익다.
건너편의 회벽과 흐린 하늘도.
꼭 30년 전 그 작은 창과 닮았다.
유리가 아니라 두 겹의 비닐로 덮인 그 창,
입김을 불어 서린 김을 지워도 흐릿하기만 했던
창살로 막힌 그 창,
내다보아야 흰 바람벽과 검은 지붕과
잿빛 하늘 한 조각뿐인 그 창,
나는 무엇을 그려 돋움발까지 하고
그 작은 창밖을 하염없이 내다보았을까.
무심히 내다보는 이 가을 아침의 북창,
지금은 정말 아무것도 그립지 않은 것일까.

소외 없는 시간

2011년 12월 17일(토) 비, 맑음, 다시 흐림

아무 일도 없었다. 아내가 보내 준 소포가 배달된 것 외에는. 이곳 생활의 가장 큰 장점은 내가 일부러 도모하기 전엔 거의 아무 일도 없이 지낼 수 있다는 점이다. 끼니를 이어갈 만한 식재료를 구해 오거나 너무 가득 차 버려 어찌할 수 없게 된 쓰레기들을 버리러 나가는 일 외엔 마음만 먹으면 완벽한 무위의 시간을 보낼 수 있다. 하긴 일부러 그럴 생각이 없어도 거의 그런 식으로 시간이 흘러가고 있다. 예약해 둔 공연에 가는 것 외엔 런던 시내에 나갈 일도 없고 11월까지는 엄두를 내던 근거리 관광도 파리에 다녀온 12월 이후엔 전무다. 워털루와 킹스턴에 중고 레코드 구하러 잠깐씩 다녀온 것이 있지만 그것은 무위의 시간을 더 완벽하게 보내기 위한, 말하자면 식재료를 사 오는 것이나 마찬가지의 외출이니 무위의 근간을 흔드는 것이 아니다.

어제 저녁 S교수의 초대로 서튼에 다녀온 것은 그러니까 대단히 예외적인 일이라 할 만하다. 하지만 결정적으로 술을 못 마시는 데다가 늘 거의 정해진 몫의 밥만 먹다가 모처럼 이것저것 먹으니 금방 배가 불러 부담스럽고, 또 플랫이 아닌 단독주택인 S선생의 집은 너무 추워 내 스스로가 화기애애한 저녁 모임에 잘 어울리지 않는 상태가 되어 버려 빨리 집에 왔으면 하는 생각이 간절했다. 지극히 구심적인, 아니 거의 칩거적인 생활이다. 때마침 최저 0도를 오르내리는, 이곳 날씨로서는 가장 추운 날들이 며칠 지속되니까 마치 동면을 하는 짐승이 된 기분이다.

하지만 진짜 무위의 삶은 아니다. 정말 무위의 생활을 하려면 정신도 편안히 내려놓아야 한다. 하지만 그렇게 되지는 않는다. 또 그렇게 되어서도 안 된다. 밥 차려 먹고 책 읽고 설거지하고 책 읽는다. 간간히 조는 것, 잠깐씩 일부러 다른 생각들을 해 보는 것 외엔 그저 읽는 것의 연속이다. 그러는 동안 어느새 날은 어두워지고, 밤이 오고, 하루가 끝난다. 그리고 그 긴 시간 동안 내 정신은 우주에서 지상까지 태고로부터 미래까지 부지런히 배회를 계속한다. 묻고 대답하고 짓고 부수고 막았다가 터놓고 모았다가 흩어 놓는다.

바깥으로부터 내 의사와 무관하게 주어지는 일들에 시간을 뺏기지 않고 오로지 내 의식에서 선택된 일과 생각들만으로 모든 시간이 이루어지는 이런 경험은 정말 오랜만이다. 그러니까 모처럼 나는 '소외되지 않은 시간'을 누리고 있는 것이다. 어쩌면 이게 또 불면의 원인이 되는지도 모른다. 밖에서 주어지는 일들은 어쩔 수 없이 수행하기는 하지만 그동안 정신의 휴식을 확보하는 게 가능한데, 이처럼 나로부터 시작해서 나로 다시 회귀하는 생각들의 연쇄에는 오히려 쉴 틈이 없어 신경은 더 예민해질 수가 있기 때문이다.

오늘은 읽어야 하는 채만식을 잠시 물리치고 그제 받은 『황해문화』 이번 겨울호를 읽었다. 한국에 있을 때 최종 교료를 위해 늘 제작 마감 전에 교정지 상태로 원고들을 읽을 때와는 달리, 차분히 독자의 입장에서 수록된 글들을 읽으니 기분이 남달랐다. 편집자의 입장에서 제작 중인 원고를 읽을 때는 아무래도 글의 내용보다는 독자들에게 어떻게 전달할 것인가 독자들이 어떻게 받아들일 것인가에 더 신경을 쓰게 되는 반면, 제작에 전혀 관여하지 않고 내용도 전혀 모르다가 완성되어 보내진 책을 읽으니 온전하게 내용에 집중하게 되는 것이다.

이명박 정부 경제 정책과 운용의 문제들을 조목조목 짚어 본 특집에 이어 비정규직 문제, 희망버스, 군대 내 폭력, 한국사회에서의 에이즈, 영리병원 등이 다루어진 비평들을 지나, 영화 〈도가니〉와 소설 『도가니』, 디지털 테크놀로지 음악, 역시 디지털 복제 사진, 포스트 민중미술, 재벌 집안을 다룬 TV 드라마, 공영방송의 극단적 보수화와 종편채널 등에 관해 언급하는 문화비평 꼭지들을 읽어 나가면서 그야말로 한국사회라는 욕망과 갈등의 도가니를 모처럼 차분히 들여다보고 있다는 생각이 들었다. 이것들이야말로 내 사유의 구체성을 구성하는 질료들이고 내 생각의 육체들이다. 이런 현실적이고 현재적이며 구체적인 것들에 대해 주밀하게 생각하고 판단하는 것, 좀 더 큰 사상적 프레임을 짜는 것이 늘 같이 가지 않으면 안 된다. 이런 구체적인 문제들에 대해 올바른 판단과 대답을 하지 못하면 나머지 사유와 사상은 다 공허한 것이다. 이런 생각들을 하면서 한편 내가 주간으로 참여하는 잡지지만 『황해문화』가 무척 소중한 계간지라는 생각이 새삼 들었다. 도대체 요즘 이런 읽을거리들을 만들어 내는 영향력 있는 미디어가 몇 개나 될까 생각하면 이 일 앞에 좀 더 엄숙해져야 할 것이라 생각해 본다.

레퀴엠과의 재회

2011년 12월 19일(월) 비

종일 비가 주룩주룩 왔다. 그 와중에 일도 많았다. 오늘은 이웃 K교수네가 10개월여의 런던 체류를 마치고 귀국을 했다. 저녁 비행기를 타는 K교수네를 배웅하고 비 오는 거리를 걸어 집으로 돌아오는데 뭐랄까 허전한 기분도 있지만 나도 곧 떠날 준비를 하게 되겠구나 하는 생각이 더 강했다. 6개월은 짧구나 하는 생각이 처음 비로소 들었다. 이대로 있다가 가면 가져온 책들의 반도 못 읽고 돌아갈 게 분명했다. 건강도 챙기고 여유도 찾고 견문도 넓히고 공부도 하고……. 어차피 그걸 다 만족스럽게 할 수는 없지만 6개월이라는 시간은 그 모든 게 되다 말고 중허리가 잘리는 짧은 시간이란 걸 이제 알 것 같다.

집에 돌아오니 학교에서 메일이 와 있었다. 다음 학기 학부 두 과목 수업이 배정되었고 내가 사범대 교수협의회 회장으로 선출되었다는 소식이었다. 조금 있으면 연말정산 안내와 강의계획서 올리라는 연락이 올 것이다. 이제 단잠에서 깨어 돌아오라고, 몸은 거기 있어도 이제부터 마음은 준비를 하라고 신호가 오기 시작한다.

저녁엔 킹스 플레이스에서 8시 30분부터 하는 모차르트 〈레퀴엠〉 공연을 보러 갔다. 올해 마지막 공연 관람이다. 킹스 칼리지 합창단과 네 명의 젊은 성악가들, 그리고 제임스 콘론이 지휘하는 역시 젊은 오로라 오케스트라의 협연이다. 내가 이 〈레퀴엠〉 연주의 표준으로 삼고 있는 것은 칼 뵘의 빈 필하모닉 오케스트라와 빈 국립 오페라 합창단 녹음이니 오늘 연주가 성에 찰 리가 없었다. 하지만 이 경우 역시 레퍼토리의 카리스마가 다른 모든 것을 압도하는 경우이다. 모차르트의 〈레퀴엠〉이 어떤 곡인가. 비록 픽션이지만 영화 〈아마데우스〉를 통해 이 불후의 천재 작곡가가 죽음과 맞서면서 써 내려갔던 '백조의 노래'와도 같은 것으로 알려지게 된 곡이 아닌가.

나 역시 거의 30년 전 그 영화를 통해 처음 알게 된 이후로 내 마음속의 특별한 한 곡으로 간직하게 되었다. 그때 함께 알게 된 교향곡 25번과 더불어 모차르트에 대한 내 고정관념을 깨고 그의 화사함과 날렵함 뒤에 드리워진 고통스런 죽음의 그림자를 보여 준 게 이 곡이었던 것이다. 그러니 그저 직접 공연을 볼 수 있다는 것만으로도 감사할 수밖에. 내게 클래식의 첫 충격을 전해 준 것은 대학교 1학년 때 들었던 쇼스타코비치의 〈레닌그라드〉 교향곡이었지만, 집에 오디오기기를 들여놓고 음반을 사서 클래식 딜레탕트의 길을 걷게 해 준 것은 이 〈레퀴엠〉이었다.

일기를 쓴다는 것

2011년 12월 20일(화) 맑음

내가 생각해도 일기를 참 열심히 쓴다. 집을 떠나 파리에 도착한 지난 8월 24일부터 지금까지 계속 일기를 쓰고 있다. 그게 119일인데 지난 11월 초에 아일랜드 기행을 따로 쓴 것까지 포함하면 오늘까지 95일치의 일기를 써 대고 있다. 대학 시절에 일기를 끊은 이후로 30년 만에 다시 이어 쓰는 것치고는 꽤 오래간다.

일기 쓰기가 쉬운 일은 아니다. 산다는 게 어떨 때는 나날이 새롭기도 하지만, 어떨 때는 한없이 지루하고 똑같아서 딱히 쓸 무엇이 없는 날들도 많은 것이다. 그리고 매일 이렇게 무언가를 해야 한다는 것, 그것도 그냥 습관적인 일상이 아니라 그 일상을 돌아보고 거기서 무언가를 끄집어내서 생각하고 돌아볼 거리를 만들어 글로서 조형을 해내야 한다는 게 쉬운 일일 수가 없다. 그리고 그 자체가 일상이 되고 짐이 되어서 쓰기 위해 쓰는 지경이 되면 그것은 안 쓰느니만 못하게 된다. 그런데 아직도 그러지는 않은 모양이다.

아마도 홀로 이렇게 외떨어져 있다는 사실이 여기서 보내는 나날을 지루한 일상으로 만들지 않고 있는 모양이다. 그리고 한편으로는 멀리 떨어져 지내게 된 아내에게 블로그에 편지 대신 일기를 가급적 매일 써서 내가 어떻게 지내고 어떤 생각을 하고 있는지 알려 주겠다는 약속을(말로 한 약속이지만) 지킨다는 의미도 있을 것이다. 하지만 무엇보다 이렇게 집을 떠나 멀리 와서 보내는 6개월이라는 소중한 시간이 그저 부스러져서 허공중에 날아가 버리고 나중에 내가 거기서 무얼 하고 살았는지 무슨 생각을 했는지조차 알지 못하게 되는 게 은근히 두려웠던 모양이다.

혹 계획했던 공부가 다 안 되고 생각했던 일이 제대로 마무리가 안 되더라도 그 사실과 연유를 기록한 이 일기만은 남지 않겠는가 하는 생각이 이렇게 이 일기를 꾸준히 쓰게 만드는 내적 동력이 되는 것 같다. 말하자면 이 일기는 이곳에서의 나날들이 허공중에 떠돌아 흩어지지 않게 만드는 닻과 같은 역할을 하는 셈이다. 이제는 살아가는 하루하루가 그냥 흘려보내기 아까운 나이가 된 것일까. 2월에 집에 돌아가서도 이 나날의 글쓰기를 계속할 수 있을까. 잘 모르겠다. 앞날은 앞날에 맡기도록 하자.

자랑 혹은 병

2011년 12월 24일(토) 맑음

아침엔 윔블던 부근에 가서 스피커를 가져왔고, 오후엔 런던 북쪽 동네에 가서 앰프를 가져왔다. 그리고 저녁에는 마침내 오디오 시스템 일습을 갖춰 놓았다. 오디오의 본산 영국이지만 이번엔 오디오에 손을 안 대고 돌아가리라 생각했지만 이런저런 상황의 변화가 생겨 버려 결국 싸게 산다는 것 하나를 위안 삼아 얼마간의 돈을 오디오 구입을 위해 지출하게 된 것이다. 이왕 마음먹은 것, 시간을 끌 내가 아니다. 속전속결, 마음먹은 지 딱 일주일 만에 이 모든 걸 해치웠다. 자랑삼아 하는 말이 아니다. 젊을 때 같으면 이런 집중과 실행력을 내놓고 자랑스러워했겠지만 지금은 좀 끔찍하다. 지난 일요일부터 이베이 사이트를 들여다보기 시작해서 오늘 원하는 모든 것을 다 확보한 것이다.

그 사이에 대상이 되는 오디오 브랜드에 대해 조사 연구를 하고, 국내 브랜드 동호회 사이트의 몇천 건이 되는 게시물들을 훑어보고, 가격과 기타 조건에서 지금 내게 가장 적합한 제품이 뭔지 고민을 하고, 그것이 이 영국 이베이에 나와 있는가, 그 가격은 적당한가, 내가 응찰을 해서 과연 낙찰을 받을 수 있을까, 한국 중고 가격과 차이는 어떤가, 나중에 내 연구실에 가져다 놓을 때 어떤 문제는 없나에 이르기까지 다 고려하고, 입술이 바작바작 타는 경매 종료 순간을 서너 번(한국에서처럼 새벽이 아닌 게 그나마 다행) 거치고, 흥정까지 다 해 놓고 연락이 없는 판매자를 다그치고, 그 대안을 고민하고…….

완전히 고도의 긴장과 집중의 시간이었다. 바로 이런 긴장과 집중이 스트레스가 되고 그게 내 건강에 치명적이란 것을 잘 알면서도 막상 상황이 시작되면 가장 빠르고 가장 효율적인 결과를 얻기 위해 나도 모르게 나를 쥐어짜고 다그치게 된다. 다른 사람들 같으면 이러지 않을 것이다. 하다가 멈추기도 하고 때론 접어두기도 하면서 천천히 할 것이다. 귀국 때까지 아직 한 달도 더 넘게 남았고 당장 오디오 시스템이 없어서 큰일이 나는 것도 아닌데 이렇게 군사작전을 하듯 다그치지는 않을 것이다. 그렇다고 결과가 나쁜가 하면, 여유 있게 함으로써 어쩌면 더 좋은 물건들을 더 싸게 살 수도 있을 것이다. 나도 그럴 것이란 것을 모르지 않는다. 하지만 알면서도 그렇게 느긋하게 하지 못한다. 처음엔 느긋하게 하리라 하다가도 점차 나도 몰래 강박적이 된다.

그렇게 되는 데는 몇 가지 이유가 있다. 우선 이 일이 즐거운 일이긴 하지만 오래 질질 끌면서 느긋하게 할 만한 일은 아니라는 생각 때문이다. 이걸 빨리 끝내 놓고 내 본래의 일로 돌아가야 한다는 것이다. 둘째, 빨리 끝내되 효과는 좋아야 하므로 어떻게 하면 가장 효율적으로 할 수 있는가를 집중적으로 연구해야 한다는 것이다. 그 두 가지가 상승작용을 하면서 몰아치기가 되는 것이다. 남들이 보면 '사소한 것에 목숨 건다'고 하기 딱 좋을 모습이다. 직장에서도 이런 식으로 '어차피 할 일'이 걸리면 똑같은 양상이 반복된다. 그렇게 하기 싫어하더니 막상 시작하니까 아주 '총대를 메는' 식으로 달라붙게 되는 것이다. 나만 아니라 남들도 다그치면서. 남들을 다그칠 상황이 못 되면 혼자 남들 몫까지 다 도맡아서 매달리게 되는 것이다.

이게 내 자랑이 아니라 병이라는 걸 안 지 얼마 되지 않는다. 그래서 역시 또 이런 식으로 몰아치기를 하게 되었다. 아무래도 요 며칠 동안의 불면도 이 일 탓인 것 같다. 아까 통화 중에 아내가 한 말이 맞는 것 같다. 스트레스가 한번 오면 교감신경계에 미치는 타격이 엄청 크다고. 다행히 몸에 큰 이상은 없는 것 같지만 자각하지 못하는 나쁜 영향이 없지 않을 것이다. 이제 좀 쉬어야 한다. 그리고 이런 상황이 다시 오면 어떻게 해야 하는가 마음속으로 몰아치지 않기 위한 매뉴얼을 만들어야 할 것 같다.

오늘은 런던에서 맞는 크리스마스 이브. 카메라 하나 메고 낯선 도시의 축일밤 구경을 나가 보려 했으나 왠지 그럴 기분도 나지 않는다. 작년까지는 늘 온 가족이 모여 와인 한 병씩은 마셨는데 올해는 서울, 파리, 런던에 이렇게 뿔뿔이 흩어져 속절없이 보낸다. 살다 보면 이런 날도 있다. 그래도 평화와 안식은 우리 네

식구만은 그냥 지나치지 않았으면 좋겠다. 무엇보다 세상이 좀 살 만한 곳으로 바뀌어야 하지만 나도 한 가족의 가장이다. 가장으로서 내 가족의 안위를 돌보는 걸 그동안 너무 부끄럽게 여기며 살아왔는데 이렇게 흩어져 있으니까 오늘만은 나도 가장으로서 사랑하는 내 가족의 평화와 안식을 기원하고 싶다. 내 아내, 내 딸, 내 아들……. 생각하면 우주에 어떤 인연이 우리를 이렇게 한 가족으로 묶어 놓았는지 신기로운 일이다. 다들 잘 살자. 더도 말고 그 신기로움만큼만 행복하고 보람 있게 살아 보도록 하자.

세상에서 가장 슬픈 일

2011년 12월 25일(일) 흐림

멜라니 사프카가 흐느끼듯 노래한다. "세상에서 가장 슬픈 일은 사랑하는 사람들에게 이별을 고하는 일." 그리고 이별을 고하기 전에 이렇게 말해 둘 일이다. "그동안 고마웠어요."

하지만 아마도 더 슬픈 일은 이별도 고하지 않고 언제 잊었는지도 모르게 잊어버리는 것이다. 그 반대로 작별 인사도 받지 못하고 잊히는 일이다. 그동안 내 곁에 있어 줘서 고맙다는 말을 들으며 이별을 맞게 된다면 그건 오히려 행복한 것이다. 오랜만에 「더 새디스트 싱」을 들으면서 그런 생각을 해 본다. 그러면서 내가 아무런 예도 갖추지 않고 무심하게 떠나보낸 사람들, 떠나보낸 것들에 대해 생각해 본다. 지금이라도 그들 혹은 그것들에게 말을 건네 본다. 그 한 시절, 혹은 잠시나마 나와 함께 있어 줘서 고마웠다고, 당신 때문에 행복했었다고. 그리고 지금 내 곁에 있는 사람들, 또 나와 함께 있는 것들을 새삼 돌아본다. 그리고 말해 본다. 당신들이 있어서 얼마나 고마운지 모르겠다고, 지금 나는 당신들이 너무나 소중하다고.

오늘은 크리스마스, 그리고 일요일. 역시 아침엔 청소를 하고 이불 빨래를 했다. 별다른 일은 없었지만 아직 스피커를 연결 못 한 터라 킹스턴에라도 나가 어디 클라스 올슨 같은 생활용품 창고형 매장 같은 데라도 열었으면 싸구려 커넥터라도 우선 사 올까 싶어 점심을 먹고 집을 나섰다. 강변으로 걸어갈까 하다가 시간을 아끼려고 버스 정류장 쪽으로 나갔더니 길 건너편의 세인즈베리가 문을 닫은 게 보였다. 일요일에도 늘 여는 세인즈베리가 문을 닫았다면 킹스턴 가게들도 꽤 많이 문을 닫았겠다 싶었다. 가보면 알겠지 하고 버스를 기다리는데 10분이 지나도 버스가 오지 않았다. 뿐만 아니라 반대편 쪽에도 버스가 오는 기미가 없었고 버스를 기다리는 사람들조차 없었다.

아차, 버스기사들도 휴가로구나 하는 생각이 그제서야 들었다. 결국 차를 가지고 가기로 했다. 차를 몰아 서비튼에서 킹스턴으로 가는 동안, 거리는 완벽한 철시였다. 정말 총파업이 벌어진 것처럼, 아니 페스트라도 도는 것처럼 길가의 모든 가게, 모든 시설들이 문을 닫았고 심지어 다니는 사람조차 별로 없었다. 버스가 없는 것은 물론 자동차들도 거의 다니지 않는 길은, 내가 가다가 잠시 차를 세우고 좌우를 두리번거려도 뒤에 와서 재촉하는 차조차 없을 지경이었다. 킹스턴 다운타운도 마찬가지. 다른 날은 일방통행에 출입 금지에 도대체 다닐 수가 없던 길들인데 아주 여유 있게 천천히 한 바퀴를 돌았다. 물론 어떤 상점도 문을 열지 않았다.

천하의 명절이라는 우리의 추석이나 설날도 이렇지는 않다. 구멍가게도 열고 약국도 열고 편의점도 열고 스타벅스도 연다. 버스가 안 다니다니 말도 안 되는 일이다. 그런데 이 나라의 크리스마스는 그에 비하면 명절계의 절대 지존인 셈이다. 이 정도인 줄은 정말 몰랐다. 기차와 지하철은 다니는 것 같지만 그것도 아마 극히 제한 운행을 하지 않을까 싶다. 이날만은 모두가 쉰다. 사장도 노동자도 쉬고 생산자도 소비자도 사는 사람도 파는 사람도 쉰다. 아무도 누가 쉰다고 무어라 하지 않는다. 오늘은 밤에 약국 문 안 열어서 불편하니 슈퍼에서 약 팔아야 한다고 악을 쓰는 한국사회가 정말 야만스럽게 느껴진다.

일종의 문화충격을 심하게 받은 나는 하릴없이 집으로 돌아왔다. 덕분에 조용히 집 안에 앉아 어묵탕을 끓여 먹고 음악을 들으며 채만식의 『냉동어』를 다 읽을 수 있었다. 이른바 채만식의 친일 논란, 전향 문제, 내선일체 문제, 만주 문제, 그리고 무엇보다 내가 책 한 권으로 엮을 생각을 하고 있는 이른바 '생활' 문제까지 아주 많은 이야기가 가능한, 풍부한 텍스트임을 새삼 느꼈다. 이 작품 하나만 다층적으로 분석하는 쪽으로 논문의 방향을 바꿔도 좋을 것 같다.

주홍글씨

2011년 12월 27일(화) 흐림

어젯밤에 유로스타 편으로 파리로 건너왔다. 아침부터 새로 마련한 오디오 시스템을 점검하고 주민세, 월세 처리하고 여행을 위한 집 정리를 하느라 동분서주했는데도 6시까지 쉴 틈이 없었다. 게다가 영국은 어제까지도 기차나 전철 운행이 정상적이지 않은 데다 일부 전철 노동자들이 파업까지 하느라 서비튼에서 판크라스 역까지 가는 대중교통 편이 완전 마비되었다는 사실을 두 시간 전에야 알아 그때부터 부랴부랴 미니캡을 수배해서 무려 40파운드나 내고 유로스타가 출발하는 판크라스 역까지 이동해야 했다.

파리에 오면 첫날은 늘 약간 컨디션이 다운된다. 아무리 딸네 집이라 해도 내 공간이 아니라 남의 공간이라 아무래도 불편할 수밖에 없고 마음과 달리 예민한 몸이 그걸 놓치지 않고 투정을 부린다. 그리고 초반 불면은 런던에서나 마찬가지라 새벽 3, 4시까지 역시 잠을 못 이루고 뒤척여야 했다. 잠을 못 이루고 뒤척이면서 괜히 파리에 와서 고생인가, 연말연시고 뭐고 그저 내 일상의 리듬을 유지했어야 하는 것 아닌가 하는 생각이 들기도 했다.

'문밖이 지옥'은 너무 심한 비유고 '집 나가면 X고생'이라는 말이 적당하려나. 이럴 땐 내가 어쨌든 환자는 환자임에 틀림없다는 생각이 새삼 든다.

그래도 조금 늦잠을 자고 일어나니 기분이 개운해졌다. 그리고 무엇보다 보리가 있지 않은가. 점심을 먹고 결이와 함께 약국에 가서 보습제 등 필요한 용품들을 사 오느라 지하철을 타고 파리의 거리를 걷고 나니 과연 파리에 왔구나 하는 생각이 들고, 마침내 뒤처져 런던에 머물던 마음도 뒤늦게나마 파리에 도착했다. 파리는 런던보다 훨씬 추웠다. 내복을 입었음에도 길을 걷는 바짓가랑이 사이로 찬 바람이 싸늘하게 파고들었다. 그래도 교외의 우거에서 꼼짝 않고 지내느라 아직도 익숙지 못한 런던에 비하면 파리 중심가의 거리와 풍경들은 훨씬 더 친근하고 편안했다.

내일은 결이, 보리와 함께 차 한 대를 렌트해서 브르타뉴로 가서 2박 3일을 머물다 올 예정이다. 오랫동안 가고 싶었던 몽생미셸을 보고 저무는 2011년을 느끼고 올 생각이다. 이렇게 해외에 나와서 런던, 파리를 이웃 동네 가듯 왔다 갔다 하고 아일랜드를 가네 브르타뉴를 가네 하니까 마치 내가 오래전부터 집을 떠나 세계를 떠도는 코스모폴리탄이라도 된 기분이다. 그리고 솔직히 말하면 이렇게 떠돌며 살고 싶다는 생각이 들기도 한다. 너무나 오랫동안 한반도 남쪽 '대한민국'이라는 국적을 마치 주홍글

씨처럼 이마에 심장에 붙이고, 아니 운명인 양 등에 지고 뒤엉켜 부대끼며 살아가고 있는 게 때로는 힘겹고 끔찍해 그만 내려놓고 싶기도 하기 때문이다. 이런 생각이 들 때는 왜 수전 손택이 죽어 굳이 미국이 아닌 아무 연고도 없는 파리의 몽파르나스에 묻히기를 원했는지 알 것 같기도 하다.

물론 두 달 뒤면 나는 다시 한국으로 돌아갈 것이다. 그 아비규환의 땅으로 돌아가 기꺼이 그 아비규환에 한 목소리를 보탤 것이다. 하지만 다시는 그 내부자로 머물 수는 없을 것 같다. 끝없이 원심력이 작용하는 원주 위에 서서 저주받은 그 구심력의 소용돌이에 맞서 싸우게 될 것이다.

1월

2012
JANUARY

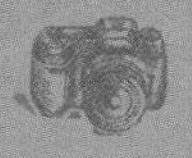

서울 집으로 돌아가 나도 점령군의 하나가 될 것이다.
물론 점령할 것은 2012년만이 아니다.
그 30년, 그 60년, 아니 우리에겐 영원했던 그 시간을 모두 되찾아 와야 한다.
이처럼 원통한 생애와, 그 생애들의 연쇄로 이루어진 그 기나긴 시간들을.

되찾아 와야 할 시간들

2012년 1월 3일(화) 비

해가 바뀌고 벌써 사흘째다. 파리에 와서 결이와 함께 짧은 여행도 하고 잠깐씩 외출도 하고 밥도 지어 먹고 하며 지내다 보니 차분히 일기 쓸 짬을 못 내게 되었다. 이걸 이 시간 안에 꼭 해야 한다는 당위의 압박 아래 놓이고 싶지 않아 일기도 매일 써야 한다는 생각을 접은 탓도 있다. 쓰게 되면 쓰고 아니면 안 쓴다. 그게 좋다. 그래야 쓰고 싶은 글을 자연스럽게, 그리고 솔직하게 쓸 수 있다. 어제 C선생께 새해 인사 메일을 보냈더니 오늘 아침 바로 답장이 왔는데 거기서 나의 이런 태도를 두고 '유가의 시간'이 아닌 '도가의 시간'을 보내는 것이라 했다. 그분다운 멋진 표현이다. 그분의 글에는 종종 그런 고전적 아취가 밴 표현들이 돋보인다. 무릎을 치고 싶을 정도로 좋은 표현들이다. 과연 맞는 말이다. 어쩌면 내가 이제 유가의 시간을 벗어나 바야흐로 도가의 시간으로 옮겨 오고 있는 중인지도 모른다.

지난 28일부터 30일까지 결이와 함께 차를 빌려 브르타뉴 지방을 다녀왔다. 굳이 그곳을 가고자 한 것은 그곳에 몽생미셸이 있기 때문이었다. 프랑스를 상징하는 조형물을 들라 하면 몇 손가락 안에 떠오르는 곳, 전체가 하나의 수도원 건물로 되어 있는 바닷가 개펄 위의 작은 섬 몽생미셸. 나는 그곳이 오래전부터 보고 싶었다. 파리에 올 때마다 언제 한번 가 봐야 할 텐데 했는데 이번에 드디어 뜻을 이룬 것이다.

파리에서 자동차로 세 시간여를 달려간 그곳엔 사진에서 본 것과 다름없이 '성 미카엘의 산'이 솟아 있었다. 드넓은 브르타뉴 개펄의 한가운데에 있는 높이 약 150미터쯤 되는 이 '라퓨타'는 1천 년 전의 모습 그대로 의연히 거기 있었다. 첨탑을 정점으로 하여 가장 아래쪽의 부속 건물들—이를테면 일종의 '사하촌'(?)—까지 하늘에서 지상, 성과 속의 위계가, 조밀한 석조의 조형 속에 하나로 통합되어 있는 이곳은 소문대로 아름답고 견고했다. 1천 년 전 10세기에 이 자리를 발견하고 여기에 수도원을 지은 베네딕트 수도회의 수도사들에게 이곳은 아마도 돌로 지어진 교리이자 완벽한 가톨릭적 우주였을 것이다.

다음 날 찾아간 곳은 생 말로. 아무런 사전 지식도 없이 만났기에 무척 놀라운 도시였다. 바다 쪽으로 길게 튀어나온 곶 전체를 둘러싼 견고한 성곽과 그 안에 건설된 대규모의 도시는 멀리서 보면 하나의 거대한 요새였고, 가까이 들어가 보면 아기자기하기 그지없는 동화 속 미로였다. 게다가 역시 개펄을 건너야 갈 수 있는 두 개의 섬과 그 위에 남은 옛 건축물의 흔적, 그리고 그 섬에서 거꾸로 바라보는 요새 도시 생 말로의 전경은 가히 절경이

라고 해도 좋을 그림 같은 풍경을 만들어 주었다. 그리고 그 섬들 중 하나 '그랑 베' 섬의 정상 바로 아래 바다를 바라보는 기슭에 자리 잡고 있는, 낭만적 복고주의 문학의 대종이라고 할 샤토브리앙의 무덤 또한 생 말로를 유명하게 만드는 명물이었다. 생 말로 출신이기도 한 샤토브리앙은 죽어 오직 바다와 바람만을 듣겠다고 자신을 거기에 묻어 달라 했다고 한다. 천박한 부르주아들과 노동자 계급에 의해 모든 것이 사라졌다고 믿은 귀족 샤토브리앙의 마지막 선택이었다. 죽어서도 혁명에 의해 더럽혀진 육지에 속하고 싶지 않았던 것이겠지. 동의하지는 않지만 이해할 수는 있을 것 같다.

2011년의 마지막 날은 오후에 잠시 눈요기 삼아 백화점 봉 마르셰에 가서 간단히 과자 몇 봉지를 사 온 것 외에는 아무것도 하지 않고 집에서 머무르면서 어묵탕을 만들어 먹은 게 다였다. 그리고 2012년의 첫날은 아침에 그래도 신년 첫날이라고 떡만두국을 끓여 먹고 게으름을 피우다가 오후엔 집에만 있을 수 없다고 근교 퐁텐블로의 숲에 나가 저물 때까지 한 40분 정도 숲길을 산책하고 온 것이 고작이었다. 그것도 자동차가 없으면 엄두를 못 냈을 텐데 아직 빌린 자동차가 우리에게 있어서 가능한 일이었다.

〈인셉션〉이라는 영화가 있다. 현실의 난관을 꿈속에 가서 해결하고, 다시 그 꿈속의 난관은 그 꿈속의 꿈에 가서 해결한다는, 그리하여 결국 자기의 오늘을 만든 저 깊은 무의식 속의 욕망과 죄의식을 만나게 된다는 그런 기막힌 이야기를 담은 영화다. 지금 내 모습을 보면 그 영화가 떠오른다. 다만 그 방향은 반대다. 서울 집을 떠나 런던에 와서 다시 집을 만들고, 그 집을 떠나 또 파리의 딸네 집에 머물고, 또 다시 그곳을 떠나 다른 곳으로 여행을 다녀온다. 내게 이 여행은 어쩌면 꿈이고, 꿈속의 꿈이다.

이 속에서 모든 것은 연기된다. 집에 가야만 모든 것의 매듭이 풀리게 된다. 브르타뉴의 풍경들은 파리에 와야 정리가 되고, 파리의 일상들은 오늘 저녁 런던에 도착해야 비로소 다시 성찰될 것이며, 런던에서의 6개월은 아마도 2월 23일 서울에 도착해야 다시 내 생의 어느 마디 속으로 들어가 자리를 잡게 될 것이다. 지금 이곳 파리의 일들은 말하자면 꿈속의 꿈의 일이다.

지난 12월 29일 밤, 브르타뉴의 한 펜션에서 김근태 형의 부음을 들었다. 오, 이런! 그가 세상을 떠나다니! 나는 너무 멀리 있었다. 나는 그 소식을 꿈속의 꿈속의 꿈속에서 들은 것이다. 처음엔 그 비현실감에 얼떨떨하다가 얼마간의 시간이 지나서야 내 눈에서 뜨거운 눈물이 흘러내리고 있는 것을 알았다. 그리고 그 순간 나는 몇 겹의 시간의 장막을 뚫고 31년 전 바로 이맘때의 남영동 치안본부 대공분실 515호실로 잠시 돌아갈 수 있었다.

그 치욕의 시간, 그 치욕의 장소. 나는 거기서 죽음의 공포를 겪었고 예수를 세 번 부정한 베드로처럼 내 양심을, 내 의지를 부정해야 했다. 근태 형은 하지만 더 이상 그 공포와 치욕을 모면할 수단을 갖지 못했다. 나는 근태 형을 비롯해 이미 저들이 잘 알고 있는 명망 있는 선배 운동가들을 팔 수 있었지만, 그에겐 더 이상 팔 누군가가 없었다. 그는 내가 살아났던 그 515호실에서 그 치욕과 공포를 고스란히 견뎌야 했고, 그것은 모든 것을 그의 목숨과 맞바꾸는 일이었다. 그의 죽음은 그때 시작되었고 2011년 12월 30일에 끝난 것이다. 나는 그의 영전에 가서 수백 번도 더 뉘우쳐야 했다. 하지만 내가 있는 곳은 꿈속의 꿈속의 꿈속처럼 너무 멀고 아득했다.

오늘 아침엔 내 자그마한 아이패드 화면을 통해 그의 영결식 장면을 보았다. 그의 유구가 실린 장의차가 명동성당 앞을 떠날 때 지금은 인천에서 구청장으로 있는 P형이 그 떠나는 장의차를 잠시 어루만졌다. 1초나 되었을까. 그가 떠나는 장의차를 어루만진 시간이? 하지만 나는 그 시간이 우리가 겪었던 지난 30년의 희망과 절망, 영광과 치욕의 시간에 맞먹는다고 느꼈다. 아니 1948년 8월 이른바 대한민국이 수립된 이후 60여 년의 그 잘못된 나날 전체와 맞먹는다고 느꼈다. 아니다. 그것은 지금 어떻게 살고 있든 젊은 날의 가장 치명적으로 빛나는 순간들을 저들과의 싸움에 바쳤던 우리에게는 영원처럼 긴 순간이었다. 나는 아이패드 화면 위로 P형과 함께 근태 형이 누워 있는 장의차를 쓰다듬으며 다시 눈물을 흘렸다. 우린 아직도 치욕 속에 있고, 그 속에서 누군가는 살아남아 있고, 누군가는 그렇게 죽어 가고 있는 것이다. 우리의 싸움은 끝나지 않았다. 이 치욕과 슬픔이 끝나기 전에는.

근태 형이 '2012년을 점령하라'는 말을 남겼다고 한다. 나의 2012년은 내일 런던에서 시작한다. 그리고 나는 내일부터 런던 한 모퉁이 서비튼의 집을 부수기 시작할 것이다. 서울 집으로 돌아가기 위해서이다. 돌아가 나도 점령군의 하나가 될 것이다. 물론 점령할 것은 2012년만이 아니다. 그 30년, 그 60년, 아니 우리에겐 영원했던 그 시간을 모두 되찾아 와야 한다. 이처럼 원통한 생애와, 그 생애들의 연쇄로 이루어진 그 기나긴 시간들을.

몽생미셸,

나는 노르망디 갯벌 위에 떠 있는
이 비현실적인 건축물을 보면
늘 미야자키 하야오의 〈천공의 성 라퓨타〉가 생각난다.
작은 섬 하나를 온전히 신을 향한
그리움으로 조형해 놓은 곳,
그들은 썰물이 빠져야만 바깥과 이어지는 이곳에서
매일 일하고 기도하며 그날을 기다렸을 것이다.
섬 전체가 두둥실 떠올라
바로 천상의 나라로 올라가는
그 현기증 나는 들어 올려짐의 날을.
나는 무신론자이지만
사람의 일 중에서 기도가
얼마나 아름답고 소중한 것인지는 안다.
그 자체로 간절한 기도의 형상인 섬,
몽생미셸.

나의 뮤즈, 오디오

2012년 1월 4일(수) 흐리고 비 잠깐

어젯밤에 서비튼 집에 돌아왔다. 프랑스 여행의 기억으로부터 일상으로의 복귀를 앞당겨 준 것은 오디오의 빠른 안정이었다. 오늘 아침에 제대로 작동시킨 새로운 시스템은 작지만 거인 같은 소리를 내뿜었다. 차이콥스키의 바이올린 협주곡과 슈베르트의 현악 삼중주, 아그네스 발차의 그리스 노래, 그리고 컴필레이션 앨범 『재즈 인 무비』를 연속해서 들은 결과는 대성공이었다. 집에서 노상 듣던 아메리칸 빈티지 시스템의 부드럽고 중후한 소리와는 완전히 상성이 다른, 힘차고 명징한 잉글리시 콤팩트 하이엔드의 제대로 된 소리가 매력적으로 터져 나왔다. 크리스티앙 페라스의 바이올린 소리는 이 정도의 중급 시스템이 현악이 약하다는 중평을 가볍게 일축하며 정말 착착 감겨 왔고, 헤르베르트 폰 카라얀과 베를린 필하모닉 오케스트라가 내는 모든 악기 소리가 하나하나 또렷이 살아서 내 작은 거실 안을 굴러다닐 정도의 고해상력을 보여 주었다. 홀리 콜이 라이브로 부르는 「콜링 유」에 와서는 정말 앉은 자리에서 벌떡 일어날 박수를 치고 싶을 정도로 임장감도 놀라웠다. 귀국하면 연구실로 들어갈 시스템이지만 앞으로 한 달 동안 이 시스템은 나의 뮤즈다.

저녁을 먹고 나서는 공부는 낼부터 하리라 생각하고 영화 한 편을 봤다. 미야자키 하야오가 각본과 제작을 맡은 애니메이션 〈귀를 기울이면〉. 첫사랑과 더불어 만들어지는 성장의 서사를 깔끔하고 기분 좋게 그려 냈다. 확실히 미야자키 하야오는 거장이라 불려도 좋을 것 같다. 도서관 책의 대여 기록지를 통해 사랑이 시작된다는 모티브는 이와이 슌지의 〈러브레터〉에서도 중요한 모티브인데 두 영화가 똑같이 1995년에 개봉한 터라 우연의 일치인지 아니면 누가 누굴 카피했는지 알 수가 없다. 〈귀를 귀울이면〉에서 할아버지는 독일에 유학을 다녀온 목공 장인이고 손자는 중학교 졸업과 더불어 이탈리아 크레모나로 바이올린 장인이 되기 위해 떠나는데, 이런 이야기가 우리 영화나 애니메이션에 나오면 비현실적이라고 하겠지만 일본의 이야기이기 때문에 비현실적 설정으로 느껴지지 않는다. 19세기 중반에 탈아입구(脫亞入歐)를 내걸고 서구화를 추진했던 일본과 그 식민지에 불과했던 우리. 그 차이가 이런 리얼리티 감각의 차이로 현상하는구나 하는 생각이 들었다. 아무튼 일본은 우리에겐 언제나 하나의 커다란 질문이고 도전이다.

창밖엔 바람이 우우거리며 무섭게 불고 있다. 이 집 뒷마당 고목에 혼자 살고 있는 청설모는 이런 밤 얼마나 춥고 무서울까.

정치적 투쟁, 윤리적 투쟁, 실존적 투쟁

2012년 1월 6일(금) 맑음

그제에 이어 어제도 바람이 엄청나게 불었다. 낮에도 바람이 심해서 낮 기온이 8, 9도였음에도 불구하고 체감온도는 영하 8, 9도라 해도 좋을 것 같았다.

K목사에게서 빌려 왔던 스피커 선도 돌려줄 겸 장도 볼 겸 오후에 집을 나섰는데 자동차 배터리가 완전 방전이 되어서 긴급구난 신청을 하는 동안 너무 추워서 차 안에서 전화를 하고 구난차량이 올 때까지 다시 집에 들어와서 중무장을 하고서야 집을 나설 수 있었다. K목사는 S교수네가 다니는 교회의 목사로 오디오 마니아이다. 이번에 내 오디오 시스템을 들이면서 도움을 얻기 위해 연락을 했더니 스피커 선도 빌려주고 CD 플레이어 문제가 생겼을 땐 와서 직접 점검도 같이 해 주고 해서 친해진 사이다. 오디오가 아니었다면 만날 수도 쉽게 친해질 수도 없을 사람이지만 마니아들끼리는 그야말로 국경, 이념, 나이, 계급을 초월해서 금방 친해지게 되어 있다. 그건 병원의 같은 병동에서 같은 병을 앓는 사람들끼리 친해지는 것과 비슷한 이치다. 아무튼 스피커 선을 돌려주러 갔다가 오디오 얘기며 이런저런 얘기를 하느

라고 거의 두 시간을 그 집에 머물러 있었다.

오늘은 하루 종일 채만식을 붙들고 있었다. 『냉동어』를 중심으로 '생활'이라는 문제가 어떻게 당대 좌파 지식인들의 의식과 자의식을 제약했는지를 검토하는 쪽으로 방향을 잡았다. 그 주제 아래 채만식과 친일이라는 문제를 부차적으로 다룰 생각이다. 선행연구 검토를 위해 RISS에서 검색을 해 보니 '냉동어'에 관한 논문이 세 편, '채만식과 친일' 관련 논문이 스무 편 정도가 나왔다. 예상한 대로 근래에 들어서는 친일 여부보다는 친일의 내적 논리를 규명하려는 시도가 많았다. 하지만 나는 채만식의 경우 친일을 기정사실로 하고 그 내적 논리를 밝히는 식의 접근 이전에 조금 더 할 이야기가 있다고 생각한다. 『냉동어』는 그것을 가능하게 해 주는 굉장히 풍부한 텍스트다. 그 풍부함을 풍부함으로 먼저 부감시키고 나머지 얘기를 할 생각이다.

저녁 식사 후엔 〈신과 인간〉이라는 영화를 한 편 봤다. 2010년작 프랑스 영화로 그해 칸영화제 그랑프리를 수상했다. 얼핏 알제리 내전 중의 한 수도원 이야기라는 정보만 가지고 영화를 보면서 나는 알제리 내전을 1960년대의 알제리 해방전쟁과 혼동하는 통에 60년대에 어떻게 컬러 TV가 있고 카세트테이프가 있나 싶어 황당하기도 했고 민족해방동맹(FNL)을 마치 테러리스트처럼 형상화하는 것도 마뜩잖아 했는데, 아무래도 이상하다 싶어 중간에 다시 검색을 해 보니 알제리 내전은 1990년대의 일로 1960년대 중반 이래 FNL 정권이 점차 군사독재화하고 민주화 요구가 이는 가운데 일부 이슬람 근본주의 세력들이 게릴라화하여 정부군과 벌이는 내전이라는 것이었다. 그러니까 1960년대 중반에 프랑스가 알제리 지배를 끝낸 이후에도 가톨릭 수도원들이 알제리에 그대로 남아 있었고 그 수도사들이 1990년대에 들어 내전에 휘말리게 된 것이 이 영화의 배경이었던 것이다.

영화는 아주 느릿느릿 흘러갔다. 부상자를 치료해 달라거나 약품을 내놓으라고 위협하는 이슬람 근본주의 테러 세력과, 병력을 배치해서 보호해 주겠다는 제안을 거절하자 테러리스트들과의 내통을 의심하는 정부군 사이에서 곤경에 빠진 작은 트라피스트 수도원의 아홉 수도사들. 이들이 이 이 위협을 피하느냐 아니면 정면으로 감수하느냐를 놓고 고민하다가 결국 모두 수도원을 지키기로 결정하고 마음의 평화를 얻은 직후에 그중 일곱 명이 테러리스트들에게 납치되어 살해되기에 이르는 실화를 이 영화는 조용조용한 목소리와 느린 속도로 전해 주고 있다.

하지만 영화가 전하는 윤리적 무게는 묵직하고 자못 큰 격동을 준다. 그리고 너라면 저기서 어떻게 하겠느냐 하는 물음으로 내게 다가온다. 이제는 무신론자가 되었지만 한때 기독교도였을 때, 내가 가장 감명 깊게, 혹은 가장 무겁게 받아들인 찬송가

한 구절이 있다. "거기 너 있었는가, 그때에, 예수 십자가에 달릴 때." 이 구절은 그 이후에도 계속 내 삶의 심층에 남아 있었다. 나에겐 고통받는 사람들이 있는 곳, 불의가 있는 곳이 곧 예수가 십자가에 달린 그곳이었고, 내가 거기 있었는가, 그로부터 도망치지 않았는가를 늘 물으면서 살아왔다. 물론 도망친 적이 더 많았지만, 그 자의식, 그 물음으로부터만은 도망칠 수 없었다.

그들 일곱 명의 수도사들은 그 어느 쪽과 맞서 싸우지도 않고 오직 그들을 거기에 있게 한 운명을 조용히 받아들였다. 이슬람 근본주의자들에게도 반대하고 부패한 FNL에게도 반대한 그들은 정치적으로도 옳았지만, 정치적 투쟁을 한 것이 아니라 수도원에 끝까지 남아 자신들의 신앙을 지키고 신도들과 함께 하는 윤리적 투쟁을 벌인 것이다. 대개 정치적 투쟁보다 윤리적 투쟁이 더 오래 남으며, 윤리적 투쟁을 수반하지 않는 정치적 투쟁은 타락한다. 그것을 실존적 투쟁이라 불러도 좋다. 아니 실존적 투쟁이다. 극한의 상황 속에서 어떤 선택을 할 것인가 하는. 나는 거기서 승리하는 인간을 영웅이라 부른다. 그리고 어줍지 않지만 나도 그런 영웅이 되고 싶어한 적도 있다. 이 영화는 내게는 종교영화가 아니라 이런 실존 투쟁의 영화였다. 내 마음의 필모그래피에 오래 남을 영화가 하나 늘어났다.

내가 누우면 시간도 누울 것이다

2012년 1월 11일(수) 맑음

바쁜 이틀이었다. 시작한 논문은 단 한 줄도 나가지 못하고 어제부터 갑자기 잡다한 일들이 몰려와서 이틀째 차분히 책상 앞에 앉아 있지를 못했다. 3개월치를 한꺼번에 내야 하는 전기 요금, 수도 요금, 가스 요금을 모두 납부하고 2월 6일 파리행 페리와 2월 8일 런던행 페리와 2월 11일 다시 파리행 유로스타를 예약 예매하는 등 한국 집으로 돌아가는 마지막 일정들을 챙기다 보니 비록 물리적으로는 한 달이라는 시간이 남았지만 마치 중력가속도가 붙은 것 같이, 혹은 막혔던 물이 한꺼번에 빠져나가는 것처럼 갑자기 시간이 급전직하하는 느낌이다. 아니 어쩌면 내 마음이 급전직하하는 것인지도 모른다. 이제는 점차로 여기 생활에 대해 생각하는 것과 돌아간 이후를 생각하는 것 사이의 비율이 엇비슷해지기 시작하고 바로 그만큼씩 시간의 체감 속도도 빨라지는 것이다.

아무래도 책이나 더 집중해서 읽을 것을, 괜히 논문을 쓰기 시작했나 싶다. 이런 식으로 어수선한 상태에서는 글쓰기가 힘들기 때문이다. 특히 논문은 쓰다가 밀쳐 두면 생각의 흐름과 구조가 흐트러져 다시 쓸 때 좀처럼 앞에 했던 생각들의 실마리를 잡아내기가 쉽지 않다. 그래서 적어도 대여섯 시간 정도의 온전하게 방해받지 않는 집중된 시간을 필요로 한다. 적어도 한 묶음의 생각들이 글로 다 표현되기 전까지는 다른 것들이 끼어들면 안 되기 때문이다. 그런데 이처럼 자꾸 다른 일들이나 생각들이 틈입을 하면 차라리 논문을 멈추고 책을 그때그때 읽는 게 더 낫다. 그러지 않으면 책도 못 읽고 논문도 못 쓰는 산만한 시간들이 낱낱이 흩어져 날아가 버린다.

하지만, 흘러가는 대로 두자. 이번에도 마찬가지다. 내가 뛰면 시간도 뛰고, 내가 누우면 시간도 누울 것이다. 그런 생각으로 어떤 일이든 조급히 하지 말자.

로체스터에서 만난 사내

2012년 1월 19일(목) 흐림

어제 로체스터에 다녀왔다. 생소한 곳이다. 런던에서 동쪽으로 약 50마일. 템스 강 하구 아래쪽에 마치 또 하나의 하구가 있는 것처럼 움푹 들어와 있는 미드웨이 만이 있고, 그 만의 안쪽으로 형성된 또 하나의 좁은 협만을 끼고 있는 도시가 로체스터다. 어제만 그랬는지 아니면 바다 때문에 늘 그런지 유난히 안개가 자욱하고 흐렸다.

며칠 전에 유명한 소형 프리앰프인 쿼드 33 한 대를 이베이에서 정말 싼 값에 낙찰받았다. 72파운드, 한국 돈으로 12만원 정도밖에 되지 않는 헐값. 시작가가 50파운드, 경쟁자도 두 명밖에 없었고 최고 응찰가 100파운드를 써냈더니 67파운드를 써낸 다른 사람보다 5파운드 위인 72파운드에 내가 낙찰을 받은 것이다. 그럴 만했다. 물건 사진이라고 올라온 것이 하도 시원찮아서 유난히 때가 더 많이 앉은 것처럼 보였고, 적당히 과장을 해도 다 감안해서 듣기 마련인 매물 설명도 "작동 잘됨, 연한 감안하면 괜찮음"이 전부였다. 게다가 물건을 배송해 주겠다는 것도 아니고 자기 사는 데까지 와서 가져가야 한다는 것, 즉 '픽 업 온니'가

조건이었다. 말하자면 안 팔릴 만한 조건은 두루 갖춘 셈이다. 이런 물건은 둘 중의 하나, 그야말로 복불복이다. 인상처럼 정말 형편없는 물건이든지, 아니면 판매자가 워낙 장삿속이 없어 그렇게 안 팔리게끔 내놓았지만 사실은 괜찮은 물건이든지.

그 쿼드 33이 있는 곳이 로체스터였다. 이메일로 주소와 포스트 코드, 전화번호를 확인하고 11시 반이 조금 넘어 서비튼을 출발했다. 그 판매자가 사는 곳은 보트 야드. 나는 바닷가에서 보트나 요트를 취급하거나 관리하는, 조금은 낡은 바닷가 오두막에 사는 히피형의 사내를 떠올렸다. 내비게이터가 이끄는 대로 바닷가 가까이 가는 길은, 그러나 잘 포장된 부두로 이어진 길이 아니라 질척이는 비포장길이었고 주변은 재활용 쓰레기 야적장, 무면허 자동차 수리 센터, 그리고 이름 모를 커다란 자재들이 아무렇게나 쌓여 있는 야적창고들뿐이었다. 그리고 그가 전화로 일러준 그 마지막 장소는 이제는 부두로서 기능을 상실한 폐부두였다. 거기엔 배들이 있었지만 그 배들은 더 이상 바다로 나아가지 못하는 폐선들이었고 이제 얼기설기 개조되어 사람들이 사는 집들이 되었다.

이곳은 로체스터의 슬럼 지역이었던 것이다. 영국에도 이런 곳이 있기는 있었다. 나는 적이 놀랐다. 이제는 쓰레기와 정체 모를 커다란 마대 자루들이 쌓인 옛 부두에는 남아시아 계통의 눈자위

가 유난히 깊은 아이들이 제멋대로 뛰어놀고 있었고, 히잡 두른 머리 위에 커다란 짐을 진 뚱뚱한 중년 여인이 그들을 불러 모으고 있었다. 그 가난한 풍경 사이로 한 사내가 절룩거리며 다가왔다. 그가 쿼드 33의 어수룩한 판매자 '리'였다. 머리도 하얗게 세고 얼굴에 너무나 주름이 많은 깡마른 사내. 얼핏 나이가 짐작되지 않는 얼굴이었다. 그를 따라 그의 배, 그의 집으로 갔다. 높이 한 5, 6미터, 길이 한 20미터쯤 되어 보이는, 한때는 어선이었던 것으로 보이는 낡은 잿빛 목선이 그의 집이었다.

그를 따라 좁은 나무 계단을 타고 선실로 내려갔다. 그는 목수였다. 선수 쪽에는 그가 나무를 깎고 다듬는 작업장이 있었고 가운데 부분에는 얼기설기 만들어 놓은 욕실과 주방이 있었으며 선미 쪽에는 거실이랄까 아무튼 그의 생활공간이 있었다. 거기 그의 음악도 있었다. 낡은 소파 하나, 의자 두 개, 작은 탁자 위에 그래도 40인치는 됨 직한 LCD TV가 있었고, 그 앞에 그가 내게 팔아 버린 쿼드 33과 한짝인 303 파워앰프와 싸구려 소니 CD 플레이어, 그리고 33을 대체할, 그러나 아무래도 몇 단계 아래일 듯한 뮤지컬 피델리티의 소형 프리앰프가 있었고, 그 탁자 좌우에는 모던 쇼트의 소형 톨보이 스피커가 하나씩 놓여 있었다. 그리고 한켠에는 그래도 장작을 때는 무쇠 난로가 발갛게, 이 사내의 을씨년스런 공간을 덥혀 주고 있었다.

나는 왜 33을 파느냐고 물었다. 이 33 소리가 너무 밝고 강하기 때문이란다. 나로서는 금시초문. 33 소리가 밝고 강하다니. 정말 그런지 소리나 한번 들어 보자고 했다. 그가 커피를 끓여 왔고 나는 커피를 마시면서 그가 다시 연결한 33과 303에서 나오는 소리를 들었다. 소니 CD 플레이어에는 얀 가바렉의 CD가 들어 있었다. 재즈 색소폰의 더없이 맑은 고음들이 흘러나왔다. 너무 강하지 않냐고 그가 내게 물었다. 테너 색소폰 소리가 밝고 강하지 않을 리 있는가. 나는 그의 말을 듣지 않고 음악을 들었다.

그런데 오 이게 뭐람! 갑자기 얀 가바렉의 색소폰이 너무 슬퍼지는 게 아닌가. 난 다른 음악 뭐 없냐고 물었다. 꼭 다른 음악을 듣기 위해서가 아니라, 지금의 이 음악을 듣는 게 갑자기 힘들어져서였다. 그는 낡은 나무 장식장을 열어 거기 들어 있는 CD들을 찾기 시작했다. 도무지 제대로 된 재킷이라곤 하나도 남아 있지 않은 낡은 CD들. 그러고 보니 그의 거실에 있는 모든 가구나 집기들은 하나같이 어디 벼룩시장에서도 가장 안 팔리는 낡아 빠지고 못난 것들만 주워 온 것처럼 보였다. 그 아니면 이 집의 전 주인은 아마 그렇게 이것들을 사 모았을 것이다. CD들도 마찬가지였다. 재킷도 없는 CD들 속에서 갑자기 클래식 음반을 찾아내는 건 무리였다. 기껏 꺼낸 게 하프 독주집 하나. 그의 33과 303에서 나오는 소리는 결코 너무 밝지도 너무 강하지도 않았다. 그것은 가난한 그가 33을 팔기 위한 변명에 지나지 않았다. 차마 파워앰프, 프리앰프 다 팔아 버릴 수는 없고, 그 외엔 그가 팔 수 있는 것은 33 프리앰프밖에 없었던 것이다.

나는 그에게 혼자냐고 물었다. 그렇단다. 외롭지 않으냐고 물었다. 그렇단다. 그러더니 묻지도 않은 자기 얘기를 하기 시작했다. 어떤 프랑스 여자를 만나 결혼을 하고 6년 동안을 리옹에서 살림을 살다가 이젠 그 여자와 이혼하고 가족 모두와 떠나 돈 한 푼 없이 이렇게 떠돌다 여기 머물게 되었다는 것이다. 바보, 그 얘기를 들으면서 나는 속으로 뇌까렸다. 이베이에 물건 설명 올려놓는 것만 봐도 그가 얼마나 속에 있는 말을 못 하고 이별의 운명 앞에서 꾸물거렸을지 짐작이 갔다. 갑자기 그 사내가 너무나 불쌍해졌다. 삶의 신산함이 그렇게 만들었을 뿐 그의 얼굴도 가만히 보니까 고작해야 40대 중반 정도의 얼굴이었다.

개라도 키우지 그러느냐고 물었다. 그러나 그는 정색을 하고 개가 살기에 이 집은 너무 좁고 밖에도 뛰어놀 만한 마당도 없고 무엇보다 자기가 다리를 절어 산책도 못 시키기 때문에 안 된다고 했다. 자기 입장이 아니라 개의 입장을 말하는 것이었다. 착한 친구였다. 그러면서도 사람이, 특히 여자가 너무 그립다고 했다.

나는 이 장작 난로가 타닥거리는 배 밑창 방에서 그만 나오고 싶기도 했고 더 있고 싶기도 했다. 정말 어느 쪽인지 분간이 가질 않았다. 하지만 시간은 어느새 한 시간을 더 넘어가 있었고 더 거기 있는 건 무리였다. 나는 앰프 가격으로 75파운드를 내놓았다. 그가 3파운드를 거슬러 주려고 주머니를 부스럭거렸다. 나는 안

받겠다고 했다. 마음속으론 100파운드를 내놓고 싶었지만 그게 그에게 어떤 영향을 주는 짓일지 판단이 안 섰다. 그의 쿼드 33은 150파운드는 받아야 할 물건이었다. 그가 자기를 좀 태워다 달라고 따라 나왔다. 마트에 간다는 것이다. 그래 돈이 생겼으니 장을 봐 와서 먹고 살아야지! 100파운드를 내놓을 걸 비로소 후회가 되었다.

나오는 길에 다시 한 번 그의 배, 그의 집을 돌아보았다. 밀물이 들면 둥둥 떠오르지만 3분의 1 정도는 물에 잠긴다는 그의 배. 하지만 그는 그저 속절없이 떠오르기만 할 뿐 그 배를 저어 바다로 나아갈 수는 없겠지. 그의 배는 이젠 밧줄로 수도관으로 육지에 꽁꽁 비끄러매어져 있으니까. 그의 사랑, 그의 꿈, 그의 인생도 그저 그렇게 둥둥 떠오를 수는 있어도 매끄럽게 바다로 저 바다로 나아갈 수는 없겠지. 나는 내가 생각해도 너무 심하게 감상적이 되어서, 마트 앞에서 차에서 내려 나와 악수를 나누고 절름거리며 마트로 향하는 그 사내 리의 뒷모습을 제대로 쳐다보지도 못했다. 나중에 집에 와서 열어 본 쇼핑백 속에는 쿼드 33과 함께 19파운드짜리 자잘한 품목들이 여러 가지인 마트 영수증이 한 장 들어 있었다. 그의 가난한 삶이 내 집까지 따라온 것이다.

그 남자네 집이다.
사랑하던 프랑스 여자와 헤어져
영국으로 돌아와
아무 아는 이도 없는
로체스터 하구에 짐을 풀고
더 이상 바다로 나아갈 수 없는
폐선 바닥에 이렇게 가라앉아
그는 난로를 피우고
차를 끓이고 TV를 보고
먼지 낀 CD로 얀 가바렉의 색소폰을 듣는다.

나는 그의 가난한 음악을 완성해 주던
쿼드 33 프리앰프를
단돈 75파운드에 빼앗아 들고 왔다.
그날 그는 아마도
그 75파운드로
모처럼 따뜻한 밥을 먹었겠지만
내가 그에게서 가져온 것은
한 끼 밥보다 훨씬 더 오래
그의 마음을 덥혀 줄 수 있는 것이었다.

내가 나빴다.

가면 놀이?

2012년 1월 20일(금) 검은 하늘

윔블던의 K선생은 내 학과의 7년 정도 후배로 지금 모교에서 강의전담교수(?)인가를 하는 국어학 박사다. 남편이 서울시립대 건축과 교수라서 둘이 일정을 맞춰서 아이들 공부도 시킬 겸 런던으로 온 것으로, 나는 여기 와서 처음 K선생을 알게 되었다. 그런데 그래도 내가 선배랍시고 지난 연말에는 혹시 내가 혼자 있을까 봐(나는 파리에서 잘 놀고 있는데) 굳이 전화를 해서 자기 집에 와서 같이 식사라도 하자고 하고, 며칠 전에도 아무 때나 오고 싶을 때 자기네 집에 와서 그냥 식사나 하시고 가시라고 또 전화를 했다. 그래서 나는 이 사람이 참 선배 대접을 깍듯이 한다 싶어 고맙기도 해서, 그렇다면 저녁에 집으로 가겠다고 아침에 전화를 하고, 집에 잔뜩 먹을 게 많은 데도 굳이 그 집에 가서 밥을 먹고 왔다. 그래도 남의 집에 밥 먹으러 가니 빈손으로 갈 수도 없어 그 남편 B교수가 좋아하는 프랑스 샴페인 한 병과 아이들용인 아이스크림 한 통을 사 들고 다녀온 것이다.

그런데 이 두 부부가 그저 인사치레나 선배 대접으로 날 오라 한 것만은 아니고, 뭔가 나한테서 듣고 싶었던 게 많았던 모양이다. K선생은 학교 다닐 때 아마 가까운 선배들로부터 나에 대한 여러 이야기들을 전해 들은 것 같고, 또 그 남편은 자기 아내가 그러니까 덩달아 어떤 사람인가 궁금했던지 6시 반에 저녁을 먹으면서 시작한 이야기가 12시 넘어서까지 끝날 줄을 몰랐다. 집에 가겠다고 하니 더 좀 계시다 가라고 붙잡는 건 물론 내가 귀국하기 전에 한 번 더 자리를 가졌으면 좋겠다고까지 하는 것이었다. 나도 이곳에 있었던 지난 5개월 가까운 시간 동안 글은 계속 썼지만 말을 할 기회가 없었는데 어제 그동안 못 한 말들을 다 한 것 같았다. 영화, 연극, 뮤지컬 이야기에서 시작해서 한국의 교육과 정치 이야기까지 한참 이야기를 나누었다.

나는 내 자신을 보면 참으로 자폐적으로 내 세계에 갇혀 있는 사적인 인간이라는 생각이 드는데, 어떤 때 남들이 나를 이러이러한 사람이(었)다라고 하고 또 나로부터 그러한 그들의 인상이나 평가에 맞는 말이나 행동들을 기대하는 것을 알게 되면 좀 나 자신이 낯설어질 때가 있다. 일종의 가면을 쓰고 역할 놀이를 하는 느낌이랄까. 하지만 어떤 때는 또 내가 엄청 공적인 인간으로 산다는 생각이 들 때도 많으니 어제의 그 기분은 아마도 정말 내가 지난 5개월 동안 그야말로 나만의 세계에 침잠했기 때문에 더 두드러지게 느껴진 모양이다. 하긴 얼마 남지도 않았다. 귀국을 하면 또 다시 내가 원하지 않아도 '공인'으로서의 시간과 공간들이 물밀듯 밀려올 것은 불을 보듯 뻔한 노릇이 아니겠는가.

기억과의 투쟁

2012년 1월 30일(월) 흐림

논문은 아무래도 안 되겠어서 책도 메모 공책도 싹 치워 버렸다. 자료의 한계 때문에 중간중간 자꾸 흐름이 막히게 되니까 우선 심상이 파편화되어서 피곤하고 힘들다. 글을 쓰다 보면 처음엔 내 머리로 밀고 나가지만 조금 지나서 글의 조리가 서면 글이 글을 밀고 나가는 단계가 오고 그러면 나는 자판을 두드리는 손만 빌려 주면 되는데 이렇게 처음부터 글의 구조가 구축이 안 되고 듬성듬성 건너뛰며 가면 좋은 글이 나올 수가 없다.

논문을 쓰면 책이며 자료들이 공간을 많이 차지하게 돼서 노트북을 식탁에 옮겨 놓고 작업을 했는데 다시 책상으로 옮기니 거실이 우선 깔끔하게 정리가 되어 보여 좋다. 처음부터 논문 쓸 생각을 하고 책이며 자료들을 제대로 챙겨 왔으면 됐겠지만 그렇지 않으니 처음 계획대로 책을 계속 읽느니만 못한 게 되었다. 그대로 책만 읽었으면 낭비되는 시간도 없이 생활에 중심이 잡혔을 것을. 호미 바바의 『문화의 위치』를 손에 잡고 카우치에 앉으니 비로소 내가 지구의 중심에 제대로 닻을 드리운 것 같은 안정감이 생긴다. 역시 모든 일에는 가장 적합한 시간과 공간이 있는 법이다.

사흘에 영화 두 편을 봤다. 아무래도 귀국하게 되면 새로 개봉하는 영화들을 보게 되지, 이렇게 혼자 컴퓨터 앞에 앉아 지나간 영화들을 보게 되지 않을 것 같아서 아들 영우가 올 때까지는 이렇게 낮에 책 읽고 밤에 영화 보는 '주독야관'(晝讀夜觀) 시스템을 유지할 생각이다. 그제는 프랑수아 트뤼포의 〈400번의 구타〉를, 오늘은 안드레이 타르콥스키의 〈솔라리스〉를 봤다.

〈400번의 구타〉. 트뤼포의 영화는 몇 년 전 광화문 씨네큐브에서 〈쥴 앤 짐〉을 본 게 처음인데 그때의 그 신선한 충격을 잊을 수 없다. 이번 영화도 마찬가지다. 그의 자전적 이야기가 담겨 있는 데뷔작이라고 하는데 기본적으로 경쾌한 속도감 속에 독특한 페이소스를 버무려 넣어, 말하자면 보는 내내 '기분 좋은 슬픔' 혹은 '알싸한 거리감' 같은 것을 준다. 한 조숙한 아이가 바쁜 맞벌이 부부, 권위적인 선생 등 어른들과 제대로 소통하지 못하고 결국 소년원으로까지 가게 되지만, 그게 무슨 전락이 아니라 오히려 처음부터 그렇게밖에는 성장할 수 없는 종류의 인간을 보는 느낌, 즉 부적응과 반항이 한 인간을 제대로 키워 준다는 생각이 들게 한다. 이 영화에서 전후 1950년대의 프랑스 혹은 유럽 사회의 어떤 거칠거칠한 황폐함 속에서 부적응과 반항을 양식 삼아 자라난 68세대의 모습이 보이는 것 같았다. 아마도 그럴 것이다.

〈솔라리스〉는 타르콥스키의 스펙터클 없는 철학적 SF, 소더버 그 버전과는 많이 다른 두 시간 45분짜리 영화였다. 우주의 어느 곳에 있는 행성 솔라리스의 점액질 바다는 마치 양수로 가득한 자궁처럼 그를 마주한 인간들을 저 깊은 상상계의 심연으로 데리고 간다. 아니 그 심연으로부터 끝없이 이제는 잃어버린 것, 아니 잊었다고 생각하거나 잊으려 애쓰는 어떤 죄의식의 원천들을 계속 보내온다. 켈빈에게 다가온 하리처럼. 그 때문에 상징계의 질서와 그 질서 속에 길들여진 인간들의 표층의식들은 모두 붕괴해 버린다. 그리고 반응은 각기 다르다. 누구는 저항하고 누구는 좌절하며 누구는 그 부끄러움을 견디지 못해 자살한다. 기억나는 한 마디 대사, "그 부끄러움이 새로운 세상을 만든다." 맞는 말이다. 하리 역을 맡은 나탈리 본다르추크(혹시 〈전쟁과 평화〉의 명장 세르게이 본다르추크의 딸?)의 처절한 연기가 오래 남는다. 인간은 자기 기억과의 투쟁만으로도 참으로 힘겨운, 나약한 존재들이다.

봄이 온다

2012년 1월 27일(금) 맑음

모처럼 화창한 오늘, 가만히 내다보니, 11월도 거의 끝날 무렵이 되어서야 찬 바람 속에 마지막 잎새를 떨구었던 창밖 버드나무가 어느새 연녹색 눈을 틔우기 시작하고 있다. 1월 말인데 벌써 여기는 봄이 임박해 있는 것이다. 비바람과 흐린 날씨로 악명 높은 1월이라 그러더니 별달리 그런 느낌 없이 1월이 다 가 버렸다. 차라리 12월 하순, 동지 무렵 3시 반이면 해가 떨어지던 그때가 가장 을씨년스러웠던 것 같았다. 좋은 계절이 막 끝났다고 하는 9월에 이곳에 와서 좋은 계절이 막 시작하기 직전이라는 2월 중에 돌아가게 되니 섭섭한 마음도 없지는 않지만 궂은 계절에 와서 바깥 구경에 정신 쓰지 않고 홀로 침잠할 수 있었던 것 또한 나쁘지 않은 것을 넘어 다행스럽다는 생각이 든다. 다만 이제 정말 영국 생활에 익숙해진다 싶은데 돌아가게 되는 것이 좀 아쉬울 뿐이다.

어제는 오랜만에 SOAS에 나가 중앙대 K교수 초청 강연을 들을 수 있었다. '신자유주의하의 한국문화'를 주제로 한 영어 강연이었다. 네이티브가 아닌 한국인이 하는 영어는 쉽게 들린다.

그 덕에 강연이 끝나고 영어로 비교적 긴 질문을 할 용기도 생겼다. 소통은 형식이 아니라 내용이라는 말이 실감이 되는 순간이었다. 이제 신자유주의에 대한 각성은 한국 진보 지식인들에게는 완전히 일반화되어 있고, 일반 대중들 역시 생활 행정을 통해 그 해악적 본질을 점차 절실하게 느껴 가고 있다. 문제는 그것을 어떻게 극복하는 것인가, 무엇보다 어떻게 고립이 아닌 연대의 길을 만들어 나가는가가 관건일 뿐이다.

커다란 덩어리 하나가 길게 누워 있다

2012년 1월 29일(일) 흐림

영우가 도착했다. 원래 도착 예정 시간은 4시 20분이었는데 중국 상공에 교통량이 많아 인천공항에서 연발을 하는 통에 비행기가 히드로 공항에 도착한 것이 4시 49분이었고, 영우가 입국장을 나온 것은 거의 5시 반이 다 되어서였다.

영우를 태우고 집에 와서 부지런히 오징어찌개를 끓이고 오븐을 예열하여 양고기 스테이크를 만들고 맥주와 와인을 곁들여 저녁을 잘 먹고 나니 영우는 시차와 술 때문에 너무 졸음이 온다고 잠자리를 만들어 주자마자 금방 곯아떨어져 버렸다. 설거지를 끝내고 컴퓨터 앞에 앉으니 녀석의 잠든 숨소리가 들린다. 그리고 뒤를 돌아보니 커다란 덩어리 하나가 길게 누워 있다. 이 시각과 청각을 다 채우는 녀석의 몸집과 숨소리. 지난 5개월 홀로였던 이 집 안을 이렇게 다른 누구도 아닌 다 큰 아들이 꽉 채우고 있으니 어쩐지 기분이 좋다. 그리고 오늘은 내 잠도 왠지 더 깊고 편해질 것 같다.

런던을 떠나다

2012년 2월 13일(월) 흐림

여기는 파리. 런던을 완전히 떠난 지 이틀째다. 그리고 지난달 29일 영우가 런던에 도착한 이후로는 보름이 지났다. 2월 3일엔 파리에서 결이가 보리와 함께 도착하고, 6일엔 모두가 페리를 타고 파리로 가고, 나는 다시 8일에 혼자 런던에 돌아와 집을 정리하고 짐들을 서울로 부치고 서비튼 집을 말끔히 청소하고, 그제 11일에 유로스타 편으로 파리로 되돌아온 것이다.

바쁜 날들이었다. 영우와 둘이 있던 나흘 중 1박 2일은 맨체스터에 가서 올드 트래퍼드에서 맨체스터 유나이티드 팀의 축구 경기를 보고, 나머지 이틀 동안은 대영 박물관과 웨스트민스터, 런던 타워 등 런던의 대표적인 관광 명소들을 다녔고, 결이가 도착하는 날에는 브라이튼, 세븐 시스터즈 등 영국 남해안을 돌아 도버에서 결이를 기다려 함께 런던으로 돌아왔다. 결이가 도착한 이후엔 윔블던 벼룩시장, 리치먼드 공원 등을 다니며 보리와 마음껏 뛰어다니며 즐거운 시간을 보냈다. 런던에 되돌아와서는 지난 5개월 열흘 동안 묵은 짐들을 다 정리하고 포장하여 항공 택배로 발송하고 화장실 주방 등을 구석구석 청소하고 자동차 오일 교환과 점검을 하느라 시간을 다 보냈고, 돌아오기 전날인 10일 저녁엔 안주거리를 장만해서 Y교수, S교수 등 이웃 친구들을 불러 밤 11시까지 술자리를 가지기도 했다.

물론 책을 읽을 시간도 없었고, 마침 인터넷도 거의 파탄 지경에 이르러 글쓰기도 덩달아 이루어질 수가 없었다. 오랫동안 혼자 별다른 움직임도 없이 고요한 시간들을 보내다가 아들, 딸, 강아지들이 들이닥쳐서 여기저기 돌아다니고 밥해서 거두어 먹이고 저녁마다 불가피하게 술도 한잔씩 하니까 몸도 아주 피곤해서 내내 약간의 감기 몸살기를 달고 지냈고 밤마다 피곤에 겨워 11시 무렵만 되어도 자리에 들어 지친 몸을 가누기에 바빴다. 게다가 파리에 있었던 며칠도 결이 집의 수납공간을 마련하느라 이케아에서 가구를 사 오고 조립하고 배치하는 데 거의 다 소모되어 몸을 쉬게 할 겨를이 없었다. 덩달아 몸의 회복 속도도 느려지거나 가끔씩 역진 현상을 보이기도 했다. 원래는 지금쯤이면 거의 완치 단계에 들어갈 수 있으리라 생각했는데 오히려 아직도 목덜미와 턱 등이 거칠어지고 지속적으로 자극감이 느껴진다. 내일부터 거의 만 6일 동안 또 포르투갈 여행이 기다리고 있는데 혹 무리가 될까 걱정이 없지 않다. 술을 멀리하는 수밖에 없다.

책을 읽고 생각을 고른 지 오래된 때문일 것이다. 한국으로 돌아갈 날이 다가올수록 설렘보다는 가벼운 두려움이 더 자주 느껴진다. 집으로 돌아가 아내와 다시 삶을 꾸리고 불가피하게 정지되었던 모든 것들을 다시 이어 나간다 생각하면 설레지만, 직장으로 돌아가고 다시 노동을 시작하고 그에 수반되는 온갖 긴장과 스트레스들을 겪어 나가야 한다 생각하면 어쩔 수 없이 마음 한 구석에 경직이 온다. 아직도 몸이 완전히 회복되지 않아서이기도 하지만, 이제부터 펼쳐질 내 삶들, 일과 공부와 관계들을 어떻게 새롭게 직조해 나갈 것인가에 대해 차분한 성찰의 끈을 놓친 지 꽤 되어서 그러기도 할 것이다. 돌아가자마자 두 권의 책에 대한 본격적 구상과 집필에 돌입해야 하기도 하지만, 당장 닥친 두 개의 강의를 이전과는 다른 방식과 내용으로 해 나가지 않으면 안 되는데 생각만 무성할 뿐 구체적으로 정리가 되지 못한 것 역시 이런 경직감의 한 원인이라고 할 수 있다.

연구년의 마지막 기간을 아들딸과의 여행으로 보내는 것도 나름 의미 있는 일이기는 하지만, 한편으로 최소한 일주일 정도는 이런저런 생각들을 좀 더 구체화하고 연단하는 시간을 가질 수 있으면 좋았겠다는 생각이 들기도 한다. 그 때문에 내일부터 6일 동안의 포르투갈 여행이 연구년의 산뜻한 마무리라는 기분보다는 그 마무리를 뒤로 미루는 한갓 지연의 시간이라는 기분이 들곤 했던 것이다.

귀국하고 첫 강의를 시작할 때까지 남은 기간은 1주? 아직 확인은 안 해 봤지만 아마도 2월 27일이 개강일일 것이다. 그렇다면 2월 29일 수요일 '소설교육론'이 첫 강의가 될 것이고 다행히(?) '문학원론'은 3월 1일 휴일과 겹쳐 한 주 말미를 얻게 된다. 3

학년 대상의 '소설교육론'은 상대적으로 부담이 덜하지만, 1학년 대상의 '문학원론'은 처음 대학에 들어온 아이들에게 '문학'이 무엇이고 무엇을 할 수 있는가를 쉽고도 깊게 이해하게 해 주어야 한다는 점에서 지금까지와는 보다 입체적인 강의가 필요한데 한 주의 말미가 더 주어진다는 점에서 조금 안도가 된다. 귀국하고 다음 날쯤 런던에서 짐이 도착하고 집과 학교에서 그 짐들을 받아 정리하는 데 사나흘 시간을 잡으면 그나마 개강일인 27일부터는 일에 집중할 수 있을 것이다. 내가 무슨 생각을 하든, 어떤 작업을 해 나가려 하든, 내 일상 노동의 가장 중요한 부분인 강의에 있어서는 완벽해지지 않으면 안 된다. 일상의 노동이 부실하고 공허해지면 그 나머지는 모두 사상누각이 되지 않을 수 없다. 그것은 내 삶의 마지노선이다.

그래도 보름 만에라도 이렇게 글을 쓰고 생각을 고를 수 있어서 좋다. 어제까지 찌뿌듯하던 몸도 오늘 아침엔 훨씬 개운하다. 마침 파리 날씨도 영하 7, 8도를 넘나들며 춥다가 오늘은 영상으로 올라 온화해져서 다행이다. 지난 2주 동안 나를 사로잡았던 쫓기는, 혹은 끌려가는 느낌도 오늘부로 말끔히 사라질 것 같다. 이제 다시 내가 내 일상을 이끌고 나갈 것이란 기분이 든다. 좋다!

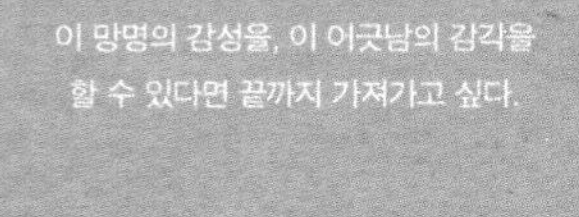

이 망명의 감성을, 이 어긋남의 감각을
할 수 있다면 끝까지 가져가고 싶다.

떠나온 곳으로 다시 돌아가지 않겠다

2011년 2월 24일(금)

어제 오후 3시 10분경 인천공항에 닻을 내렸다. 작년 8월 24일 집을 떠나 해 바뀌어 2월 23일에 돌아왔으니 정확히 6개월, 날수로는 183일 만이다. 2월 11일에 서비튼을 떠났고 2월 14일부터 19일까지 포르투갈 여행을 다녀왔고 21일에 다시 런던에 가서 집을 주인에게 반납했고 22일 파리를 떠났다. 이제 오롯이 남은 것은 기억들뿐이다.

낯선 자유의 공간을 떠나 낯익은 구속의 공간으로 돌아왔다. 이 낯익음이 어쩐지 어설프고 싫다. 할 수만 있다면 이 땅에서도 낯설게 살고 싶다. 돌아왔지만 돌아오지 않은 것처럼. 이제껏 너무나 낯익었던 것들을 새로운 좌표 위에 얹어 놓고 낯설게 만들고 싶다. 너무나 능숙했던 것들에 대해 더 이상 능숙해지고 싶지 않다. 나를 구속했던 것들, 내가 기꺼이 구속되었던 것들로부터도 온전히 자유롭고 싶다. 아니, 그게 아니다. 어쩔 수 없는 낯익음을 부정할 수는 없는 일이다. 피할 수 없는 구속을 짐짓 무시할 수는 없는 일이다. 그렇다면 이 필연의 낯익음 혹은 낯익은 필연에, 의지에 의한 낯설음 혹은 낯설음의 의지를 대립시키면 된다.

거의 타고난 이 오랜 구속에 의식적인 자유를 대립시키면 된다. 그 대립을 살아갈 일이다.

나의 여행은 끝나지 않았다. 떠나온 곳으로 다시 돌아가고 싶지 않기 때문이다. 떠났던 자리에 돌아가 다시 아귀를 맞추고 싶지 않기 때문이다. 이 망명의 감성을, 이 어긋남의 감각을 할 수 있다면 끝까지 가져가고 싶기 때문이다. 그러므로 이 마지막 일기는 에필로그가 아니다. 그 낯설음과 자유의, 아니 낯선 자유의 기억을 온몸에 새기고 나는 다시 길을 떠난다.